T. H. Campbell

Der Tote im Schafspelz

T. H. Campbell

Als T. H. Campbell verschlägt es die Autorin Heidi Troi auf die britischen Inseln, die schon von Kindesbeinen an zu ihren Sehnsuchtsorten gehören. Ob Schottland, Irland, Wales oder England – T. H. Campbell hat die Regionen abseits der Hotspots für Touristen erlebt und es zieht sie immer wieder dorthin. Lesend, wandernd oder manchmal auch beruflich.

Mit der Chronistin Sara Rattlebag reist sie zum ersten Mal schreibend nach Devon an die Jurassic Coast, die ihr von ihrer Wanderung über den South-West-Coast-Path in bleibender Erinnerung ist.

T. H. Campbell

Der Tote im Schafspelz

Ein Fall für Sara Rattlebag 2

Kriminalroman

Bibliografische Information der Deutschen Nationalbibliothek:
Die Deutsche Nationalbibliothek verzeichnet diese Publikation in der Deutschen Nationalbibliografie; detaillierte bibliografische Daten sind im Internet über http://dnb.d-nb.de abrufbar.

Empire-Verlag OG, Lofer 416, 5090 Lofer

Lektorat: Antje Backwinkel
https://buchwinkelei.de/lektorat/

Korrektorat: Tino Falke
https://www.tinofalke.de/lektorat/

Cover: Chris Gilcher
https://buchcoverdesign.de/
Illustrationen: Adobe Stock ID 548183363, Adobe Stock ID 264841842, Adobe Stock ID 471568468

Buchsatz: Catherine Strefford
www.catherine-strefford.de

Bestellung und Vertrieb: Nova MD GmbH, Vachendorf

Prolog

»Überraschung!«

Sara Rattlebag, deren Blick sich in den ersten Herbstnebeln verloren hatte, die über der frühherbstlichen Landschaft von Devon lagen, sah auf und lächelte.

Ihr Bruder Zac streckte seinen unverkennbaren roten Haarschopf ins Zimmer und schob sich hinterher. Auf seinem sommersprossigen Gesicht lag ebenfalls ein Lächeln. In der Hand hielt er etwas, das eindeutig nach einer Packung Kate Kearney's Dairy Cream Fudge aussah, ihrer Lieblingssorte, die hier in Sidbury, weitab der Zivilisation, nur schwer zu bekommen war.

»Habe ich dir schon einmal gesagt, dass ich dich liebe, Fuchsgesicht?«

»Ungefähr jedes Mal, wenn ich dir diesen Zahnzement mitbringe, Rotschopf.« Zac, dessen Haar denselben Rotton aufwies wie das von Sara, stellte die Blechbüchse auf das Tischchen und ließ sich auf den freien Stuhl fallen. »Gibt es noch eine Tasse von diesem lecker riechenden Tee?«

»Gibt es. Aber nicht mehr viel. Ich gebe hiermit eine Bestellung auf.« Sara stand auf und füllte Zacs Lieblingstasse Tee aus ihrem innig geliebten Samowar.

»Bestellung eingegangen«, erwiderte er. Zac lebte in London, wo er den Betrieb seines Vaters leitete, und versorgte sie mit den einzigen beiden Dingen, die sie von London vermisste: ihren geliebten Kate Kearney's Dairy Cream Fudges und der besten Teemischung der Welt, dem von Saras Freundin Rosita hergestellten Five-o'Clock-Tea.

»Was führt dich her?«, fragte sie.

»Geschäfte.«

»In Sidbury?« Ungläubig starrte sie ihn an. Sidbury war ein Kaff im Hinterland der Jurassic Coast in Devon. Keine Londoner Firma wollte hier Geschäfte machen. Schon gar kein Wirtschaftsberater, der auf Großkonzerne spezialisiert war.

Zac grinste. »Ich muss mich einkleiden.«

»In Sidbury?«, fragte sie ein zweites Mal – noch zweifelnder. Das Fünfhundert-Seelen-Dorf hatte einen Lebensmittelladen und ein Pub, aber kein Bekleidungsgeschäft – zumindest, wenn man von dem Secondhandshop zur Unterstützung der Krebsforschung absah. Und der führte ganz sicher nicht die Art von Bekleidung, die Zac bevorzugte: teure Tweedanzüge, Kaschmirpullover und feine Hemden.

»Ich habe einen Termin in der Sidbury Tweedmanufaktur. Wir kleiden uns schon seit Generationen dort ein …« Zac verstummte verlegen. »Ich meine …«

Sara wusste, wieso. Ihr gemeinsamer Vater war immer noch ein Thema, um das sie herumschlichen wie die Katze um den heißen Brei.

Zac nippte an seinem Tee, Sara tat es ihm gleich und eine Weile sagte keiner von ihnen etwas.

Bis sie draußen ein Schaf blöken hörten. Das war nichts Ungewöhnliches, doch das Blöken war viel zu nahe.

»Ist das …?« Sara sprang auf und lief zur Hintertür. Draußen blieb sie stehen. Sie hatte richtig gehört. Ein Schaf. In ihrem Rosengarten. »Ein Schaf!«, stieß sie ungläubig hervor.

»Weiß, lockig und stinkt. Meinen – zugegebenermaßen dürftigen – zoologischen Kenntnissen nach ist es eins.«

»Wie kommt ein Schaf in meinen Garten?«

»Durch das Gartentor?«, schlug Zac vor.

»Und was mache ich jetzt damit?« Sara sah ihn ratlos an.

»Du bringst es zurück, würde ich sagen.« Für Zac schien das die einfachste Sache der Welt zu sein.

»Hm.« Sara betrachtete das Tier. Klar, Schafe waren keine Raubtiere, aber dieses hier reichte ihr weit übers Knie und würde ganz sicher nicht brav bei Fuß hinter ihr her marschieren. »Schaf, komm!« Sie hielt dem Tier eine imaginäre Karotte hin, doch es tat sich stattdessen unbeeindruckt an dem Unkraut gütlich, das unter den Rosen wuchs, und rührte sich keinen Zentimeter.

Verzweifelt sah Sara Zac an.

Er kratzte sich am Hinterkopf. »Tja, behalt es.«

»Was soll ich mit einem Schaf?«

»Zuerst solltest du ihm den Pelz ausziehen und kontrollieren, ob sich darunter nicht ein Wolf verbirgt.«

»Idiot.« Sara boxte ihm spielerisch gegen die Schulter.

»Alternativ könntest du es aus dem Garten schaffen. Wenn das Unkraut alle ist, macht es sich vermutlich über die Rosen her.«

»Und wie?«

»Tja, das ist deine Sache.« Zac grinste frech. »Ich muss zu meinem Termin. Wir sehen uns demnächst.«

Damit war er verschwunden und Sara allein mit ihrem Schafproblem. Doch das war erst das erste einer ganzen Reihe von Problemen, die in den nächsten Tagen und Wochen auf sie zukommen sollten.

Kapitel 1

Der Tote im Schafspelz

Sara saß mit einer dampfenden Tasse ihres Lieblingstees am Mosaiktischchen im Rosengarten ihres Cottages und ließ ihr Gesicht von den frühherbstlichen Sonnenstrahlen wärmen. Der Rosengarten war erfüllt vom Bienensummen und hinter der Mauer, die ihren Garten von der angrenzenden Weide abtrennte, blökten die Schafe um die Wette. Irgendetwas schien sie unheimlich aufzuregen. Wahrscheinlich war Matthew, der Farmer, spät dran mit seiner Runde, es war schon später Vormittag.

Sara störte es nicht. Im Gegenteil. Sie fand, dass die ländliche Geräuschkulisse dazugehörte. Schließlich war Sidbury ein Fünfhundert-Seelen-Dorf im Hinterland der Jurassic Coast. Sie schloss die Augen. Herbstidylle und Frieden, was wollte man mehr?

Als mitten in diesem Frieden ihr Telefon läutete, schaute sie gar nicht erst auf das Display, sondern nahm den Anruf einfach entgegen. Ein Fehler, wie sich schnell herausstellte.

»Darling!«

Sara war versucht, wieder aufzulegen, doch sie riss sich zusammen. »Nathan.«

»Wie schön, deine Stimme zu hören.«

Das Kompliment konnte Sara nicht zurückgeben.

Seit Nathan sie im Sommer mit einer schnörkellosen SMS davon in Kenntnis gesetzt hatte, dass zwischen ihnen Schluss war, sah sie rot, wenn sie seine Stimme hörte, und das passierte in letzter Zeit immer häufiger. »Was willst du?«

»Muss ich was wollen, wenn ich dich anrufe?«

»Hättest du die Frage vor einem halben Jahr gestellt, hätte ich Nein gesagt, aber jetzt …«

»Ach, Sara-Schatz …«

»Ich bin nicht dein Schatz.«

»Das warst du aber. Bis du mich sitzen gelassen hast.«

Sara war sprachlos. Wie bitte? Sie hatte *ihn* sitzen gelassen? Wer hatte noch mal diese SMS geschrieben? Wer hatte gedacht, es sei eine gute Idee, mit einer Kollegin ins Bett zu steigen? Saras Magen verkrampfte sich. Nathan hatte in ihren verliebten Zeiten ihre Sommersprossen gezählt, um sie dann mit einer Arbeitskollegin zu betrügen, deren Haut ebenmäßig wie Porzellan war. Bling-Bling-Catherine hatte sie ihre Widersacherin in Gedanken genannt. Aber die kleine Bosheit machte die Verletzung nicht besser.

»Sara?«

Seine schmelzende Stimme holte sie aus ihren Gedanken und nur mit Mühe unterdrückte sie einen Würgereiz. »Was willst du?«

»Ich will dich zurück.«

»Und wo ist die Pointe?«

»Ich meine es ernst, Sara. Ich will dich zurück. Ich habe einen Fehler gemacht, das ist mir klar. Aber du hast auch einen Fehler gemacht, als du meine Soundanlage und die Plattensammlung zerstört hast. Das musst du zugeben.«

»Das hast du verdient.«

»Ja, natürlich habe ich es verdient, aber … Kannst du mir verzeihen, Darling?«

»Hör auf, mich Darling zu nennen.«

»Bitte, Dar… Sara!«

»Nein. Nathan, du hast mich betrogen. Du hast mir wehgetan. Und du hast mich im schwärzesten Augenblick meines Lebens alleingelassen. Das ist unverzeihlich.«

»Natürlich ist das unverzeihlich, aber du bist doch kein nachtragender Mensch, Sweetheart. Außerdem geht es dir doch gut, hört man.«

Eine seltsame Ahnung kam in Sara hoch. »Sag mal, Nathan: Was ist der wahre Grund für deinen Anruf?«

»Habe ich doch schon gesagt: Ich möchte dich zurück.«

»Und sonst?«

»Nichts sonst. Du bist misstrauisch geworden.«

»Das passiert eben, wenn man betrogen wird.«

»Darling …«

»Du sollst aufhören, mich Darling zu nennen.«

Er seufzte. »Ich bin auch bereit, den Schaden zu vergessen, den du mir zugefügt hast.«

»Schaden?«

»Weißt du, dass die Platten ein Vermögen gekostet haben? Du kannst sie zwar nicht wieder ganz machen, aber für dich wäre es doch ein Leichtes …«

Da klingelte es bei Sara. »Sag mal, Nathan, hast du zufällig Gerüchte gehört, dass ich … zu einigem Besitz gekommen bin?«

»Darling …«

Doch Sara hatte genug von den Lügen ihres Ex. »Hör mir gut zu. Du hast mich sitzen gelassen. Noch dazu warst du zu feige, mir das ins Gesicht zu sagen. Du hast in meinem Leben nichts mehr zu suchen. Also verpiss dich! Und hör auf, mich Darling zu nennen!« Die letzten Worte schrie Sara in den Hörer. Dann unterbrach sie mit einem frustrierten Schnauben das Telefonat, wickelte gleich zwei Fudges aus und stopfte sie sich in den Mund.

Nur langsam tat die Süße, die sich in ihrer Mundhöhle ausbreitete, ihre Wirkung und sie beruhigte sich etwas. Anrufe von Nathan warfen sie regelmäßig aus dem Gleichgewicht und er meldete sich auffallend oft in letzter Zeit. Jetzt endlich wusste sie, wieso.

Sara wickelte ein weiteres der klebrigen Fudges aus und schob es sich zwischen die Lippen. Wo war dieser Zustand des Friedens und des Einklangs mit ihr selbst hin? Der Nachmittag hatte so gemütlich angefangen.

Ihr Kater Sir Arthur Doyle kam mit hoch aufgerichtetem Schwanz um die Ecke gebogen, sprang auf ihren Schoß und rollte sich nach einem umständlichen Zeremoniell schnurrend ein. Sara ließ ihre Hand gedankenverloren über sein schwarz-weißes Fell gleiten und schaute in den Garten.

Woher wusste Nathan, dass sie zu Geld gekommen war? Dass es so war, hatte sie eindeutig aus seinen Worten herausgehört. »*Außerdem geht es dir doch gut, hört man … Für dich wäre es doch ein Leichtes …*«

Er lebte in London. Die einzigen Londoner, die vom Ausmaß ihrer Erbschaft Kenntnis hatten, waren ihr Bruder Zac und ihr Dad – und bei beiden konnte sie sich nicht vorstellen, dass sie sich auf einen Plausch mit Nathan trafen. Oder doch?

Sie war misstrauisch geworden. Damit hatte Nathan recht. Aber aus anderen Gründen, als er ihr unterstellt hatte.

Seit durchgesickert war, dass sie von ihrer »Tante« Maud neben dem Cottage auch eine riesige Geldsumme geerbt hatte, waren immer wieder »alte Freunde« aufgetaucht. Die Erste war ihre beste Freundin aus Grundschultagen gewesen. Als sie vor ihr gestanden hatte – mit dem alten Poesiealbum in der Hand, in das sie sich gegenseitig kitschige Sprüche und noch kitschigere Bilder gemalt hatten –, hatte sich Sara ehrlich gefreut.

Dann hatte Susan begonnen zu jammern. Von ihrem Mann, der seit einem Arbeitsunfall ein Krüppel sei, von der kleinen Tochter, die eine seltene Krankheit hätte und eine teure Therapie bräuchte, von Schulden, davon, dass sie immer nur vorübergehend angestellt wurde. Als sie schlussendlich erwähnte, dass ihr ein Betrag von fünftausend Pfund schon ausreichen würde, um wieder ins Lot zu kommen, war Sara mehr als bereit gewesen, ihrer ehemals besten Freundin Geld zu leihen.

Doch dann hatte sie auf Susans Social-Media-Account Bilder von einer Nilkreuzfahrt gesehen. Susan, mit zwei gesunden Kindern und einem Ehemann, der die Statur eines Sportlers hatte. Und da war in Sara etwas zerbrochen. Etwas, das man am ehesten als das Vertrauen in die Menschen bezeichnen konnte. Und seit jenem Tag hatte sie feine Antennen entwickelt, wenn jemand auf ihr Vermögen zu sprechen kam.

Es stimmte. Sie führte ein Leben in Luxus und Müßiggang und sie verstand jeden, der ihr dieses Leben neidete. Aber der Reichtum, den ihre Tante ihr hinterlassen hatte, war Blutgeld für Mauds Leben. Und momentan war Sara nicht bereit, dieses Geld zu teilen. Zumindest nicht mit Blutsaugern wie Susan.

Außerdem musste sie selbst zusehen, dass sie damit haushielt, denn zurzeit hatte sie ebenfalls kein Einkommen. Die Chronik von Sidbury führte sie ehrenamtlich und in einem England nach dem Brexit gab es erschreckend wenige Arbeitsplätze für junge Frauen, die ein Geschichtsstudium nicht abgeschlossen hatten. In Sidbury ging die Auswahl an Arbeitsplätzen gegen null. Und so plätscherten Saras Tage vor sich hin, zwischen seligem Nichtstun und geschäftigem Müßiggang.

Ein unfreundliches »Ist jemand zu Hause? Polizei. Bitte öffnen Sie die Tür«, das vom Eingang des Cottages kam, riss sie aus ihren Gedanken.

Polizei? Sofort hatte sie ein schlechtes Gewissen, obwohl sie eigentlich selten etwas tat, was gegen das Gesetz verstieß – ihr übermäßiger Fudge-Konsum konnte ja kaum strafbar sein. Hatte sie falsch geparkt? War sie mit ihrem klapprigen Fiesta – auch er ein Erbstück – in eine Radarkontrolle getappt? Hatte sie eine Strafe nicht bezahlt? Und war es wirklich üblich, dass die Polizei Verkehrssündern einen Hausbesuch abstattete, um das Bußgeld zu kassieren?

Mit klopfendem Herzen umrundete sie das Cottage.

Ein großer hagerer Mann mit hoher Stirn und Geheimratsecken, die durch sein zurückfrisiertes Haar noch betont wurden, stand an der Eingangstür, die Hand zum Klopfen erhoben. Als sie um die Ecke bog, wandte er ihr das Gesicht zu und musterte sie tadelnd.

»Inspector Webster. Ich habe ein paar Fragen an Sie.«

Sara nickte. »Treten Sie ein. Die Tür ist offen.«

Mit einem mulmigen Gefühl betrat sie hinter Webster ihr Cottage. Drinnen führte sie ihn ins Kaminzimmer, wo sie ihm einen Platz auf einem der karierten Sessel anbot. »Darf ich Ihnen eine Tasse Tee anbieten?«

Der Gesichtsausdruck des Beamten verfinsterte sich schlagartig. »Ich bin nicht zum Teetrinken hier. Auf der Weide neben ihrem Haus wurde ein Toter gefunden. Ich muss Ihnen ein paar Fragen stellen.«

Saras Herzschlag beschleunigte sich.

»Ein Toter?«

Webster ignorierte ihre Frage. »Haben Sie in den letzten Stunden etwas Ungewöhnliches bemerkt, Miss Rattlebag?«

Sara dachte nach. »Ungewöhnlich in welchem Sinn?« Dass die Schafe ungewöhnlich redselig gewesen waren, würde den Polizisten vermutlich wenig interessieren.

»Beispielsweise im Sinne eines Schusses?«

Sie sog scharf die Luft ein. »Es wurde jemand erschossen?«

Inspector Websters Antwort beschränkte sich auf ein kühles Nicken.

»Wer?«

»Haben Sie nun etwas gehört? Oder gesehen?« Der Beamte sah wenig amüsiert aus.

»Tatsächlich höre ich ständig Schüsse.« Sara schnitt eine entschuldigende Grimasse. »Die Jagdsaison ist eröffnet, soviel ich weiß.«

Wie um ihre Worte zu bestätigen, krachte ein Schuss in den Hügeln. Sie fuhr leicht zusammen.

Der Beamte nickte. »Verstehe. Dann muss ich konkreter fragen. Haben Sie einen Schuss in direkter Nähe gehört? Vor etwa vier bis fünf Stunden?«

Sara verneinte. »Nein. Und wäre das passiert, hätte es mich auch gewundert und ich hätte nachgeschaut. Es würde doch niemand auf einer Weide herumschießen, auf der Schafe sind, oder?«

Wieder ging Webster nicht auf ihre Frage ein. »Sie haben auch keine fremden Wagen gesehen? Menschen, die nicht hierhergehören?«

Sara schüttelte den Kopf. »Aber ich war fast den ganzen Vormittag im Garten hinter dem Haus. Da sehe ich nicht, was auf der Straße passiert.«

Auf dem Weg vor dem Cottage wurden Schritte laut, dann betrat ein weiterer Beamter das Zimmer.

»Wir haben die Identität des Mannes feststellen können, Inspector. Es handelt sich um einen James Henning.«

»Den Postboten?«, fragte Sara.

»Genau.«

Inspector Webster wandte sich ihr zu. »Kannten Sie Henning?«

Sie zuckte mit den Schultern. »Wer kennt ihn nicht?«

Natürlich kannte sie den Postboten, der täglich seine Runde durch Sidbury und Sidmouth machte. James Henning war ein lustiger, strohblonder Mann gewesen, etwa in ihrem Alter, verheiratet, Vater von zwei Töchtern im Grundschulalter. Sein Kater war möglicherweise Sir Arthur Doyles Bruder, wie er ihr einmal freudestrahlend anvertraut hatte. Sara konnte sich nicht vorstellen, dass jemand einen Grund hatte, ihn zu töten.

»Wie würden Sie Ihre Beziehung zu ihm beschreiben?«

Halt, halt, halt! Verdächtigte der Inspector jetzt etwa sie, den Briefträger getötet zu haben? Das Blut sang in ihren Ohren und ein leichter Schwindel ergriff von Sara Besitz. Das konnte doch nicht wahr sein. Sie hatte nichts getan, hatte nicht einmal den Schuss gehört und jetzt versuchte dieser ölige Polizeibeamte, ihr den Mord in die Schuhe zu schieben? Sie zwang sich zu einer ruhigen Antwort. »Er hat mir Post gebracht, ich habe sie entgegengenommen.«

»Hatten Sie Streit mit ihm?«

»Nein.«

Inspector Webster sah sie noch einmal durchdringend an, dann nickte er kühl, als habe er in ihrem Blick die Antwort gefunden, die er suchte. »Halten Sie sich zu unserer Verfügung.«

Sara nickte fassungslos. Dann sah sie zu, wie der Polizeibeamte in Richtung der Schafweide verschwand.

»Was. War. Das?«, fragte sie Sir Arthur Doyle. Der Kater antwortete nicht, sondern maunzte fordernd. Ihn interessierte nur, dass sein Futternapf gefüllt war.

»Erst Nathan, jetzt das. Aller guten Dinge sind drei. Ich hoffe, das gilt nicht auch für die schlechten Dinge.«

»Miau«, machte Sir Arthur Doyle. Er schien nicht überzeugt.

Sara füllte seinen Napf mit Katzenfutter. »Weißt du was? Mir reicht es mit Horrornachrichten. Ich verkrieche mich ins Bett.« Und das tat sie. Obwohl es erst Nachmittag war, schlüpfte sie ins Bett und zog sich die Bettdecke über die Ohren. Ihr letzter Gedanke, bevor sie wegdämmerte, war: *Bitte, Maud, mach, dass das alles nur ein Traum ist.* Dann fiel sie in einen tiefen Schlaf.

Kapitel 2

Aller guten Dinge sind drei

»Sara, Kindchen? Bist du krank?« Miss Spinsters Stimme riss Sara unsanft aus ihren Träumen. Als sie nicht sofort reagierte, rüttelte die Seniorin sie an der Schulter.

Sara gab einen unartikulierten Laut der Missbilligung von sich, doch Miss Spinster ließ nicht locker. »Hast du gehört, dass es einen Mord gegeben hat, Sara?«

»Mhm.«

»Bei dir nebenan auf der Weide, stell dir das mal vor, Kindchen. Direkt hinter der Mauer zu deinem Rosengarten. Hörst du mir zu?«

»Mhm.« Sara blinzelte frustriert gegen das helle Tageslicht an. »James Henning.«

Miss Spinster sah beinahe enttäuscht aus. »Woher weißt du …«

»Polizei war hier«, nuschelte Sara. »Kann ich jetzt weiterschlafen?«

»Aber wir haben doch heute unseren Krimiclub!« Entrüstung lag in Miss Spinsters Stimme. »Außerdem ist helllichter Nachmittag.«

Sara stöhnte. Der Krimiclub! Wie hatte sie den vergessen können? Der Krimiclub war eine Tradition, die sie von ihrer »Tante« Maud übernommen hatte. Ursprünglich hatten Maud, deren alte Freundin Miss Spinster und der ehemalige Dorfpolizist von Sidbury, Robert »Bobby Bobby« Miller, zum Club gehört. Mittlerweile hatte Sara Mauds Platz eingenommen und der Dorfvorsteher Cedric Brewer gesellte sich des Öfteren ebenfalls dazu – vorgeblich, weil er sich für die Werke englischer Kriminalschriftstellerinnen und -schriftsteller interessierte, eigentlich galt sein Interesse jedoch Sara.

Tatsächlich hatte es eine Zeit gegeben, in der sie gedacht hatte, zwischen ihr und Cedric könnte sich eine ernsthafte Beziehung entwickeln, aber dann war die Sache mit Susan passiert und plötzlich hatte sie Cedrics Bemühungen in einem anderen Licht gesehen und war auf Abstand gegangen. Nicht, dass das den Dorfvorsteher entmutigt hätte. Er warb weiterhin mit einer Hartnäckigkeit um sie, die ihr beinahe Bauchschmerzen verursachte, aber da sie ihm viel zu verdanken hatte, ließ sie es über sich ergehen. Ebenso wie die zahlreichen Verkuppelungsversuche der beiden Senioren.

»Wie spät ist es?«

»Bald vier.«

»Shit.« Sie riss die Augen endgültig auf, setzte sich aufrecht hin und schwang die Beine aus dem Bett. Nicht nur der Krimiclub stand heute auf ihrer Agenda! Für fünf Uhr hatte sich außerdem ein Herr angekündigt, der in der Chronik nach einem Foto suchen wollte. Schlagartig war sie wach. Wenn sie Miss Spinster und Bobby Bobby bis dahin aus dem Haus haben wollte, musste sie in die Gänge kommen. »Darf ich Sie bitten, Tee aufzusetzen, Miss Spinster? Ich zieh mir nur schnell was über.«

Die Seniorin stand auf. »Hab ich doch schon längst. Und Scones hab ich auch gebacken. Und Sahne geschlagen. Nur du fehlst noch, Kindchen.« An der Tür sah sie noch einmal zu Sara zurück und lächelte verschmitzt. »Cedric ist auch da.«

Sara verdrehte die Augen.

Kurz darauf saß Sara mit ihren Freunden um das kleine Tischchen im Kaminzimmer. Miss Spinster und Bobby Bobby hatten auf den beiden Sesseln Platz genommen und Cedric saß neben ihr auf dem Sofa, den Arm wie zufällig hinter ihrem Rücken auf die Lehne gelegt.

»Ich weiß, wir haben *Die verschwundene Dame* gelesen und wollten darüber sprechen …«, eröffnete Sara die Diskussion, »aber …«

Miss Spinster sah sie streng an. »Du willst doch nicht allen Ernstes über das Buch diskutieren, Sara?«

»Nein, eigentlich wollte ich vorschlagen, dass …«, begann Sara, doch sie wurde wieder unterbrochen.

»Es gibt einen Toten. Wir können unmöglich einen fiktiven Krimi analysieren, wenn es in nächster Nachbarschaft einen wirklichen Mord gibt.« Miss Spinster blickte auffordernd in die Runde. »James Henning ist *erschossen* worden, heißt es! Er war eine Seele von Mensch. Wir sind es ihm schuldig, seinen Tod aufzuklären.«

Bobby Bobby lehnte sich vor. »Die Polizei …«

Miss Spinster wischte den Einwand mit einer ungeduldigen Handbewegung weg. »Die Polizei macht

Dienst nach Vorschrift. Entschuldige, Bobby. Nichts gegen dich. Aber wir alle wissen, dass die Polizei von heute völlig fantasielos ist.«

Bobby hob die Hände mit den Handflächen nach außen, was wohl bedeutete, dass er Miss Spinsters Kritik nicht persönlich nahm.

»Denkt an Miss Marple. Ohne sie wäre die Polizei aufgeschmissen.«

Sara verbiss sich den Kommentar, dass es sich bei Miss Marple um Fiktion handelte und dass die Polizei weder damals noch heute auf die Unterstützung privater Schnüffler angewiesen war. Sie wechselte einen raschen Blick mit Cedric, der amüsiert mit den Schultern zuckte, dann ließ sie Miss Spinsters Vortrag weiter über sich ergehen.

»Wir haben James Henning gekannt. Wir kennen seine Frau, seine Nachbarn, seine Freunde. Uns gegenüber werden sie sich öffnen. Wir haben einen riesigen Vorteil gegenüber der Polizei und den werden wir nutzen. Mit Ava habe ich übrigens schon gesprochen.«

Ava arbeitete bei der kleinen Post von Sidbury und war die einzige Arbeitskollegin von James gewesen. So viel wusste Sara.

Miss Spinster fuhr schon fort. »Sie ist völlig überfordert mit der Situation. In der Poststation türmt sich die Post und es gibt so schnell keinen Ersatz für James. Daher habe ich ihr angeboten, in Sidbury ein wenig die Post auszutragen. Nicht ohne einen Hintergedanken natürlich. Als Briefträgerin kommt man mit den Leuten ins Gespräch – ganz unauffällig.« Miss Spinster sah zu Sara. »Für dich habe ich übrigens auch einen Brief mitgenommen. Sah wichtig aus.« Sie deutete auf den Kaminsims, auf dem gegen die Wand gelehnt ein Umschlag stand. Dann sah sie wieder sensationslüstern in die Runde. »Ava jedenfalls hat mir ganz im Vertrauen gesagt, dass James in letzter Zeit etwas durch den Wind war. Und das ist gleichzeitig der Beweis dafür, dass die Polizei uns braucht. Dem Inspector gegenüber wird sie nichts sagen. Nichts Übles über die Toten, hat sie gemeint. Glaubt mir: Am Ende wird die Polizei dankbar dafür sein, dass wir unsere Nasen in den Fall gesteckt haben.«

Bobby Bobby nickte langsam. Auch auf Cedrics Gesicht zeichnete sich Zustimmung ab. Alle Augen richteten sich auf Sara. Die schnaubte amüsiert. »Ich bin überstimmt. Wieso also nicht? Schließlich stehe ich sowieso schon auf der Verdächtigenliste von diesem öligen Inspector. Ermitteln wir also. Nur nicht in der nächsten Stunde. Ich kriege Besuch.«

»Männerbesuch?«, fragte Miss Spinster höchst interessiert.

Sara schnitt eine Grimasse. »Männerbesuch.« Als sie Cedrics missfällige Miene registrierte, erklärte sie: »Jemand, der etwas in der Chronik sucht.«

»Gut, dann beginnen wir mit der Zeugenbefragung, während du dich diesem männlichen ›Jemand‹ widmest«, sagte Miss Spinster. Aus ihrem Mund klang es, als hätte Sara etwas anderes vor, als mit dem Mann die Ordner der Chronik durchzublättern.

Sie besprachen, wer mit wem reden würde, und als

alles ausgemacht war, standen sie auf und gingen Richtung Ausgang.

Sara atmete auf.

Doch sie hatte sich zu früh gefreut, denn Miss Spinster kam noch einmal zurück. »Vergiss den Brief nicht.«

Sara folgte ihrem Blick zum Kaminsims. Auf einmal hatte sie das Gefühl, als bilde sich ein fester Klumpen in ihrem Magen. Der Brief kam von einem Londoner Anwaltsbüro. Sie bekam nicht mehr mit, wie Miss Spinster sich verabschiedete, sondern ging mechanisch auf den Umschlag zu und riss ihn auf. Schon bei der Betreffzeile wurde ihr übel.

Frank Rattlebag ./. Sara Rattlebag wegen Anfechtung des Testaments Maud Rattlebag vom …

Sara schluckte. Tränen schwammen in ihren Augen, als sie weiterlas.

Sehr geehrte Miss Rattlebag,

in der bezeichneten Angelegenheit zeige ich an, dass mich Mr. Frank Rattlebag beauftragt hat, das Testament anzufechten.

Sie legte den Brief zur Seite. Nun war es also so weit. Ihr eigener Vater – oder zumindest die Person, die sie ihr Leben lang dafür gehalten hatte – neidete ihr ihr Erbe.

»Aller guten Dinge sind drei«, flüsterte sie vor sich hin.

Sie hasste es, wenn sie recht behielt, besonders in solchen Dingen. Was war das nur für ein Tag! Der Anruf von Nathan, der Tote auf dem Nachbargrundstück und nun dieser Brief. Automatisch fuhr ihre Hand zu der kleinen Blechbüchse mit den Fudges, die für genau solche Fälle auf dem Tischchen vor dem Kamin bereitstanden. Wie eine Drogensüchtige steckte sie sich die Süßigkeit in den Mund und wartete darauf, dass die Süße sich in ihrer Mundhöhle ausbreitete und dann wie ein tröstender Mantel über ihre Seele legte. Doch diesmal verfehlten die Fudges ihre Wirkung. Stattdessen füllten sich ihre Augen mit Tränen und Sara konnte nichts dagegen tun, dass sie überliefen. Sie beschloss, sich wieder in ihr Bett zu verkriechen und all das Böse ihrer Welt auszusperren.

Doch da klopfte es an die Tür.

Kapitel 3

Er ist es

Der Besucher hatte offenbar ein Gefühl für den richtigen Moment. Energisch wischte sich Sara die Tränen aus den Augenwinkeln, schnaufte einmal durch und zwang sich ein Lächeln auf das Gesicht. Dann öffnete sie die Tür. Sie sah sich einem dunkelhaarigen Mann gegenüber, der auf die vierzig zuging. Er hatte eine sportliche Figur und sein Kleidungsstil war adrett – man konnte es nicht anders nennen. Zu einer gelben Weste trug er ein kariertes Tweedjackett und eine dazu passende Fliege. Bei jedem anderen hätte die Aufmachung affig gewirkt, doch zu ihm passte sie.

»Michael Brickerton«, sagte er und machte dabei einen kleinen Diener. »Sehr erfreut, Sie kennenzulernen. Danke, dass Sie sich Zeit für mich nehmen.« Er lächelte Sara an. Die Augen hinter seiner dunkelrandigen Brille musterten sie aufmerksam.

»Kommen Sie rein.« Sara wich seinem Blick aus und trat einen Schritt zurück.

Er schob sich an ihr vorbei in den Flur des Cottages.

»Gleich links ist das Kaminzimmer. Nehmen Sie dort Platz«, sagte sie. »Kann ich Ihnen Tee anbieten?«

Sie wartete kaum auf seine Bestätigung, sondern flüchtete in die Küche, wo sie zuerst ihr Gesicht mit kaltem

Wasser benetzte. Der Mann sollte nicht sehen, dass sie geweint hatte. Dann füllte sie heißes Teewasser aus dem Samowar in Mauds Teekanne und stellte sie zusammen mit zwei Tassen, Milch und Zucker auf ein Tablett.

Ihr Besucher hatte das Sofa gewählt und war bei Saras Eintritt damit beschäftigt, beinahe liebevoll über den Stoff zu streicheln, mit dem die Sessel bespannt waren. »Tweed«, sagte er, ohne hochzusehen.

Sara zuckte mit den Schultern. »Kann sein.«

»Sie haben das Erbe Ihrer Tante Maud angetreten?«

Sie konnte nichts dagegen machen. Bei dem Wort »Erbe« zuckte sie unwillkürlich zusammen. Daher fiel ihre Antwort auch ruppiger aus, als sie vorgehabt hatte. »So ist es. Wie kann ich Ihnen helfen?«

Er sah sie forschend an. »Ich suche ein Foto. Ein Klassenfoto, um genau zu sein.« Wenn er ihre geröteten Augen sah, ließ er es sich nicht anmerken.

»Ich bin nicht sicher, ob sich in der Chronik auch Klassenfotos finden.«

»Es wurde in der Zeitung abgedruckt.«

»Dann sollte es kein Problem sein«, sagte Sara.

»Bis wann können Sie das Foto finden? Was denken Sie?«

»Wenn Sie mir das Jahr sagen, habe ich das in fünf Minuten.«

Er nickte kurz. »Es ist von 1987, unserem Abschlussjahr in der St. John's School.«

Die St. John's School war eine Privatschule mit Internat, die in einem historischen Anwesen in Sidmouth untergebracht war, so viel wusste Sara. Wie so viele Dinge in England, unterlag auch die Bildung dem Zweiklassensystem. Wer Geld hatte, steckte seine Kinder in eines der teuren Internate, die meist in abgelegenen Gegenden auf dem Land lagen. Dort war guter Unterricht garantiert. Wer kein Geld hatte, musste mit der öffentlichen Schule vorliebnehmen, wo das Geld hinten und vorn nicht reichte, der Unterricht schlecht und die Lehrer überfordert waren.

Sara erhob sich. Sie war froh, seinem allzu prüfenden Blick zu entkommen. »Das hab ich gleich. Wenn Sie kurz warten möchten?«

Michael Brickerton nickte. Er lehnte sich zurück und schloss die Augen.

Sara ging zur Wand mit den Ordnern und strich mit der Linken über die Rückseiten der dort aufgereihten Chronik von Sidbury und Sidmouth, bis sie zu den drei Ordnern mit der Aufschrift 1987 gelangte. »Wann wurde das Foto denn gemacht?«

Brickerton überlegte. »Ich denke, das war im Frühjahr.«

»Also werden wir das Foto wohl im ersten Ordner finden.« Sara zog ihn heraus. »Wenn nicht dort, dann sicher im zweiten. Den dritten können wir uns vermutlich sparen.« Sie wuchtete auch den zweiten Ordner aus dem Regal und trug beide zu dem Tischchen, das zwischen dem Sofa und den beiden Sesseln stand. »Dann lassen Sie uns mal suchen, Mr. Brickerton.«

»Michael«, erwiderte er und lächelte sie an. »Nennen Sie mich ruhig Michael … Sara.«

Sara nickte betont gleichgültig, doch sie konnte nichts gegen das Kribbeln in ihrem Bauch machen. Genervt von sich selbst – es lag doch auf der Hand, dass es sich bei diesem Michael Brickerton wieder um einen dieser Goldgräber handelte – setzte sie sich und schlug den ersten Ordner auf. Der Geruch von altem Papier und Staub schlug ihr entgegen. Beim Anblick der vergilbten Seiten beruhigte sich ihr Atem wieder. Das war die Geschichte Sidburys, die ihre »Tante« Maud dokumentiert hatte. Nun lag sie in Saras Verantwortung.

Die erste Seite war der Neujahrsrede der Queen gewidmet – vermutlich hatte der Berichterstatter die Rede Wort für Wort abgetippt. Darunter war das Foto des Neujahrsbabys mit seinen glücklichen Eltern abgebildet. Es handelte sich um Patricia Montrose, die am 1. Januar dieses Jahres um 0:23 Uhr das Licht der Welt erblickt hatte.

»Es muss im Frühjahr gewesen sein, um Ostern herum«, wiederholte Michael. Sara nahm eine leichte Ungeduld in seiner Stimme wahr.

Sie blätterte gleich mehrere Blätter weiter – vorsichtig, um die brüchigen Seiten nicht zu beschädigen. Februar. März. In den Wintermonaten schien in diesem Jahr nicht allzu viel passiert zu sein. Sie ging dazu über, wieder eine Seite nach der anderen umzuschlagen. Ein Unwetter, ein landwirtschaftlicher Unfall, der Bericht über einen Hollywoodfilm, der ausgerechnet in Sidmouth gedreht worden war, der Sieg der Fußballmannschaft gegen die von Exeter …

»Ostern.« Die Ungeduld war nicht mehr zu überhören.

»Gleich.« Wieder klappte Sara eine Seite um und kam zu einem Spendenaufruf für die Renovierung der Kirche von Sidbury. Auf dem Bild war Reverend Leaves zu sehen – viel jünger als zuletzt bei Mauds Begräbnis. Dann – endlich – ein paar Klassenfotos.

»Das hier!« Aufgeregt tippte Michael Brickerton auf das Bild, das am unteren Seitenrand klebte. Er zog den Ordner näher an sich heran und kniff die Augen zusammen.

Sara schob ihm die große Lupe hin, mit der sich Maud manchmal beholfen hatte, wenn die Schrift in den Berichten allzu klein war. Er ließ sie langsam über die Reihen wandern.

»Shit.« Er beugte sich vor. »Shit!«

»Stimmt was nicht mit dem Bild?«

»Doch. Alles in Ordnung, nur … Shit!«

Sara lehnte sich in ihrem Sessel zurück und betrachtete ihn. »Nur?«

»Ich denke … Mist! Ich glaube, er ist es wirklich.«

»Wer?«

Statt einer Antwort zeigte Michael auf einen Jungen, der lachend in der hinteren Reihe stand.

Sara beugte sich darüber. »Wer ist das?«

»Andrew. Andrew Cole. Mein … bester Freund zu jener Zeit.«

»Und das ist schlecht?« Was ging bloß in dem Mann vor?

Michael schüttelte den Kopf. »Wenn er das wirklich ist, dann …« Er brach ab.

»Dann?«

»Dann muss er weg.«

»Wieso das denn?« Sara verstand nur Bahnhof. »Ich denke, das war dein bester Freund? Wieso muss er weg? Und wohin?«

Michael Brickerton atmete einmal tief ein und dann wieder aus. »Ich bin Eigentürmer der Sidbury Tweedmanufaktur und … vor ein paar Wochen haben wir einige Neuzugänge eingestellt. Ich war nicht dabei, für die Einstellungen ist der Personalchef zuständig – ich habe sozusagen nur die Verträge unterzeichnet.«

»Und?«

»Und als ich ihn zum ersten Mal sah, wusste ich sofort, dass er es ist.«

Sara verstand immer noch nicht, worauf Michael hinauswollte. Dann war eben dieser Junge aus seiner Schulzeit jetzt bei ihm angestellt. Was sollte daran verwerflich sein?

Doch er fuhr schon fort. »Ich habe die Verträge durchgesehen, aber keiner lautet auf Andrew Cole.«

»Dann ist er es wohl doch nicht.«

»Doch. Er muss es sein.« Michael zog sein Handy hervor, rief die Fotoapp auf und wischte ein paarmal auf dem Display herum. Dann hielt er es Sara hin. »Sieh mal!«

Sara betrachtete das Foto, das aus einer Personalakte abfotografiert worden war. Es zeigte einen finster aussehenden Mann. Er trug einen braunen Vollbart, der ihm bis auf die Brust reichte, und unter einer Wollmütze schauten ein paar ebenso braune Haare hervor.

Seine dunklen Augen blickten genervt in die Kamera. Der Mann wirkte auf den ersten Blick nicht besonders sympathisch, aber Sara fand nichts Besonderes an dem Foto. »Nicht unbedingt ein Bild, das ich für eine Bewerbung auswählen würde.«

Michael Brickerton hob die Schultern. »Mein Personalchef ist fair. Nicht jeder fühlt sich vor einer Kamera wohl und … na ja, er muss wohl andere Qualitäten haben. Jedenfalls hat er ihn eingestellt.«

»Aber er heißt nicht Andrew Cole?«

Michael schüttelte den Kopf. »Leo Warden.« Er verkleinerte das Bild und hielt es Sara noch mal hin.

»Leo C. Warden«, las sie laut vor. Etwas an dem Namen kam ihr seltsam vor, doch sie konnte es nicht greifen. »Okay, das ist nicht derselbe Name. Aber warum bist du so sicher, dass es derselbe Mann ist? Ich meine, schau ihn dir an. Der Junge hier ist fröhlich, dein neuer Angestellter ist … na ja, ein Finsterling?«

»Sieh dir mal diese Augenbrauen an und die Augen.« Michael deutete auf das Gesicht des Jungen. Er hatte tatsächlich auffällige Augenbrauen, sehr dicht und stark geschwungen. Noch auffälliger jedoch waren seine Augen, denn eines war viel größer als das andere und zum auslaufenden Winkel hin stark hängend. »Andrew hatte eine Lähmung am linken Augenlid.«

»Darf ich?« Sie zog sein Handy zu sich heran und verglich das Foto aus der Personalakte mit dem Klassenfoto. Tatsächlich waren die Augen auf beiden Bildern so geformt. »Sieht tatsächlich ziemlich ähnlich aus«, sagte sie.

»Auch wenn so eine Lähmung natürlich öfter auftreten kann, oder?«

»Die Lähmung und dann noch diese Augenbrauen? Nein, ich bin mir ganz sicher. Er ist es.«

»Na, dann sprich ihn doch darauf an.« Sara verstand das Problem ihres Besuchers immer noch nicht.

Michael schüttelte vehement den Kopf. »Wenn er es wirklich ist, darf er nicht hier sein.«

Sara stöhnte. »Ich vermute mal, dass du mir nicht sagen kannst, warum das so ist.«

Michael machte Anstalten aufzustehen. »Ich muss gehen. Würdest du …« Er zögerte und setzte sich wieder. Dann zwang er ein Lächeln auf sein Gesicht, bei dem Sara dahinschmolz. »Würdest du vergessen, dass ich nach ihm gefragt habe?«

So langsam wurden dieser Michael Brickerton und die Geschichte um Andrew Cole interessant. Sie wischte sich belustigt vor dem Gesicht herum. »Schon gelöscht. Warum liegen noch mal die Ordner hier rum? Sicher wieder so eine Schlamperei von mir.«

Sie wollte den offenen Ordner eben zuklappen, da hielt er sie zurück.

»Darf ich ein Foto davon machen?«

Sara zuckte mit den Schultern. »Klar. Und das soll ich dann auch vergessen?«

»Ja, wenn das möglich ist?« Er knipste das Bild, dann steckte er sein Mobiltelefon wieder ein.

»Und warum warst du hier?«

Michael überlegte kurz, dann grinste er. »Ich wollte

dich fragen, was du Samstagabend vorhast.«

Das wirkte wie ein Schwall kaltes Wasser auf Sara. Der Nächste, der versuchte, über sie an ihr Geld zu kommen. Ihr reichte es. »Ihr habt schon seltsame Anbaggermethoden hier in Devon.«

»Das ist keine Antwort.«

»Ach, die Frage ist ernst gemeint? Nein, danke. Kein Bedarf, Michael.«

»Sicher? Ich kenne da ein gutes Restaurant in …«

In diesem Moment öffnete sich die Tür des Cottages. Ihre beiden Gesichter wandten sich Richtung Eingang und Sara fühlte sich, als wäre sie bei etwas Verbotenem ertappt worden.

»Miss Spinster!«, rief sie aus und schlug geistesgegenwärtig den Ordner zu, während Michael sich erhob.

»Störe ich?«, fragte Mauds alte Freundin gespielt unschuldig. »Ich wusste nicht, dass das Treffen so lang dauert.«

»Nein, kommen Sie nur herein. Ich wollte gerade aufbrechen.« Michael warf Sara Rattlebag noch einen undeutbaren Blick zu, dann erhob er sich und verschwand zur Tür hinaus.

Kapitel 4

Der Kuppelclub

»So einen schnuckeligen jungen Mann würde ich nicht laufen lassen, Sara«, tadelte Miss Spinster und starrte auf die Tür, durch die Michael Brickerton eben gegangen war.

»Soll ich ihn für Sie zurückrufen?«, fragte Sara. Obwohl ihr nach diesem Tag nicht wirklich zum Scherzen zumute war, konnte sie sich die Bemerkung nicht verkneifen.

Miss Spinster hob abwehrend die Hände. »Bloß nicht! Ich dachte doch nicht an mich, sondern an dich, Kindchen.«

Miss Spinster und Bobby hatten es sich in den Kopf gesetzt, Sara unter die Haube zu bringen. Das hatten sie Maud vor ihrem Tod versprochen. Dass es ihnen bisher nicht gelungen war, ließ ihnen keine Ruhe.

»Wir sollten unseren Club von Krimiclub in Kuppelclub umbenennen. Ich stimme dafür. Wer noch?« Sara hob die Hand.

»Endlich hast du es verstanden«, sagte Miss Spinster und setzte gleich nach: »Was macht eigentlich Cedric?«

Cedric Brewer war in den Augen der beiden Alten nicht nur als Dorfvorsteher von Sidbury eine gute Partie, sondern auch ein Schatz von einem Mann. Sara hatte bei ihren Küssen tatsächlich diese Schmetterlinge gespürt, von denen all die Romane erzählten. Trotzdem hielt sie ihn auf Abstand. Was ihn nicht davon abhielt, weiterhin sehr beharrlich um sie zu werben.

»Kindchen?« Miss Spinster holte sie vorsichtig aus ihrer Gedankenwelt zurück.

Was war noch mal die Frage gewesen? Ach ja, Cedric. Sara rief sich zur Ordnung. »Keine Ahnung, was Cedric macht.«

»Du solltest dich mehr um ihn kümmern. Ihr seid so ein schönes Paar.«

Sara verzichtete darauf, Miss Spinster zu erklären, dass sie und Cedric kein Paar waren, und beschloss, dass es an der Zeit war, das Thema zu wechseln. »Soll ich uns Tee machen? Von den Scones ist auch noch was übrig.« Genug, um eine ganze Armee zu verköstigen.

In diesem Moment streckte Bobby seinen Kopf zur Tür herein. »Guten Abend, die Damen. Warum hast du den adretten jungen Mann nicht gebeten, uns beim Tee Gesellschaft zu leisten, Sara?«

Sara sah ihn gespielt verzweifelt an. »Weil er dann ein Opfer eurer Kuppelversuche geworden wäre.«

»Genau. Los! Hol ihn zurück.«

Während die beiden Alten beinahe synchron nickten, rollte Sara ihre Augen himmelwärts. »Das werde ich nicht tun. Mr. Brickerton hat das Bild gefunden, das er gesucht hat, und ist jetzt wieder auf dem Heimweg.« Sein seltsames Anliegen verschwieg sie den beiden Senioren.

»Brickerton. Brickerton …« Bobby Bobby kratzte sich am Kopf. »Da war doch was mit diesem Namen.«

Sara sah ihn neugierig an, doch von dem ehemaligen Dorfpolizisten kam nichts weiter. Trotzdem bestätigte sein Verhalten sie darin, dass es ein Geheimnis um den schnuckeligen Michael gab.

Miss Spinster, die dem Ganzen keine Beachtung schenkte, legte inzwischen los: »Wir haben die Zeit genutzt und uns in der Nachbarschaft von James umgehört. Er war überall beliebt. Keiner hatte je ein Problem mit ihm. Er hat sogar am Wochenende die Post zugestellt, wenn er wusste, dass jemand sehnlich auf einen Brief gewartet hat. Und er hat auch gern mal einen Brief zur Post mitgenommen, obwohl das ja wirklich nicht zu seinen Aufgaben gehört. Jeder hier ist voll des Lobes über ihn. Wie es in Sidmouth ist, wissen wir natürlich nicht, aber ich kann mir nicht vorstellen, dass er dort eine völlig andere Persönlichkeit hatte. Außerdem wurde er hier ermordet, also ist der Täter wohl eher in Sidbury zu finden.«

»Seine Ehefrau ist untröstlich«, fuhr Bobby fort. »Die Nachbarn geben an, dass sie nie auch nur ein böses Wort aus dem Häuschen der Hennings gehört haben. Die Kinder sind fröhliche, wohlerzogene Mädchen. Eine Bilderbuchfamilie.«

»Trotzdem ist er tot.« Sara verschob nachdenklich die Mundwinkel. »Kann es sein, dass es sich um einen Unfall handelt?«

Bobby schüttelte den Kopf. »Ich habe mit einem ehemaligen Kollegen gesprochen, John. Er sagt, es besteht kein Zweifel daran, dass es Mord war. James ist aus nächster Nähe erschossen worden. Ein Kopfschuss, direkt zwischen die Augen. Das wäre schon ein sehr seltsamer Unfall.«

Sara nickte. »Und er ist auf der Weide erschossen worden?«

Wieder war es Bobby, der antwortete. »Es spricht alles dafür, ja. Am Fundort der Leiche wurden Blutspuren gefunden. Wäre die Leiche dort abgelegt worden, würden die fehlen. Nach Eintreten des Todes fließt kein Blut mehr.«

»Gut, dass wir jemanden vom Fach mit dabeihaben. Und gestorben ist er am Morgen?«

»Ja.« Bobby sah sehr zufrieden mit sich aus. »Der Mord muss in den Morgenstunden passiert sein. Also mittlerweile vor etwa neun bis zehn Stunden.«

Vor neun bis zehn Stunden, also irgendwann zwischen sieben und acht Uhr morgens. Sara versuchte, sich zu erinnern, was sie zu der Zeit getan hatte. Sie war auf jeden Fall schon wach gewesen und hatte bei offenem Küchenfenster ihren Tee getrunken. Die Schafe hatten ziemlich aufgeregt geblökt, aber Sara hatte dem keine Beachtung geschenkt. Das taten die Viecher auch sonst oft. Besonders in den Morgenstunden, wenn ihr Besitzer, Bauer Matthew, seinen Kontrollgang machte.

»Matthew macht zu der Zeit immer seine Runde«, sagte Sara langsam.

Miss Spinsters Augen begannen zu funkeln. »Dann frage ich mich, warum er nichts gesehen hat.«

»Und ob er vielleicht Streit mit James hatte«, fügte Sara hinzu.

Doch Bobby wischte ihre offenen Verdächtigungen beiseite. »Matthew war verspätet unterwegs, weil eine kalbende Kuh ihn auf der Farm aufgehalten hat. Und er mag Schaffarmer sein, aber er ist selbst kein Schaf. Würde er jemanden erledigen wollen, würde er ihn bestimmt nicht auf seiner eigenen Weide liegen lassen. Außerdem hat er die Polizei verständigt, nachdem er den Toten entdeckt hat.«

»Die eigentliche Frage ist, warum James Henning so früh auf der Weide unterwegs war«, überlegte Sara laut.

Bobby hob die Schultern. »Seine Frau weiß es nicht. Sie hat erzählt, dass er nachts nicht schlafen konnte. Irgendwann ist er wohl aufgestanden und hat das Haus verlassen. Das ist in letzter Zeit öfter passiert. Sie meinte, die Geister seiner Vergangenheit hätten ihn geplagt.«

»Geister seiner Vergangenheit?«, fragte Sara.

Bobby nickte. »So hat sie das genannt. Aber sie weiß auch nicht, was für Geister das sind.«

»Dann sollten wir mehr darüber herausfinden«, sagte Miss Spinster.

»Nur wie?« Sara fiel beim Stichwort »Geister« nur Silly Old Joe ein, der meistens auf dem Friedhof zu finden war und behauptete, mit den Toten zu sprechen. James war nun tot. Ob Silly Old Joe Botschaften von ihm empfing?

Sara schüttelte den Kopf. Da saß sie nun, eine aufgeklärte Frau mit einem beinahe abgeschlossenen Geschichtsstudium, und dachte ernsthaft darüber nach, im Zuge einer Mordermittlung mit einem Verrückten zu sprechen.

Kapitel 5

Ein Toter, ein Rätsel und ein Schafsüberfall

Müde ließ sich Sara Stunden später in ihren Sessel fallen. Sie liebte die beiden Alten und diese Treffen und sie hätte den Krimiclub auch am Leben erhalten, wenn das nicht eine Bedingung für das Erbe des Cottages gewesen wäre. Trotzdem laugten sie sie aus. Besonders heute, wo zusätzlich zum Krimiclub noch so viel anderes passiert war. Ein Toter, ein Rätsel und zwei Menschen, die ihr ihr Erbe neideten. So konnte man die Vorkommnisse dieses Tages, der so geruhsam begonnen hatte, zusammenfassen.

Und es waren alles Vorfälle, die Saras Eingreifen erforderten. Was ihren Vater Frank anging, würde sie sich gleich am Montag an Mr. Fulbright wenden, den Testamentsvollstrecker. Maud hatte vor ihrem Tod bereits vorhergesehen, dass ihr Bruder das Testament anfechten würde, und mit Mr. Fulbright eine Strategie besprochen. Was Nathan anging, war das Problem noch schneller gelöst. Sara fischte ihr Handy aus ihrer Hosentasche und blockierte die Nummer ihres Ex. Sie wollte nichts mehr mit ihm zu tun haben. Die anderen beiden Fälle würden nicht so schnell gelöst sein.

Ohne ihr Zutun stahlen sich Saras Gedanken zu Michael Brickerton. Sie witterte ein Geheimnis hinter seiner Reaktion auf das Bild in der Chronik. Was konnte nur dahinterstecken? Der Ordner lag immer noch auf dem Tischchen, daneben die Lupe. Was war das Besondere an diesem Jungen? Warum war er aus Sidbury verschwunden und warum durfte er partout nicht hierher zurückkehren?

Sara setzte sich aufrecht hin, zog den Ordner heran und suchte die Seite mit dem Foto. Andrew Cole. Er sah aus wie jeder Junge in den späten Achtzigern. Braunes Haar, das er am Scheitel himmelwärts gestylt hatte – allerdings ohne großes Geschick –, ein Hemd, darüber ein Zwischending aus Jacke und Pullover in einer schrecklichen Farbkombination. Er sah aus, als fühle er sich unwohl, doch damit war er beileibe nicht der Einzige. Sara betrachtete lächelnd die toupierten Haare der Mädchen, die Dauerwellen, durch die sie wie menschliche Pudel wirkten, und die kläglichen Versuche der Jungs, wie Nick Kamen auszusehen – zumindest ein bisschen. Ob zukünftige Generationen genauso über die heutige Mode lächeln würden?

Ihr Blick wanderte weiter und es dauerte nicht lang, da hatte sie Michael Brickerton unter den Jugendlichen ausgemacht. Im Gegensatz zu den anderen, die eher leger angezogen waren, trug er einen Anzug mit einem weißen Hemd und roter Krawatte, dazu war sein Haar ordentlich gescheitelt und gegelt. Er hatte offenbar schon damals sehr auf seine Erscheinung geachtet.

Wieder lächelte Sara. Ob seine Klassenkameraden Späße auf Kosten des junge Michael gemacht hatten? Kinder konnten grausam sein, das wusste sie aus eigener

Erfahrung, und ein Mitschüler, der zu elegant angezogen war, konnte dem Spott ebenso zum Opfer fallen wie ein Mitschüler, der nicht der Mode entsprechend angezogen war.

War Michael vielleicht von diesem Andrew gemobbt worden? Solche Verletzungen schmerzten oft ein Leben lang und es war gut möglich, dass den erwachsenen Michael die Präsenz seines früheren Folterknechts verstörte. Und verstört hatte er gewirkt. Verstört, aus dem Gleichgewicht gebracht, bestürzt.

»Fudges. Ich brauche Fudges!« Sara fischte eine der Süßigkeiten aus der Blechbüchse, wickelte sie aus dem goldenen Papier und schob sie sich in den Mund. Mit der Süße, die sich sofort ausbreitete, schwand das Durcheinander in ihrem Kopf.

Vielleicht verrannte sie sich da in einen Gedanken, vielleicht waren Michaels Nachforschungen ganz anderer Natur – unschuldiger Natur. Aber der Gedanke, dass damals etwas Schreckliches passiert sein musste, das durch die Ankunft dieses Leo C. Warden wieder an die Oberfläche gekommen war, ließ sie nicht los.

»Leo C. Warden«, sagte Sara halblaut. »Andrew Cole.« Irgendetwas war an diesen beiden Namen.

Doch ihr ging es wie Bobby Bobby mit dem Namen Brickerton. Sie konnte den Gedanken einfach nicht fassen.

Es war zehn Uhr abends und eigentlich Zeit zum Schlafengehen, aber Sir Arthur Doyle war noch nicht nach Hause zurückgekehrt und Sara konnte es nicht ausstehen, wenn er so spät nachts noch unterwegs war. Also warf sie sich die Granny-Square-Weste über, die sie von ihrer Tante geerbt hatte, und machte sich auf zum Friedhof.

Dort traf sie nicht nur ihren Kater, der sich genüsslich auf seinem Stammplatz auf einem Mäuerchen zusammengerollt hatte, sondern auch Silly Old Joe. Unbeweglich stand er zwischen den Gräbern, den Rücken ihr zugekehrt.

»Die junge Rattlebag ist da. Da freuen wir uns aber, nicht wahr, Maudie?«

Sara fragte sich nicht lang, wie er erraten hatte, dass sie es war. Sicher hatte er ihre Schritte im Gras gehört. Außerdem war sie die Einzige, die um diese Zeit auf dem Friedhof herumspazierte. Es war beinahe schon zur Tradition geworden, dass sie spät abends ihren Kater suchen ging. Trotzdem konnte Sara nichts gegen den Schauder tun, der ihr den Rücken hinunterkroch.

Silly Old Joe war vor vielen Jahren von einer Kugel am Kopf getroffen worden. Obwohl es nur ein Streifschuss gewesen war, hatte die Verletzung ihn verändert. Er war immer seltsamer geworden und irgendwann hatte er behauptet, mit Geistern sprechen zu können. Sara war ein aufgeklärter Mensch und Geister und Aberglaube waren ihr absolut fremd, trotzdem musste sie zugeben, dass Silly Old Joe ziemlich oft ins Schwarze traf mit dem, was er angeblich von den Geistern erfuhr.

»Joe.«

»Maudie sagt, du sollst mehr auf dich achten. Du hast abgenommen, sagt sie.«

Sara sah an sich herunter. »Sag ihr, dass das nur so aussieht, weil ich ihre Strickweste anhabe. Ich esse so viel Fudge, dass ich gar nicht abgenommen haben kann.«

»Sag ihr das selbst. Ich bin nur die Zunge für die Geister. Sie kann dich gut hören.«

»Alles klar. Du hast gehört, was ich gesagt habe«, sagte Sara zu der leeren Stelle neben Joe. »Wenn überhaupt, habe ich zugenommen. Also mach dir keine Sorgen. Es geht mir gut.« Auch wenn es sich merkwürdig anfühlte, die Worte an den leeren Friedhof zu richten, tat es ihr gut, sie auszusprechen. Maud fehlte ihr so sehr.

»Du fehlst ihr auch, sagt sie.« Joe legte den Kopf schief und tat, als würde er jemandem lauschen. »Und sie sagt: Es kommt wieder was auf dich zu.«

»Was meinst du?«

»Ein neuer Fall, behauptet Maud.«

Sara rieselte es kalt über den Rücken. Dann schüttelte sie den Kopf. Sicher hatte auch Joe mitbekommen, was heute auf der Schafweide neben ihrem Cottage passiert war.

»Apropos Fall«, begann sie vorsichtig. »Kanntest du James?«

»James Henning …« Silly Old Joe nickte bedächtig. »Er hat für eine alte Schuld bezahlt. Und er wird nicht der Letzte sein.«

»Was meinst du damit?«, fragte sie.

»Das, was ich sage. Was die Toten mir sagen.« Er blickte zur Birke, die neben der Kirche stand. »Er wird nicht der Letzte sein.«

»Joe, bitte sag mir, was du weißt. Besonders, wenn das erst der Anfang ist.«

»Joe weiß nichts. Joe hört nur zu. Den Toten hört er zu. Aber niemand will ihm glauben. Niemand.«

Mist. Der Alte war dazu übergegangen, in der dritten Person von sich zu sprechen. In dem Stadium konnte man nicht mehr zu ihm durchdringen, das wusste Sara – und sie hasste diesen Zustand. Da warf ihr der Verrückte so einen Brocken hin und dann zog er sich aus der Affäre. Das war wieder einmal typisch.

Ob etwas dran war an seinen kryptischen Bemerkungen? Und wenn ja, woher wusste Joe das alles? Nicht von den Geistern, so viel stand für Sara fest.

Entnervt nahm sie ihren Kater hoch. »Pass auf dich auf, Joe«, sagte sie. Und das meinte sie so, wie sie es sagte. Zu viel zu wissen, war nie gesund. Auch wenn niemand dem Wissen des Dorfnarren Glauben schenkte.

Kapitel 6

Rosenmord und Mordgedanken

Den Samstag verbrachten Sara, Miss Spinster und Bobby Bobby mit Nachforschungen zum Tod von James Henning. Sie hatten sich die Straßen von Sidbury aufgeteilt und geschworen, jeden in der kleinen Stadt nach seinem Verhältnis zu dem toten Postboten zu fragen und nach Gerüchten zu forschen, die sich um ihn rankten. Doch außer, dass ein wütender Inspector Webster sich Sara irgendwann in den Weg stellte und sie unter Androhung einer Haftstrafe anwies, mit dem Unsinn aufzuhören, erreichten sie nichts.

So saßen sie am Nachmittag unverrichteter Dinge im Garten, während Sara an den Rosen herumzupfte, die von hässlichen weißen Flecken befallen waren.

»Zu dumm, dass Bobby nicht mehr bei der Polizei ist«, sagte Miss Spinster. »Dann dürften wir nämlich unsere Nachforschungen anstellen.«

»Na ja.« Bobby wiegte den Kopf.

»Soll das heißen, du würdest mir verbieten, im Fall Henning zu ermitteln, Bobby?« Miss Spinster klang empört.

»Zumindest offiziell müsste ich dich bitten, dich aus der Sache herauszuhalten.« Bobby hob entschuldigend die Schultern.

»Offiziell …« Sie schnaubte. »Inoffiziell müsstest du mich mit Handschellen fesseln, damit ich nicht tue, was ich vorhabe zu tun.«

Bobbys Augen leuchteten einen Augenblick auf, dann hatte er sich wieder unter Kontrolle und brummte irgendetwas Unverständliches. Sara grinste. War es der Gedanke an Handschellen, der Bobby so strahlen ließ? Vielleicht sollte sie die beiden mal zusammen in den Schuppen sperren … Mit Handschellen. Ohne Hilfe würden sie jedenfalls nie auf einen grünen Zweig kommen, was ihre Beziehung anging.

Ein Räuspern ertönte von der Hausecke und ihre Köpfe fuhren herum. Es war Cedric Brewer, allerdings war er nicht allein, sondern in Begleitung eines Mannes, der mit einem angestrengten Lächeln in die Runde blickte.

»Darf ich bekannt machen«, Cedric wies mit ausgebreiteten Armen auf sie, als sei sie das siebte Weltwunder, »unser jüngster Neuzugang im Ort, Sara Rattlebag. Sie hat das Archiv ihrer … Tante übernommen und sich bereit erklärt, die Chronik von Sidbury weiterzuführen. Die beiden anderen Herrschaften sind Miss Spinster und Mr. Robert Miller, der von allen hier Bobby Bobby genannt wird.«

»Guten Tag«, sagte Sara. »Freut mich, Mr. …«

»Richard Clayton.«

Der Mann hatte eine volltönende, warme Stimme, in der ein kleines Lächeln mitschwang, und Sara ertappte sich bei dem Gedanken, dass er einen fantastischen Hörbuchsprecher abgeben würde. Ihre Laune hob sich schlagartig.

»Reverend Richard Clayton.«

Das wirkte wie ein kalter Guss. »Oh«, sagte sie. Dann fing sie sich.

Cedric lächelte ihr zu. »Was macht ihr gerade?«

»Wir sprechen über Mord und ich bringe die Rosen um.«

Das brachte Cedric dazu, die Brauen hochzuziehen.

Reverend Clayton lachte. Sein Lachen wirkte gekünstelt. *Typisch Kirchenmann*, dachte Sara.

»Da komme ich gerade richtig.«

Sara runzelte die Stirn. »Wollen Sie mir die Beichte abnehmen?«

Er lachte noch lauter. Auch dieses Lachen wirkte gekünstelt. »Ich denke, das ist nicht nötig. Nicht bei Rosenmord. Ich würde aber meine Hilfe anbieten. Rosen sind meine Leidenschaft.«

»Reverend Clayton übernimmt die Stelle von Reverend Leaves, du weißt schon«, erklärte Cedric. »Ich stelle ihm heute seine Schäfchen vor – zumindest einige davon.«

Wie um Cedrics Worte zu unterstreichen, ließ ein richtiges Schaf hinter der Mauer ein zustimmendes Blöken ertönen. Saras Kopf schnellte in die Richtung, aus der das Blöken gekommen war, und ihr Puls beschleunigte sich. Dann schalt sie sich selbst eine überängstliche Ziege. Nicht jedes Mal, wenn die Schafe einen Ton von sich gaben, musste der Grund dafür ein Toter auf der Weide sein.

Sie wandte sich wieder dem Reverend zu. »Dieses Schäfchen werden Sie allerdings nicht oft in der Kirche antreffen«, sagte sie und deutete auf sich. »Ich freue mich trotzdem, Ihre Bekanntschaft zu machen, und meine Rosen sicher auch. Schauen Sie mal.« Sie zeigte auf die Pflanze, an der sie sich gerade aufgehalten hatte. »Ich bin sicher, dass diese Flecken nicht da waren, als ich den Garten übernommen habe.«

»Klarer Fall von Mehltau«, sagte der Reverend, kaum, dass er das erste Blatt in Augenschein genommen hatte. »Das ist lästig, aber wir kriegen es hin.«

»Ja?« Sara war skeptisch. »Beten Sie ihn weg? Machen Sie einen Mehltau-Exorzismus?«

Wieder ließ der Reverend sein aufgesetztes Lachen ertönen. Langsam hatte Sara das Gefühl, in einem Theaterstück zu sitzen.

»Das und ich schneide die kranken Blätter ab. Haben Sie eine Gartenschere?«

»Das wäre dann Beihilfe zum Mord!«, stellte Sara sarkastisch fest.

Das Gesicht des Geistlichen wurde schlagartig ernst und er wechselte einen raschen Blick mit Cedric, der ihm ermutigend zunickte. »Apropos Mord. Damit kommen wir zum eigentlichen Grund meines Besuches. Der Dorfvorsteher hat mir gesagt, dass ich hier an der richtigen Adresse bin, wenn ich ein Verbrechen aufklären möchte.«

Saras Herzschlag beschleunigte sich. »Ein Verbrechen?« Das war eine neue Wendung. Sie wechselte einen raschen Blick mit Miss Spinster und Bobby Bobby.

Clayton sah sich um, als befürchte er einen Lauscher hinter dem nächsten Busch, dann beugte er sich vor und sah allen verschwörerisch in die Augen, bevor er mit gesenkter Stimme sagte: »Eigentlich darf ich nicht darüber sprechen, aber ich fürchte, ich muss es tun, wenn ich verhindern will, dass jemand stirbt.«

Es war ein schlechtes Schauspiel, was er da abzog. Trotzdem war Saras Neugier geweckt. Und nicht nur ihre. Auch Miss Spinster wollte mehr wissen. »Was ist denn passiert?«

Der Reverend beugte sich noch weiter vor und raunte: »Der Tote auf der Schafweide wird nicht der letzte sein.«

Sara lief ein kalter Schauer über den Rücken. Der Reverend benutzte beinahe dieselben Worte wie Silly Old Joe in der Nacht zuvor.

»Erzählen Sie!«, forderte sie ihn auf.

»Ich bin auf Befehl des Bischofs hier. Vor ein paar Tagen ist ein Brief im Bischofsamt eingetroffen. Ein Brief, der eine Beichte enthielt.«

»O-kay«, sagte Sara langsam. »Und darin stand was genau?«

»Ich kann es nicht wortwörtlich weitergeben, aber die Person, die diese Beichte abgelegt hat, schreibt, dass sie in dem Glauben gelebt hat, jemanden getötet zu haben. Dass sie ihr Leben in Schuld und Reue verbracht hat. Nun hat sie – oder er – Beweise dafür gefunden, dass jemand anders diesen Mord verübt hat. Derjenige und alle, die geholfen haben, dieses Unrecht zu vertuschen, sollen jetzt dafür bezahlen.« Er sah eindringlich in die Runde. »Mit dem Leben.«

Sara war sprachlos.

Miss Spinster fing sich schneller. »Sie denken, dass James Henning geholfen hat, einen Mord zu vertuschen?«

Clayton nickte. »Wenn das der Name des Toten ist, von dem heute im Radio berichtet wurde, dann ja.«

»Das heißt, jemand ist gestorben und der Falsche wurde dafür beschuldigt?«

Der Geistliche nickte nur auf Saras Frage.

»Und James hat falsch ausgesagt.«

Wieder nickte er. »Wenn wir den Beichtbrief richtig interpretieren, wird er nicht der Einzige bleiben.«

»Wer ist der Nächste?« Das Brummeln kam von Bobby, doch es war das, was sie alle dachten. Sie wechselten entsetzte Blicke. Sara fühlte, wie die Angst mit eiskalten Fingern nach ihrem Herzen griff. Wenn das, was der Reverend als Möglichkeit in den Raum gestellt hatte, wirklich passierte, kam ein Serienmord auf Sidbury zu. Wer alles würde sein Leben lassen müssen? Sie mussten das unbedingt verhindern.

Nur etwas kam ihr seltsam vor. »Warum gehen Sie mit dem Wissen nicht zur Polizei, Reverend?«

Der seufzte. »Das habe ich natürlich getan, Sara. Aber wissen Sie, was die Antwort war? Wenn ich nur verrückte Geschichten auf Lager hätte, solle ich mich hinter Silly Old Joe anstellen. Der habe versucht, als Sprachrohr der Toten zu fungieren.«

Bobby hob entschuldigend die Hände. »Es ist auch nicht so, dass Sie wirklich etwas in der Hand haben, was zur Aufklärung beitragen könnte. Ich vermute, der Brief war nicht unterschrieben?«

»Nein. Natürlich nicht. Wer die Briefbeichte wählt, unterschreibt doch so einen Brief nicht.«

»Eben.« Bobby nickte. »Was soll die Polizei dann machen? Sie werden die Aussage sicher irgendwo vermerkt haben. Aber solange der Täter nicht noch einmal zuschlägt und ein Muster erkennbar wird, können sie nichts tun.«

Und wieder rieselte es Sara kalt über den Rücken. Sie sprachen hier über einen potenziellen Serienmörder. Jemand hatte eine Mordserie angekündigt und niemand wollte etwas dagegen unternehmen?

»Aber *wir* können«, sagte sie fest.

Miss Spinster nickte. »So mag ich unsere Sara.« Dann jedoch zog Unsicherheit über ihr Gesicht. »Nur, was sollen wir dagegen unternehmen?«

»Wir werden unsere Ermittlungen verstärken. Wir müssen einfach herausfinden, was James Henning auf dem Kerbholz hatte – oder vielmehr, was er versucht hat zu vertuschen.« Kurz blitzte in Saras Bewusstsein die Tatsache auf, dass es da noch einen Fall gab, um den sie sich hatte kümmern wollen, doch sie schob den Gedanken zur Seite. Brickerton musste warten.

»Ich werde noch einmal mit seinen Nachbarn sprechen«, kündigte Bobby an.

Miss Spinster nickte. »Und ich mit seinen Arbeitskollegen und Freunden.«

»Ich werde mich mit der Chronik beschäftigen. Hier scheint ein ungeklärter Todesfall vorzuliegen und darüber müsste in den Zeitungen berichtet worden sein.«

Clayton nickte zufrieden. »Wenn Sie etwas herausfinden, verständigen Sie mich, ja? Ich kann mit den Betroffenen sprechen. Ein Kirchenmann hat es da oft leichter.«

Sara nickte, obwohl sie da so ihre Zweifel hatte. Sie selbst hätte einem Kirchenmann jedenfalls kein Stück mehr vertraut als jedem anderen. Besonders nicht diesem. Vielleicht tat sie ihm unrecht, aber dieser Clayton wirkte auf sie, als habe er selbst etwas zu verbergen.

»Wir könnten Sie in unseren Chat aufnehmen«, schlug sie widerstrebend vor. »Versprechen Sie sich aber nicht zu viel. Die Chronik ist sehr umfangreich. Bis ich da alles durchforstet habe, vergehen gut und gerne ein paar Tage.«

»Ich helfe dir«, meldete sich Cedric zu Wort. Auf seinem Gesicht lag ein seltsamer Ausdruck und Sara fragte sich, was dahintersteckte. Erst als Cedric weitersprach, erkannte sie, was in seinem Kopf vor sich ging.

»Es ist wie in unserer Anfangszeit, findest du nicht? Vielleicht wird der Rest auch wieder wie damals.« Seine Finger tasteten sich zu ihrer Hand vor und strichen ihr sanft über den Handrücken.

Sara zog ihre Hand abrupt weg. »Du meinst, ich soll dich wieder in den Schuppen sperren? Hat es dir da gefallen?«

Beleidigt verzog Cedric das Gesicht. »Das habe ich damit nicht gemeint.«

Die Senioren kicherten. »Vielleicht sollten wir euch zusammen in den Schuppen einsperren«, meinte Miss

Spinster und Sara dachte, wie eigenartig es war, dass sie gerade vor ein paar Augenblicken dasselbe mit den beiden Alten vorgehabt hatte.

»Ich hätte nichts dagegen«, sagte Cedric.

»Ich schon.« Sara grinste ihn an. »Aber wenn du willst, kannst du mir gern beim Durchwühlen der Chronik helfen. Zwei Augenpaare sehen mehr als eines.«

Kaum, dass die anderen sich verabschiedet hatten, eilte Sara zur Schrankwand, in der sie die Chronik von Sidbury und Sidmouth aufbewahrte. Cedric folgte ihr.

»Der Reverend hat gesagt, die Person, die diese Beichte abgelegt hat, hat in dem Glauben gelebt, jemanden getötet zu haben. Das bedeutet, dass ein Mensch gestorben ist«, sagte sie mehr zu sich selbst als zu Cedric, doch der nahm den Faden auf.

»Vielleicht auf eine Art, die auch ein Unfall hätte sein können. Allerdings muss es Zeugen geben, denn die will er ja töten.«

»Er?«, fragte Sara.

»Oder sie.« Cedric lächelte entschuldigend. »Die Tötungsart lässt noch keine Schlüsse auf das Geschlecht des Mörders zu.«

Sara nickte zustimmend.

Er fuhr fort: »James war der Erste. Warum genau er?«

Das fragte sich Sara schon die ganze Zeit. Leider hatte sie auch schon eine Idee dazu. »Es ist vielleicht blöd, aber ich hab da mal ein Buch gelesen …«, begann sie.

Cedric sah sie aufmerksam an. »Ja?«

»Darin hat sich jemand gerächt. Ich weiß auch nicht mehr, was der Grund war. Aber er hatte eine Rechnung mit jemandem offen. Statt ihn direkt zu töten, hat er alle anderen getötet, die irgendwie an der Sache beteiligt waren. Zeugen, Helfer … Erst diejenigen mit der geringsten Schuld, dann ist der Kreis um den wahren Schuldigen immer enger geworden, bis er wahnsinnig wurde.«

»Und dann?«

»Wurde auch er hingerichtet, glaube ich.«

»Spannender Plot.«

Sara schüttelte den Kopf. »Solange es ein Buch ist, vielleicht. Aber im richtigen Leben?«

Cedric nickte. »Du hast recht und ich fürchte, du liegst auch richtig damit, dass der Mörder so etwas vorhaben könnte. Hat Clayton nicht gesagt, derjenige und alle, die geholfen haben, dieses Unrecht zu vertuschen, sollen jetzt dafür bezahlen?«

»Eben«, sagte Sara unbehaglich.

»Wenn deine Theorie stimmt, hätte James nur am Rande mit der ominösen Tat in der Vergangenheit zu tun gehabt. Vielleicht hat er eine Falschaussage gemacht oder bei einer Aussage eine Kleinigkeit ausgelassen und so die Wahrheit verdreht.«

»Womit der wahre Mörder entlastet wurde.«

Cedric dachte nach. »James war genauso alt wie ich, also siebenunddreißig. In der Grundschule waren wir in derselben Klasse. Wie weit liegt die Tat zurück, was meinst du?«

»Keine Ahnung. Aber warte mal – wenn ihr miteinander aufgewachsen seid, müsstest du dann nicht mitbekommen haben, wenn irgendwas Seltsames passiert wäre? Irgendwas, was diesen Mord rechtfertigen würde?«

»Gibt es wirklich Vorkommnisse, die einen Mord rechtfertigen?«

Sara sank in sich zusammen. »Nein. Natürlich nicht.« Dann stöhnte sie. »Ich glaube, wir müssen mehr als dreißig Jahre der Chronik durcharbeiten. Das kann zu jedem Zeitpunkt seines Lebens passiert sein. Wir sollten allerhöchstens die ersten zehn Jahre aussparen, obwohl natürlich auch da etwas passiert sein kann.«

»Stimmt. Irgendwelche Kinderspiele, die böse ausgegangen sind.« Auch Cedric stöhnte. »Dann fangen wir besser an, oder?«

Saras Blick wanderte über die Ordner. Es waren sechs Regalbretter, auf denen jeweils fünfzehn Ordner standen. In der Dachbodenkammer standen noch einmal so viele Ordner. Die Geschichte Sidburys war mit jeweils drei bis fünf brechend vollen Ordnern pro Jahr dokumentiert. Das bedeutete, sie mussten im schlimmsten Fall um die hundertzwanzig Ordner an Zeitungsartikeln durchwühlen, um die Tat zu finden, die wahrscheinlich der Auslöser für den Mord an James Henning war. Eine Herkulesaufgabe! Aber wenn es notwendig war, um weitere Morde zu verhindern, musste das eben sein.

Sara schluckte. »Am besten, wir beginnen an der Stelle, bis zu der Maud dokumentiert hat, und arbeiten von dort aus rückwärts. Danach ist außer dem Mord an ihr selbst nichts passiert.« Sie nahm die beiden betreffenden Ordner aus dem Regal, trug sie zum Tischchen und schob einen davon Cedric hin.

Seite für Seite blätterte sie zurück, überflog die Schlagzeilen der Artikel, doch nirgends wurde ein mysteriöser Todesfall erwähnt. Neben ihr raschelten die Seiten, wenn Cedric umblätterte. Beinahe gleichzeitig mit ihr klappte er seinen Ordner zu und sie nahmen sich die nächsten vor. Auch darin wurden sie nicht fündig.

Dann endlich rief Cedric aus: »Hier ist was!« Er schob den Ordner zu Sara, sodass sie den Artikel lesen konnte, den er gefunden hatte.

»Fahrerflucht«, las sie laut vor.

»Ist noch gar nicht so lange her. Da hätte es auch ohne die Chronik bei mir klingeln können.«

Sara hörte schon gar nicht mehr hin, sondern las den kurzen Artikel laut vor:

»Gestern in den späten Abendstunden wurde Charles Evans nicht weit von seinem Wohnort entfernt von einem Auto niedergefahren. Der Fahrer beging Fahrerflucht. Da die Rettungskräfte nicht rechtzeitig alarmiert wurden, erlag Evans seinen Verletzungen und verstarb noch am Unfallort. Die Polizei sucht nach Zeugen. Zweckdienliche Hinweise werden von der Polizeidienststelle in Sidmouth entgegengenommen. Charles Evans hinterlässt seine Ehefrau und eine Tochter.«

»Es war ein Drama«, sagte Cedric. »Seine Frau war fix und fertig – ist es immer noch. Und der Täter wurde bis heute nicht gefasst.«

Sara tat das Herz weh, wenn sie an das Leid der Hinterbliebenen dachte. »Aber inwiefern stimmt diese Geschichte mit der Briefbeichte überein?«

»Du meinst, dass jemand denkt, er war schuld, dabei war es ein anderer?«

Sara nickte.

»Vielleicht … Nein, da mir fällt nichts ein. Also haken wir das ab?«

Sara schüttelte den Kopf. »Wir behalten es mal im Hinterkopf. Manchmal geht das Schicksal seltsame Wege.« Sie klebte ein Zettelchen auf die Seite, dann wandte sie sich wieder ihrem eigenen Ordner zu.

Und wieder blätterten sie in den Ordnern, stellten sie ins Regal, wenn sie nichts gefunden hatten, und holten neue, um weiter darin zu blättern, bis Sara eine Entdeckung machte.

»Ich hab vielleicht was!«, rief sie aufgeregt. »Eine Todesanzeige. Da steht zwar nur, dass die Schülerin Emily Abbott plötzlich und unerwartet aus dem Leben gerissen wurde, aber das könnte doch etwas für uns sein, oder?«

Cedric wiegte den Kopf. »Es war Selbstmord.«

»Bist du sicher?«

»Das ist ein offenes Geheimnis.«

»Aber warum hat sie das getan?« Mittlerweile war Sara froh, dass sie für ihre Recherche mit Cedric einen echten Insider an der Seite hatte.

»Ich weiß es nicht. Vielleicht eine unerwiderte Liebe.« Cedric sah Sara tief in die Augen und die hatte plötzlich den dringenden Wunsch, sich abzuwenden.

»Damit hat sie ja dann wohl alle Probleme gelöst.«

»Natürlich nicht.« Cedric wandte sich wieder seinem Ordner zu und blätterte weiter.

Sara klebte ein Zettelchen auf die Seite und folgte seinem Beispiel. Sie waren jetzt seit zwei Stunden beim Recherchieren und hatten bisher nur zwei Todesfälle gefunden, die in die Richtung dessen gingen, was sie suchten.

Draußen brach die Dämmerung herein und Ruhe legte sich über das Land. Von Zeit zu Zeit kicherte einer von ihnen, weil sie etwas Lustiges in der Chronik gefunden hatten, oder es entfuhr ihnen ein Ausruf des Staunens, aber es dauerte eine ganze Weile, bis sie wieder etwas fanden. Wieder war es Sara, die einen triumphierenden Schrei ausstieß. »Hier! Sagt dir Hill's Barn Field Farm etwas?«

Cedric brauchte nur einen kurzen Blick auf den Artikel zu werfen und wusste Bescheid. »Die Farm, die vor zwei Jahren abgebrannt ist! Eine alte Frau ist gestorben und es wurde gemunkelt, der Sohn habe das Feuer selbst gelegt – um seine Mutter loszuwerden.«

Sara rieselte es kalt über den Rücken. »Wurde er eingesperrt?«

Cedric schüttelte den Kopf. »Soviel ich weiß, nicht. Es konnte ihm nichts nachgewiesen werden. Ich glaube, er war nicht auf dem Hof, als der Brand ausgebrochen ist. Steht nichts im Artikel?«

Sara überflog ihn. »Nein. Nur, dass eine Seniorin ums Leben gekommen ist. ›Sie hinterlässt einen erwachsenen Sohn‹«, las sie vor.

»Ja, Bob.« Cedric verzog das Gesicht. »Noch ein alter Mitschüler.«

»Du bist wohl mit jedem hier zur Schule gegangen«, stichelte Sara.

»Das ist in einem Kaff wie Sidbury eben so.«

»Und wie war Bob?«

»Mürrisch.« Cedric gluckste. »Er war nicht wirklich für die Schule gemacht. Aber als Farmer macht er sich gut, denke ich. Nach der Grundschule hatte ich kaum mehr Kontakt mit ihm.«

»Traust du ihm zu, dass er seine Mutter getötet hat?«

Cedric hob die Schultern. »Wie gesagt: Nach der Grundschule hat sich der Kontakt verloren.«

»Hm.« Sara überlegte. »Wir behalten auch ihn im Kopf, würde ich sagen.« Und schon klebte sie das Zettelchen auf die betreffende Seite und vertiefte sich wieder in die Lektüre.

Nach sechzehn durchsuchten Ordnern ließ sich Sara zurückfallen. »Mir tanzen die Buchstaben vor den Augen.«

»Ja, mir auch. Außerdem ist es spät. Wir sollten morgen weitermachen.«

Sara stimmte Cedric zu. »Wir müssen aber auch mit unseren drei Verdächtigen sprechen. Wie wäre es mit folgendem Plan: Wir gehen immer fünf Jahre der Chronik durch und dann sprechen wir mit Verdächtigen?«

»Ich muss morgen im Büro sein.«

»Dann übernehme ich die Verdächtigen.«

»Und abends machen wir uns wieder an die Chronik«, schlug Cedric vor.

Sara nickte. »Das ist ein Plan.«

Doch am darauffolgenden Tag sollte etwas passieren, das ihre Pläne durcheinanderbrachte.

Kapitel 7

Böse Träume

In ihren Träumen versuchte Sara aus einem mürrischen Farmer und zwei heulenden Frauen Informationen zu bekommen, doch keiner von ihnen brachte auch nur ein Wort heraus. Sie redete sich in Rage, doch auch das nutzte nichts. Plötzlich hob der Farmer ein Gewehr, das er irgendwie aus dem Rockärmel gezaubert hatte, und schoss. Sara duckte sich, der Schuss hallte in ihren Ohren, doch sie hatte keine Schmerzen. Trotzdem war da plötzlich Blut. So viel Blut. Als sie auf der Suche nach einer Wunde ihren Arm hob, sah sie Cedric am Boden liegen. Das Gesicht kreidebleich, auf der Brust ein großer roter Fleck, der sich rasch ausbreitete.

»Cedric!«, rief sie und stürzte auf ihn zu.

»Ich bin mit ihm zur Schule gegangen«, stöhnte er. Dann fiel sein Kopf zur Seite und sein Blick brach.

Schweißgebadet wachte Sara auf. Als sie im fahlen Morgenlicht die Umrisse ihres Zimmers sah, wusste sie, dass es nur ein Traum gewesen war. Sie hätte erleichtert sein müssen, doch das beklemmende Gefühl wollte nicht weichen.

Weil sie sowieso nicht mehr schlafen konnte, stieg sie aus dem Bett und ging ans Fenster. Morgendliche Nebel legten eine gespenstische Stimmung über das sonst grüne Land. Es war totenstill, selbst von den Schafen auf der Weide neben Saras Cottage kam kein Laut. Kam der Herbst?

Ein Schuss krachte. Diesmal kam er nicht aus den Hügeln, sondern aus Richtung des Flusses. War um diese Zeit schon jemand auf der Jagd? Schliefen Hasen, Rebhühner und Fasane nicht auch? Sara konnte kaum erwarten, dass die Jagdsaison endlich vorüber war. Diese ständigen Schüsse zerrten an ihren Nerven.

Gerade als sie sich abwenden wollte, sah sie jemanden über die Weide eilen. Sie erkannte nichts als ein dunkles Regencape und das Gewehr, das die Gestalt in der Hand trug. Schnell überquerte sie die Weide, kletterte am anderen Ende über die Mauer und kurz darauf ertönte das Geräusch eines sich entfernenden Wagens.

Plötzlich beschlich Sara ein mulmiges Gefühl. Die Gestalt hatte keine Jagdbeute getragen.

Kapitel 8

Dann waren's nur noch acht?

Auch wenn es erst sechs Uhr morgens war, konnte Sara nicht warten. Mit fliegenden Fingern wählte sie die Nummer von Cedric, dem Einzigen, den sie um diese Zeit aus dem Bett holen konnte, ohne dass sie damit womöglich einen Herzinfarkt provozierte.

»Sara?«, meldete er sich nach dem zweiten Klingeln überrascht. Er klang nicht einmal verschlafen.

»Cedric, ich glaube, der zweite Mord ist passiert. Kannst du kommen?«

Er reagierte sofort. »Wo bist du?«

»Zu Hause. Wo soll ich sonst sein?«

»Bleib, wo du bist. Sperr alles ab und mach niemandem auf. Ich bin in fünf Minuten bei dir.«

Beruhigt legte Sara auf. Obwohl sie gehört hatte, dass ein Wagen weggefahren war, tat sie, worum Cedric sie gebeten hatte. Sie sperrte sowohl die Eingangs- als auch die Hintertür ihres Cottages ab und überprüfte, ob alle Fenster geschlossen waren. Kaum hatte sie ihren Kontrollgang beendet, pochte es an die Tür.

Sara fuhr zusammen.

»Sara, mach auf. Ich bin's.« Es war Cedrics Stimme.

Erleichtert gehorchte Sara.

»Was ist passiert?«

»Ich bin aufgewacht, weil ich einen Albtraum hatte, und habe aus dem Fenster geschaut. Es ist ein Schuss gefallen. Ich dachte zuerst, es wäre wieder einer dieser Verrückten, die hier ständig herumballern, aber dann ist jemand mit einem Gewehr über die Weide gelaufen.«

»Ein Jäger.«

»Er hatte keine Beute bei sich.«

»Das war alles?«

Sara nickte. »Es kann natürlich sein, dass ich mir das einbilde, aber … Er ist so schnell gelaufen, das war seltsam. Als wäre er auf der Flucht.«

»Er? Hast du ihn erkannt?«

Sie schüttelte den Kopf. »Er hatte ein Regencape an. Ich habe nur gesehen, dass er groß war. Und dass er ein Gewehr hatte. Dann ist er ins Auto gesprungen und weggefahren.«

»Hast du wenigstens das Auto gesehen?«

»Nein. Tut mir leid. Können wir jetzt bitte nachschauen?«

»Du willst nachschauen, ob da irgendwo eine Leiche liegt? Wo überhaupt?«

»Der Schuss ist vom Fluss gekommen.«

»Sollen wir nicht lieber die Polizei holen?« Cedric sah nicht überzeugt aus.

»Damit dieser ekelhafte Webster kommt und mich auslacht, wenn er keine Leiche findet? Nein, die Polizei können wir immer noch holen, wenn …« Sara verstummte. Wenn wirklich ein Toter da unten liegt, hatte sie sagen wollen. Doch plötzlich war sie sich nicht sicher, dass sie den Anblick eines Toten überhaupt ertragen konnte.

Cedric erriet, was in ihrem Kopf vorging. »Doch die Polizei?«

Sara überlegte. Dann gab sie sich einen Ruck. »Nein. Keine Polizei. Wir schauen selbst nach.«

Sie gingen bis zu der Stelle, an der die Gestalt über den Zaun geklettert war, und verfolgten die Spur zurück Richtung Fluss. Auf der Weide selbst konnten sie keine Fußspuren finden, doch am unteren Ende, wo hinter dem Gatter ein Wanderweg zu sehen war, hatten sich Fußspuren in die feuchte Erde eingegraben.

»Lass uns im Gras neben dem Weg gehen.« Sara wusste nicht, warum sie flüsterte, aber die Stimmung der Nebellandschaft war so gespenstisch, dass das Sprechen in normaler Lautstärke falsch gewirkt hätte.

Cedric nickte. Sie zwängten sich durch das Gatter und wichen dahinter auf den grasbewachsenen Streifen neben dem Weg aus. Zu beiden Seiten des Pfades wuchsen, wie hier in der Gegend üblich, Hecken, die ihn wie einen Tunnel erscheinen ließen. Die Fußspur verlief genau in der Mitte, mal war sie gut zu sehen, mal weniger. Nach etwa einer Viertelmeile bog sie in einen schmaleren Pfad ab, der direkt zum Fluss führte.

Bobby Bobby saß oft dort unten und fischte und auch Sara hatte das Plätzchen, an dem der Sid eine sandige Bucht bildete, schon einige Male genutzt, um in Ruhe ihren Gedanken nachzuhängen. Gleich würde der Pfad eine Biegung machen und dann …

Cedric blieb abrupt stehen, sodass Sara beinahe in ihn hineinlief.

»Schau nicht hin«, sagte er. Seine Stimme klang gepresst.

Doch es war schon zu spät. Sara hatte an ihm vorbei zu der Stelle geschaut, an der sie immer saß.

Das Erste, was sie sah, war ein Paar Beine in Gummistiefeln. Dann eine Tweedjacke, die voller Blut war. Und dann …

»O mein Gott«, stieß sie hervor. Sie drehte sich weg und würgte.

»Vielleicht lebt er noch«, sagte Cedric und stürzte nach vorn.

»Nein! Cedric!« Sara wollte ihn zurückhalten. Dass der Mann nicht mehr lebte, konnte man von Weitem sehen. Der Schuss hatte ihm den Hals weggefetzt, genau dort, wo die Schlagader verlief. Aus der Wunde sickerte kein Blut mehr. Sara dachte an das, was Bobby Bobby gesagt hatte. *Nach dem Tod blutet eine Wunde nicht mehr.* »Er ist tot«, sagte sie. »Lass uns die Polizei rufen.«

Cedric stand neben dem Toten und rührte sich nicht. »Es ist Peter Callaghan.« Er wandte sich zu Sara um. Sein Gesicht war grau. »Er ist auch mit mir zur Schule gegangen.«

Kapitel 9

Ein Muster

»Und Sie haben nicht erkannt, wer diese Gestalt war?« Inspector Webster saß Sara gegenüber am Küchentisch. Daneben saß Cedric, immer noch bleich und kaum ansprechbar.

»Nein. Habe ich nicht.«

»Können Sie denjenigen beschreiben?«

»Er war groß, trug ein schwarzes Regencape und in der Hand hielt er ein Gewehr.«

»Und dass er einen Mord verübt haben könnte, dachten sie, weil …?«

»Weil er keine Jagdbeute dabeihatte. Und weil er es so eilig hatte.«

»Und das Auto haben sie auch nicht erkannt?«

Sara schüttelte den Kopf. »Ich habe nur ein Motorengeräusch gehört. Er hatte es hinter der Mauer geparkt.«

»Warum haben Sie nicht gleich die Polizei gerufen?« Webster sah sie lauernd an.

»Hätten Sie mir geglaubt?«

»Warum nicht?«

»Nehmen wir mal an, ich rufe bei der Polizei an und sage: ›Ich habe eine Gestalt gesehen, die schnell über die Schafsweide gelaufen ist.‹ Da kommen Sie einfach gelaufen und sehen mit mir nach, ob da unten am Fluss ein Toter liegt?«

Der Beamte grinste säuerlich. »Wohl kaum.«

»Worüber reden wir dann?«

Webster notierte etwas in seinen Notizblock, dann steckte er ihn weg. »Ich finde es nur bemerkenswert, dass beide Morde in Ihrer unmittelbaren Umgebung passiert sind. Von dem einen wollen Sie nichts mitbekommen haben, für den anderen bemühen Sie eine Gestalt in einem dunklen Regencape. Dazu kommt, dass Sie und Ihre beiden senilen Freunde bei meinen Ermittlungen ständig meinen Weg kreuzen.«

»Was wollen Sie damit sagen?«, fragte Sara herausfordernd, doch ihr Herzschlag beschleunigte sich.

»Nichts. Aber ich werde Sie im Auge behalten, Miss Rattlebag.« Webster hob kühl eine Augenbraue. »Und der nächste Tote sollte besser nicht in Ihrer unmittelbaren Umgebung gefunden werden.«

Es klopfte an der Tür.

Webster, der wohl davon ausging, dass es sich um einen seiner Kollegen handelte, rief herrisch: »Herein!«, worauf sich die Tür zögerlich öffnete und jemand den Kopf in Saras Cottage streckte, den sie absolut nicht sehen wollte.

»Nathan!«

»Darling!« Nathan kam auf sie zu.

Starr vor Überraschung blickte Sara ihm entgegen. Er hatte die dunkelblonden Haare gestutzt. Die neue Frisur gereichte ihm nicht zum Vorteil, denn sie offenbarte, wie ausgeprägt seine Geheimratsecken wirklich waren. Sein Dreitagebart wirkte schlampig. Trotzdem konnte sie nicht anders, als eine gewisse Ähnlichkeit zwischen ihm und Cedric festzustellen. Als sie das merkte, stieg Übelkeit in ihr empor.

»Und Sie sind?«, schnauzte Webster.

Ruckartig blieb ihr Ex stehen. »Wer ist das, Darling?«

»Ich bin nicht dein Darling. Und das sind Cedric Brewer, der Dorfvorsteher von Sidbury, und Inspector Webster. Darf ich vorstellen, die Herren: Nathan Mason, mein betrügerischer Ex aus London, der hier überhaupt nichts zu suchen hat.«

Cedrics Miene verfinsterte sich.

»Sara, Darling.«

»Noch einmal: Ich bin nicht dein Darling. Verschwinde!«

»Ich kann dich nach London begleiten, wenn du nicht mehr weißt, wo das liegt«, sagte Cedric bedrohlich und stand langsam auf. Sara sah mit einer gewissen Befriedigung, wie Nathans Selbstsicherheit in sich zusammenfiel.

Webster sah mit zusammengekniffenen Augen von Sara zu Nathan. »Sie stammen aus London?«

»Ja.« Nathan blickte den Inspector hochmütig an. »Ist das strafbar?«

»Ich bitte Sie, mit auf die Station zu kommen. Ich werde Ihre Personalien aufnehmen müssen.«

»Weil ich meine Freundin besuche?«

Cedric machte einen Schritt auf Nathan zu, der instinktiv zurückwich.

Bevor das Ganze eskalieren konnte, korrigierte ihn Sara: »Ex-Freundin.«

Obwohl sie Webster nicht mochte, war sie dem Polizisten plötzlich dankbar. Besonders, als er sich jetzt mit einem unauffälligen Schritt zwischen Sara und Nathan brachte, während er erklärte: »Weil ein Mord in der Nachbarschaft passiert ist und wir alle vernehmen, die damit in Zusammenhang stehen könnten.«

»Ich? Mit einem Mord? Weil ich meiner Freundin einen Besuch abstatten ...«

»Ex-Freundin«, korrigierte ihn Sara wieder. »Nehmen Sie ihn ruhig mit, Inspector. Ich habe keinen Besuch erwartet und habe auch absolut keinen Bedarf.«

»Aber ... Sara!«

»Kommen Sie.« Der Inspector fasste Nathan unterm Arm und schob ihn Richtung Eingangstür, doch Saras Ex löste sich aus dem Griff.

»Ich kann allein gehen.« Er blickte über die Schulter zu Sara zurück. »Ich komme nachher wieder.«

»Ich werde nicht da sein.«

Beinahe zufrieden sah Sara zu, wie sich die Tür hinter dem Polizisten und Nathan schloss.

Cedric sah sie mit hochgezogenen Augenbrauen an. »Das war ...«

»Sag jetzt nichts«, unterbrach Sara ihn. »Ich will nicht darüber reden.«

»Aber er ...«

»Ich will nicht darüber reden, habe ich gesagt. Ich will ...«, sie sah sich um, »Fudge. Ich will Fudge. Unbedingt. Sofort. Sonst explodiere ich.«

Cedric, der Sara in den letzten Monaten ziemlich gut kennengelernt hatte, sah sich um, langte in die Schale auf dem Tischchen vor dem Kamin und reichte ihr ein Stück.

Sara wickelte es aus seinem goldenen Papier und während sie die weiche Masse in ihrem Mund zergehen ließ, ging sie in Gedanken zurück zu Websters Besuch. Der letzte Satz, den er gesagt hatte, bevor Nathan aufgetaucht war, blitzte in ihrer Erinnerung auf.

Der nächste Tote sollte besser nicht in Ihrer unmittelbaren Umgebung gefunden werden.

Was hatte er damit sagen wollen? Doch nicht das, was sie dachte, oder? Konnte es wirklich sein, dass sie einen Mord meldete und für diesen sauertöpfischen Beamten in Ermangelung richtiger Verdächtiger als mögliche Täterin infrage kam?

Die Tür öffnete sich und Miss Spinster steckte ihren Kopf herein. »Wen führt Inspector Sauertopf denn da ab, Kindchen? Wurdest du überfallen?«

»Jep.« Sara stand auf. »Von meinem Ex. Und wagt es nicht, ihn als Schnuckelchen oder netten jungen Mann zu bezeichnen.«

Miss Spinster hob abwehrend die Hände. »Ganz sicher nicht. Der ist nichts für dich. Das sehe ich auf den ersten Blick.«

Sara nickte zufrieden. »Mein Ex beunruhigt mich gerade weniger als der Umstand, dass wieder eine Leiche gefunden wurde.«

»Bitte?« Miss Spinster riss die Augen auf und betrat das Cottage, im Schlepptau Bobby Bobby.

»Es gibt einen zweiten Toten«, wiederholte Sara. »Unten am Fluss. Ich habe es knallen hören, dann ist eine dunkle Gestalt über die Weide gehuscht. Cedric war so nett, mit mir nachzusehen. Unten am Fluss liegt ein Toter.«

»Peter Callaghan«, ergänzte Cedric, der wohl bis zu diesem Augenblick am Auftauchen von Saras Ex zu knabbern gehabt hatte. »Ein ehemaliger Mitschüler von mir. Wie James.«

»Peter Callaghan ist tot?«, fragte Miss Spinster entsetzt.

»Kann mich mal wer aufklären, wer dieser Peter Callaghan war?«, fragte Sara entnervt. Die taten ja alle so, als wäre er die wichtigste Persönlichkeit von Sidbury gewesen.

»Peter Callaghan war Lehrer an der Sidbury Elementary School«, erklärte Miss Spinster. »Und ein unbescholtener, hilfsbereiter Bürger. Half, wo er konnte, die Kinder mochten ihn, die Eltern ebenso. Er war sehr engagiert, hat mit den Schülern kleine Theaterstücke eingeübt, die sie zu Weihnachten aufgeführt haben. Jeder mochte ihn.«

»Wie James«, flüsterte Sara.

Miss Spinster nickte. »Wie James.«

»Und wie James ist er jetzt tot.« Bobby brachte es auf den Punkt. »Es klickt schon wieder etwas in meinem Kopf, aber es klickt und klickt und ich kann es einfach nicht greifen. Callaghan, Henning, Brickerton … Callaghan, Henning, Brickerton … Irgendwas war mit den drei Jungs.«

Sara fragte sich, ob Bobby Bobby langsam vergesslich wurde und ob sie sich Sorgen machen musste. Auch wenn er wie Miss Spinster auf die siebzig zuging, hatte er solche Aussetzer normalerweise nicht. Sie sah sich seine wachsende Verzweiflung eine Weile mit an, dann beschloss sie, dass es reichte.

»Wenn es wichtig ist, wird es sich schon irgendwann greifen lassen. Bis dahin sollten wir zusammentragen, was wir haben. Nämlich – Punkt 1 – ein Muster.« Mitleidig sah sie zu Cedric. »Sie waren gleich alt und gingen offensichtlich miteinander zur Schule.«

Der Dorfvorsteher schluckte. »Mit mir.«

»Und sie waren Männer«, ergänzte Miss Spinster.

Bobby räusperte sich. »Und sie wurden in deiner Nähe ermordet, Sara. Das sollte uns auch zu denken geben. Auf der Schafweide, am Fluss ... Zu einer Zeit, zu der sich eigentlich niemand im Freien herumtreibt – in den frühen Morgenstunden.«

»James war normalerweise nicht so früh auf den Beinen, wie wir von seiner Frau erfahren haben«, sagte Miss Spinster.

Sara nahm den Faden auf. »Dass er gestern um diese Zeit auf der Weide war, muss also einen Grund haben. Vielleicht hat der Mörder ihn kontaktiert und dorthin eingeladen? Er muss etwas gesagt haben, was James neugierig gemacht hat. Darum ist er auf die Weide gegangen und ...«

»Peng!«, machte Miss Spinster.

Alle fuhren zusammen.

»Das bedeutet: Die Toten kannten ihren Mörder – und Cedric ...«, sagte Sara. Sie wechselte einen unbehaglichen Blick mit den beiden Alten, dann blickten sie alle drei zu

Cedric. »Es tut mir leid, das sagen zu müssen, aber …« Sara verstummte.

»Ich passe perfekt in die Zielgruppe dieses Wahnsinnigen«, stellte er fest.

Sara nickte widerwillig. »Nicht nur, weil ihr alle zusammen zur Schule gegangen seid, Cedric. Es stimmt noch etwas überein: Du bist bei allen beliebt, stehst jedem zur Seite. Du …«, sie sah hilfesuchend zu Miss Spinster, »… du solltest dir überlegen, nirgends mehr allein hinzugehen.«

Cedric nickte.

Sara sah von ihm zu Bobby, der immer noch angestrengt versuchte, diesen einen Gedanken zu fassen, der ihm so wichtig erschien, dann entschied sie, dass sie nicht mehr warten konnte. »Wir haben gestern in der Chronik ein paar Verdächtige gefunden. Die werde ich heute aufsuchen und mit ihnen sprechen. Cedric muss ins Büro. Und ihr beide …«

»Wir werden uns an die Leute im Westen des Dorfes machen. Da haben wir noch nicht alle Straßen abgeklappert«, erklärte Miss Spinster.

Sara nickte zufrieden. Dann ließ sie sich von Miss Spinster noch etwas zu ihren Verdächtigen erzählen – eine bessere Quelle hätte sie schließlich nirgends finden können. Schließlich waren alle rundum informiert.

»Wir treffen uns zur Teatime wieder hier. Und lasst euch nicht von Inspector Sauertopf erwischen.«

Das versprachen sie alle, dann machten sie sich auf. Jeder in eine andere Richtung.

Kapitel 10

Mögliche Täter und unmögliche Opfer

Kurz darauf stand Sara vor der Hill's Barn Field Farm, wo vor drei Jahren die alte Frau verbrannt war. Da Robert Spittle wie James Henning und Peter Callaghan ein ehemaliger Mitschüler von Cedric gewesen war, schien ihr diese Spur die vielversprechendste zu sein. Zudem stand er vielleicht auf der Abschussliste des Wahnsinnigen und hatte es zumindest verdient, gewarnt zu werden.

Das Farmhaus sah neu aus, wahrscheinlich war es nach dem Brand von Grund auf neu aufgebaut worden, ein zweites, deutlich älteres Gebäude stand in einigem Abstand daneben. Der Stall, mutmaßte Sara, denn auf der mit Draht eingezäunten Weide grasten an die zwanzig Rinder.

»Mr. Spittle?«, fragte sie, als ein Mann in Begleitung eines Hundes auf sie zukam.

»Ja?« Mr. Spittle sah deutlich älter aus als Cedric, was möglicherweise der schlampigen Rasur zu verdanken war, vielleicht auch dem griesgrämigen Ausdruck im Gesicht. Auf dem Kopf trug er ein Barrett aus Tweed, die Füße steckten in derben Stiefeln. Der Hund an seiner Seite, eine Border-Collie-Mischung, stieß ein bedrohliches Knurren aus.

»Ich bin Sara Rattlebag aus … Sidbury. Darf ich Ihnen ein paar Fragen stellen?«

»Ich wüsste nicht, was für Fragen Sie an mich haben könnten, Sara Rattlebag aus … Sidbury.« Er musterte sie misstrauisch.

Ganz genau wusste Sara selbst nicht, was sie ihn eigentlich fragen wollte. Spittle konnte ebenso gut das nächste Opfer sein wie der Täter. Er konnte aber auch gar nichts mit der Sache zu tun haben. Sara beschloss, sich an das zu halten, was Reverend Clayton erzählt hatte. Demnach hatte der Mörder, der hier sein Unwesen trieb, ein Leben lang gedacht, jemanden getötet zu haben, aber ein anderer war der tatsächliche Täter gewesen.

Wenn Spittle der anonyme Briefbeichter war, vermutete Sara, hatte er sich vielleicht die Schuld am Tod seiner Mutter gegeben. Jetzt aber hatte er von irgendwoher den Beweis, dass ihr Tod nicht nur kein Unfall, sondern das Verschulden eines anderen gewesen war. Und er wollte Rache. Wenn sie ihn so betrachtete, sah er so aus, als wäre es für ihn kein Problem, jemanden kaltblütig abzuknallen. Im Besitz eines Gewehrs war er. So viel hatte Sara von Miss Spinster erfahren, die ihr auch von den Gerüchten erzählt hatte, die sich um den Tod von Spittles Mutter rankten. »Schon allein, dass er mit beinahe vierzig Jahren noch immer zu Hause mit seiner Mutter unter einem Dach gelebt hat, sollte einem zu denken geben, nicht?« Das waren ihre Worte gewesen. »Und Gertrude war kein einfacher Mensch, das kannst du mir glauben. Nicht, als wir noch jung waren, und ganz sicher nicht vor drei Jahren.«

Hatte sich Robert Spittle seiner nervigen Mutter entledigt? Sara fühlte Aufregung in sich aufsteigen, weil sie womöglich gerade einem Mörder gegenüberstand, doch sie versuchte, sich nichts anmerken zu lassen.

»Ich bin die Chronistin und … ich habe in der Chronik gelesen, dass Ihre Farm abgebrannt ist.«

»Steht in der Chronik, wie das Feuer entstanden ist?«

»Nein.«

»Und Sie wollen jetzt von mir die Brandursache wissen? Oder was treibt Sie sonst hierher?«

»Ich möchte nur ein paar Antworten.«

Er steckte die Hände in die Hosentaschen und sah sie abwartend an. Sara nahm das als Zugeständnis, dass sie ihre Fragen stellen durfte, und legte los.

»In dem Feuer ist jemand gestorben, nicht wahr?«

»Meine Mutter.«

»Mein Beileid.«

Er zuckte mit den Achseln. »Ist drei Jahre her.«

»So etwas schmerzt sicher auch nach drei Jahren noch.«

»Sie haben meine Mutter nicht gekannt.«

»Nein.« Was sollte sie darauf sagen? Schließlich sagte sie: »Die Anklage gegen Sie wurde aus Mangel an Beweisen fallen gelassen.«

»Ich war an dem Tag in Exeter auf einer Viehschau.«

»Und dafür gab es Zeugen?«

»Hunderte.«

»Wie das?«

»Mein Bulle hat den Preis davongetragen.« Ein Hauch von Stolz huschte über das Gesicht des Farmers.

»Sie könnten zwischendrin kurz auf den Hof gefahren

sein, das Feuer gelegt haben und dann wieder zurück zur Viehschau gefahren sein.«

Die Miene des Farmers verfinsterte sich. »Sagen Sie mal – kommen Sie allen Ernstes zu mir auf den Hof, um mir ins Gesicht zu sagen, dass ich meine Mutter getötet habe?«

»Nein. Ich habe nur eine Möglichkeit beschrieben«, korrigierte Sara ihn. Doch gleichzeitig hätte sie sich ohrfeigen mögen für ihr plumpes Vorgehen. Sicher hatte die Polizei sein Alibi überprüft.

»Verschwinden Sie! Verschwinden Sie schnell. Oder ich hetze den Hund auf Sie.«

Sara war versucht, zu tun, was er von ihr forderte, doch im letzten Augenblick hielt sie sich selbst zurück. »Haben Sie von James Henning gehört?«

Er machte einen drohenden Schritt auf sie zu, den der Hund mit einem tiefen Grollen begleitete. »Wollen Sie mir das jetzt auch noch anhängen?«

Sara wich einen Schritt zurück. »Und von Peter Callaghan?«

Auf dem finsteren Gesicht zeigte sich Verwirrung. »Was ist mit Peter?«

Sara atmete auf. »Er ist tot. Genauso tot wie James Henning.«

»Auch … ermordet?«

Sie nickte und beobachtete, wie sein Gesicht erbleichte. Die Nachricht war neu für ihn, was für sie nur einen Schluss zuließ: Er war nicht der Mörder. Zumindest nicht der von Peter Callaghan »Sie haben ihn unten am Fluss gefunden. Er wurde heute Morgen erschossen.«

»Wer war es?«

Sara schüttelte den Kopf. »Das weiß man nicht. Wie bei James.«

»Warum erzählen Sie mir das?«

Sara hob die Schultern. »Ich weiß, dass Sie mit beiden zur Schule gegangen sind.«

»Und das macht mich zum Mörder, oder was?«, fragte er finster.

»Nicht zum Mörder«, sagte Sara. »Aber vielleicht zum Ziel dieses Wahnsinnigen.«

»Ich habe keine Feinde«, sagte er.

Das wagte Sara zu bezweifeln. Sie wollte gerade erklären, dass jeder Feinde hatte, da bog ein Polizeiwagen um die Kurve. Am Viehgatter musste das Auto stehen bleiben. Als Sara erkannte, wer da mit indignierter Miene ausstieg, verabschiedete sie sich schnell von Spittle und ergriff die Flucht. Dieser lästige Inspector musste auch wirklich überall dort auftauchen, wo sie gerade ermittelte.

Sie schlug einen großen Bogen um die Hill's Barn Field Farm herum und gelangte über die Felder wieder nach Sidbury, wo sie in der Church Street bald vor einer tiefblau angestrichenen Tür stand. Dort atmete sie zuerst einmal durch. Von Martha Bilton, der Mutter der jugendlichen Selbstmörderin Emily, wollte sie erfahren, ob ihre Theorie mit der unerwiderten Liebe zutraf. Miss Spinster war der Meinung gewesen, dass es da Gerüchte im Dorf gegeben hatte. Wenn sie richtig lagen, war das Objekt von Emilys Liebe ein potenzieller Verdächtiger.

Sicher hatte ihn der Tod des Mädchens nicht kalt gelassen, möglicherweise sogar zerstört. Wenn nun gar nicht er, sondern ein anderer die Schuld an dem Selbstmord trug, war dieser Junge möglicherweise der Mörder. Wobei Sara sich nicht vorstellen konnte, dass James Henning und Peter Callaghan irgendwas mit dem Mädchen zu tun hatten. Aber Emilys Mutter würde mehr wissen. Hoffentlich.

Nur – wie sollte sie dieses Gespräch beginnen? Wie frisch war die Wunde, die Emilys Tod hinterlassen hatte? Konnte eine Mutter jemals ihren Schmerz über so einen Verlust vergessen? Den Gedanken, einen Selbstmord nicht verhindert zu haben?

Sara ließ die Hand, die über dem Klingelknopf schwebte, wieder sinken. Nein, sie brachte es nicht über sich, den Schmerz der Frau wieder zu wecken. Den Namen dieses Jungen würde sie auch anderswo herausfinden.

Doch gerade als sie sich abwenden wollte, öffnete sich die Tür, und sie stand Martha Bilton gegenüber. Das Erste, was Sara auffiel, war der beherrschte Gesichtsausdruck. Eine senkrechte Falte stand über ihrer Nasenwurzel, ihre Mundwinkel waren nach unten gezogen. Dann nahm sie die Trauer in den Augen der Frau wahr.

»Was wollen Sie?«

»Nichts. Ich … habe mich in der Tür geirrt.«

»Ich weiß, wer Sie sind. Sie sind Mauds Kleine.«

Mauds Kleine … Noch nie hatte jemand sie so bezeichnet und sofort schossen Sara die Tränen in die Augen.

»Kommen Sie rein.« Martha Bilton trat zurück und Sara schlich an ihr vorbei in die Wohnung.

Die Frau führte sie durch den Flur in ein Wohnzimmer, das alles andere als gemütlich war. Lieblos zusammengestellte Möbel, die aus praktischen Gründen ihren Weg in die Wohnung genommen hatten.

»Setzen Sie sich hin, wo Sie mögen.« Martha Bilton bot ihr keinen Tee an, sondern wartete, bis Sara sich auf das gelbe Sofa gesetzt hatte. Dann ließ sie sich selbst auf einem Stuhl nieder, der in der Ecke stand. »Womit kann ich Ihnen helfen?«

»Es geht um Emily.«

»Emily ist seit beinahe zwei Jahren tot.«

»Ich weiß.« Sara zögerte. Sollte sie der armen Frau wirklich mit ihren Fragen weitere Schmerzen zufügen? »Ich habe gehört, dass Ihre Tochter wegen eines Jungen …« Sara schluckte. Sie konnte es einfach nicht aussprechen.

»Ethan.« Die Frau drückte die Lippen zusammen. »Ja. Sie hat es wegen eines Jungen getan. Wegen Ethan.«

»Ethan? Wie noch?«

Eine Weile herrschte Stille. Dann atmete Martha zittrig aus. »Emily war so verliebt. Sie … Ich habe nach ihrem Tod ihr Tagebuch gelesen. So viele Herzen, so viele Liebesgedichte! Sie hat ihre Unterschrift mit seinem Nachnamen geübt … Emily Hersey, Mrs. Ethan Hersey … seitenweise …« Martha Biltons Stimme brach und es dauerte einen Moment, bevor sie weiterredete. »Er hat sie verführt und dann fallen gelassen wie eine heiße Kartoffel. Sie war damals fünfzehn, er war siebzehn …

Meine Tochter … Sie hatte Angst, schwanger zu sein. Ich …«

Martha Bilton schluckte ein paarmal hart, starrte in eine Vergangenheit, die nur sie sah. »Sie war noch ein Kind. Hatte keine Ahnung … Ich hätte sie darauf vorbereiten sollen, aber ich wusste nicht einmal, dass sie einen Freund hatte.«

Sara konnte allenfalls ahnen, wie sehr diese Mutter litt. »Es tut mir leid, dass ich Ihnen mit meinen Fragen wehtue.«

Mrs. Bilton sah auf und es schien ihr erst jetzt wieder bewusst zu werden, dass sie Besuch hatte. »Als ob ich nicht auch ohne Ihre Fragen jeden Tag an sie denke. Die ganze Zeit. Es ist …«, sie atmete durch und fasste sich, »es ist die Hölle. Jeder Tag ist die Hölle. Es sind jetzt bald zwei Jahre … Beinahe siebenhundert Tage Hölle auf Erden. Und ich weiß, dass das nie aufhören wird.«

Sara stockte der Atem. Das klang verdammt nach dem, was in dem Beichtbrief gestanden hatte. Ein Leben in Reue und Schuld.

Doch Martha Bilton fuhr ganz anders fort, als Sara erwartete. »Emily hat die Entscheidung getroffen. Wir müssen mit dieser Entscheidung leben. Ich. Ihr Vater. Ethan. Und manchmal hasse ich sie dafür.«

»Sie haben Kontakt zu Ethan?«

Sie lachte freudlos. »Ethan wohnt im Haus nebenan. Wie könnte ich keinen Kontakt haben?«

Sara riss erstaunt die Augen auf. Wie konnte diese Frau das aushalten? Jeden Tag dem Jungen in die Augen sehen zu müssen, der verantwortlich war für den Tod der Tochter?

Martha Bilton erkannte wohl, welche Gedanken Sara durch den Kopf gingen, denn sie verzog das Gesicht zu einem traurigen Lächeln. »Ethan ist seitdem nicht mehr derselbe. Früher war er ein Tunichtgut, ein arroganter Schnösel. Er strebte eine Modelkarriere an und verhielt sich, als wäre er irgendein Star – und das hier in Sidbury … Seit Emilys Tod ist er wie verwandelt. Von seinem Gockelgehabe ist nichts mehr übrig, er bleibt für sich. Eine Freundin hat er seitdem auch nicht mehr gehabt. Irgendwie scheint er immer noch an Emily gebunden zu sein.« Die Falte über Mrs. Biltons Nasenwurzel vertiefte sich. Sie atmete tief ein und dann wieder aus. »Er ist auch ein Opfer. Ich mache ihm keine Vorwürfe. Er war siebzehn damals. Mit siebzehn denkt man noch nicht darüber nach, welche Folgen die eigenen Handlungen haben könnten – jedenfalls nicht so weit. Und er war es nicht, der Emily getötet hat. Das war sie selbst.«

Wieder blieben sie beide eine Weile stumm, dann richtete sich Martha auf. »Haben Sie weitere Fragen?«

»Nein.« Sara schüttelte den Kopf. »Oder vielleicht doch. Als Emily damals gestorben ist, hatten da James Henning und Peter Callaghan etwas damit zu tun?«

Mrs. Bilton sah überrascht aus. »Peter hat sie gefunden. Sie … hat sich an den Balken im Saal der Grundschule aufgehängt. Und sie hätte an dem Theaterstück mitgewirkt, das Peter damals mit den Kindern geprobt hat. Manchmal hat er Ehemalige eingebunden.«

Saras Puls stieg bei der neuen Information. »Und James?«

Martha Bilton zuckte mit den Schultern. »Er war unser Briefträger.«

»Sonst nichts.«

»Nein. Tut mir leid.«

»Nein. Es tut *mir* leid, dass ich alles aufgewühlt habe.«

»Wie gesagt: Sie können nichts aufwühlen, was bereits aufgewühlt ist. Aber ich muss Sie jetzt bitten zu gehen. Ich … brauche jetzt einen Moment für mich.«

Sara beeilte sich, aufzustehen. »Natürlich.« Leise verließ sie das Haus.

Als sie draußen auf der Straße stand, wandte sie sich zum Nachbarhaus und studierte die Namen der Klingelschilder am Haus nebenan und tatsächlich: Dort wohnte eine Familie Hersey.

Kurz entschlossen drückte sie auf den Klingelknopf.

»Lassen Sie meinen Sohn in Ruhe. Die Polizei hat schon alles gefragt, was zu fragen ist. Er muss Ihnen nicht Rede und Antwort stehen.« Eine braunhaarige, verhärmte Frau stand mit verschränkten Armen vor der Eingangstür und blitzte Sara wütend an.

»Die Polizei war hier?«, fragte Sara überrascht.

»Zweimal schon. Sie wollen meinem armen Jungen jetzt auch noch den Tod der beiden Männer in die Schuhe schieben. Als ob er stark genug wäre, es mit zwei ausgewachsenen Mannsbildern aufzunehmen.«

»Sie wurden beide erschossen«, sagte Sara, obwohl es

nicht ihre Aufgabe war, die Polizei zu verteidigen. »Das könnte auch ein Vierjähriger.«

»Kommen Sie mir jetzt auch noch damit, dass mein Ethan die beiden getötet hat?«

»Nein, das tue ich nicht«, versuchte Sara die wütende Frau zu beschwichtigen. »Aber ich würde ihm doch gern ein paar Fragen stellen.«

»Mom?« Der Kopf der Frau fuhr herum, dann wurde sie zur Seite geschoben. Ein junger Mann mit einem braunen Lockenkopf und leuchtend blauen Augen trat in die Türöffnung. »Kommen Sie rein und stellen Sie Ihre Fragen. Ich habe nichts zu verbergen.« Er drehte sich einfach um und ging wieder ins Hausinnere.

»Verschwinden Sie«, zischte die Mutter.

Doch auf ein weiteres ungeduldiges »Mom!« gab sie den Weg frei und Sara folgte ihr ins Haus. Der Junge saß am Küchentisch und war offenbar mit seinen Hausaufgaben beschäftigt. Sara rechnete nach und kam zu dem Schluss, dass Ethan neunzehn oder zwanzig Jahre alt sein musste. »Du gehst noch zur Schule?«

»Wieder«, sagte er. »Nicht, dass ich sehr erfolgreich bin.«

»Hauptsache, du schaffst den Schulabschluss«, sagte seine Mutter. »Danach stehen dir alle Türen offen.«

»Ich weiß nur nicht, durch welche ich gehen will. Ich will … irgendwie gar nichts.« Der Junge sah Sara an.

»Er leidet unter Depressionen«, erklärte seine Mutter. »Aber wir kriegen das schon hin. Gemeinsam.« Sie sah ihn aufmunternd an.

Sara wünschte sich meilenweit weg. Natürlich reagierte die Mutter aufgebracht. Sie wollte ihren Sohn davor schützen, noch weiter abzurutschen. »Es tut mir leid. Ich gehe wieder.«

Der Junge schüttelte den Kopf. »Ich wiederhole, was ich der Polizei gesagt habe. Dann haben Sie Ihre Informationen und ich meine Ruhe.«

»Hoffentlich«, fügte seine Mutter bissig hinzu.

»Ich weiß nicht, warum ich damals überhaupt etwas mit Emily angefangen habe. Vermutlich war ich eitel. Wir sind zusammen aufgewachsen. Als Kinder haben wir auf dem Friedhof Verstecken gespielt und als wir dann beide in die St. John's kamen, hat sie begonnen, mich so anzuschmachten. Ich war natürlich geschmeichelt und …«, er sah zu seiner Mutter, »Mom, würdest du uns bitte allein lassen?«

Schnaubend verließ Mrs. Hersey die Küche.

Ethan wartete, bis die Tür des Wohnzimmers ins Schloss fiel, dann meinte er leise: »Na ja, Emily war bereit, alles Mögliche auszuprobieren … Sie wissen schon. Aber … ich habe sie nie geliebt. Ich hab es ihr auch gesagt und sie meinte, das sei okay.« Er ließ den Kopf hängen. »Das war es wohl doch nicht. Jedenfalls habe ich dann Jessica kennengelernt und da habe ich plötzlich verstanden, was Liebe ist, und ich habe mit Emily Schluss gemacht.«

»Wie hat sie reagiert?«

»Sie hat geweint, wollte mich nicht gehen lassen. Ich habe mich losgerissen und bin abgehauen. Es war nicht leicht.«

»Und dann?«

»Dann war sie tot.« Ethan schluckte. »Ich habe mir Vorwürfe gemacht. Mach ich immer noch. Dass ich das hätte sanfter angehen müssen. Aber … am Ende wäre doch immer dasselbe herausgekommen, verstehen Sie. Ich hätte Schluss gemacht.«

Sara dachte an ihre eigene Trennung. Nathan hatte mit einer kaltschnäuzigen Nachricht Schluss gemacht.

Ich bin mit Catherine zusammen. Es ist aus zwischen uns.

Klar, sie war ein paar Jahre älter als Emily, aber es hatte doch wehgetan. Hatte sie an Selbstmord gedacht? Nie. Sie hatte den Schmerz in Wut umgewandelt und Nathans Vinylplattensammlung zum Frisbeespielen verwendet.

Aber jeder reagierte anders.

»Es tut weh, wenn deine große Liebe dich verlässt«, sagte sie. »Aber ein gesunder Mensch sollte irgendwann darüber hinwegkommen.« Noch während sie das sagte, fragte sie sich, ob sie selbst über die Trennung von Nathan hinweggekommen war. Sie dachte daran, wie oft sie in den letzten Wochen lauthals verkündet hatte, dass sie keinen Bedarf für Männer hatte. Trug Nathan die Schuld daran? Hatte sie die Trennung von ihm noch nicht verkraftet? Ruinierte der Kerl auch jetzt noch ihr Leben?

»Miss?«

Sara war Ethan beinahe dankbar dafür, dass er sie aus ihren Tagträumen riss. »Sorry, hab nur gerade über etwas nachgedacht. Du hast also mit ihr Schluss gemacht. Und dann?«

»Am nächsten Tag war Emily tot. Jeder gab mir die Schuld an ihrem Selbstmord. Keiner redete mehr mit mir. Ein paar Monate später war ich selbst so weit, dass ich mir das Leben nehmen wollte. Zum Glück hat meine Mutter erkannt, was los war, und hat mir einen Therapieplatz besorgt. Ein halbes Jahr lang war ich stationär in einem Therapiezentrum untergebracht. Jetzt bin ich wieder draußen und versuche, meinen Abschluss nachzuholen. Und das war auch schon die Geschichte.«

»Wie stehst du zu James Henning? Oder zu Peter Callaghan?«

»Der eine war der Briefträger, der andere Lehrer in der Grundschule. Allerdings nicht meiner.«

»Sie haben dir nicht im Zusammenhang mit dem Tod von Emily irgendwelche Prügel in den Weg geworfen oder waren besonders boshaft dir gegenüber?«

»Nein. Im Gegenteil. Beide waren unter den wenigen, die mich nach Emilys Tod noch gegrüßt haben. Callaghan hat mir sogar mal angeboten, dass ich mit ihm reden kann, wenn mir alles über den Kopf wächst.«

»Also hegst du ihnen gegenüber keinen Groll?«

»Nein.«

Sara nickte. »Dann bedanke ich mich für deine Bereitschaft und für das Gespräch. Ich wünsche dir viel Glück und dass du das mit den Depressionen in den Griff kriegst.«

»Danke.« Ethan sah nicht so aus, als würde er selbst

glauben, dass das im Bereich des Möglichen lag.

Seine Mutter, die plötzlich wieder im Raum stand, als hätte sie erraten, dass das Gespräch zu Ende ging, brachte Sara zur Tür. »Mein Junge hat nichts getan. Er trägt keine Schuld. Und er hat endlich mal Recht auf ein bisschen Glück in seinem Leben.«

»Das wünsche ich ihm«, sagte Sara und trat aus dem Haus. »Und Ihnen auch.« Sie meinte es tatsächlich so. Dass Ethan der Mörder war, glaubte sie nicht.

Ihr dritter und letzter Besuch für heute galt Margaret Evans, der Ehefrau des Fahrerfluchtopfers. Sie wohnte in derselben Straße wie Sara, und zwar in einem frei stehenden Backsteinbau etwas außerhalb des Dorfes.

Sara drückte auf den Klingelknopf, woraufhin im Inneren des Hauses zuerst ein schrilles Läuten ertönte, dann wütendes Hundekläffen. Schließlich öffnete sich die Tür einen Spaltbreit und ein etwa vier Jahre altes Mädchen sah zu Sara hoch.

»Was willst du?«

»Ist deine Mama da?«

Das Mädchen nickte, dabei hüpften seine braunen Rattenschwänze durch die Luft. Hinter ihr erklang wütendes Knurren.

»Darf ich mit ihr reden?«

»Mum sitzt auf dem Klo. Ich soll fragen, was du willst.« Das Mädchen kicherte und flüsterte: »Sie macht gerade groß.«

Sara wusste nicht, was sie darauf erwidern sollte, und

beschloss, dass es am besten war, das Thema zu wechseln und selbst nie Kinder zu bekommen – oder im Fall der Fälle zumindest dafür zu sorgen, dass diese potenziellen zukünftigen Kinder solche Informationen nicht an wildfremde Menschen weitergaben.

»Wie heißt du denn?«

»Annie.«

»Annie, magst du deiner Mum sagen, dass sie mich anrufen soll?«

Das Mädchen nickte ernsthaft.

Sara kramte in ihrer Tasche nach Stift und Papier, fand etwas und schrieb ihre Telefonnummer darauf. Da ging die Tür auf, der Pekinese, der hinter Annie randaliert hatte, schlüpfte bellend auf die Straße und eine erwachsene Frau erschien in der Türöffnung. Sie war nicht viel älter als Sara, wirkte aber müde und abgekämpft.

»Was wollen Sie?«

Annie kicherte und wechselte einen bedeutsamen Blick mit Sara, dann stürmte sie davon.

»Ich würde Ihnen gerne ein paar Fragen stellen. Ich bin Sara.« Sie streckte ihr die Hand entgegen.

Die Frau nickte. »Ich weiß. Rattlebag. Du wohnst da oben in dem hübschen Cottage in der Buckey Road. Ich bin Margaret.«

Sara nickte. »Hast du kurz Zeit?«

»Eigentlich nicht. Annie …«

»Es dauert nicht lang.«

Margaret seufzte. »Schieß los.«

»Danke.« Sara suchte nach den richtigen Worten.

»Dein Mann ist durch einen Verkehrsunfall gestorben.«

»Vor eineinhalb Jahren«, bestätigte Margaret. »Und ich hasse jeden einzelnen Tag, den ich seitdem gelebt habe. Wenn Annie nicht wäre ...«

»So schlimm?« Sara sah ihr Gegenüber mitfühlend an.

»Noch schlimmer.« Das Gesicht der Frau verzog sich, als wolle sie gleich anfangen zu heulen, doch im letzten Augenblick gewann ihre Selbstbeherrschung die Oberhand. »Was willst du denn nun wissen?«

»In der Zeitung stand, dass der Fahrer, der seinen Tod verursacht hat, Fahrerflucht begangen hat.«

»Und ich hoffe, dass er jeden Tag seines Lebens von Gewissensbissen gequält wird. Er soll nicht schlafen, er soll nichts essen können. Ein Geschwür soll ihn von innen heraus auffressen«, stieß Margaret aufgebracht hervor. »Weißt du, dass Charles überlebt hätte, wenn er früher gefunden worden wäre? Wenn dieser Mistkerl, der ihn umgefahren hat, den Notdienst verständigt hätte?«

Sara nickte. Das hatte in der Zeitung gestanden.

»Ich hasse ihn so sehr. Wer immer es war. Und weißt du, was das Schlimmste ist?«

Sara schüttelte den Kopf.

»Es könnte jeder sein! Es ist in dem verdammten Sidbury passiert, verstehst du? Fünfhundert Menschen leben hier, und sonst fährt kaum einer durch. Wir sind am Arsch der Welt und einer der Menschen, die mir tagtäglich ins Gesicht lachen, die mir bei seinem Begräbnis ihr Beileid ausgedrückt haben – einer von denen war es, verstehst du? Es kann Annies Lehrerin gewesen sein oder Mandy von Drew's Butcher ... Jeder, der ein verdammtes Auto fährt, kann meinen Mann umgebracht haben. Dieses Misstrauen frisst mich auf, verdammt!« Nun brach sie doch in Schluchzen aus.

»Mummy?«

Als Margaret die Stimme ihrer Tochter hörte, unterdrückte sie ihr Weinen, wischte sich über die Augen und drehte sich mit einem strahlenden Lächeln zu ihr um.

»Ja, Sweetie?«

»Ist die Frau böse?«

»Nein, die Frau ist nicht böse. Mach dir keine Sorgen und lauf in den Garten. Bunny möchte spielen.«

Als Annie mit einem letzten prüfenden Blick auf Sara den Gang hinunter verschwunden war – den Pekinesen Bunny im Schlepptau –, wandte Margaret sich wieder Sara zu. »Annie hat ihren Bunny zum Kuscheln, wenn sie traurig ist. Ich habe niemanden. Ich habe nur eine große Leere in meinem Herzen. So. Und was wollest du über Charles wissen?«

»Ich bin nur auf der Suche nach jemandem, der ... der ...« Sara wusste nicht, wie sie den Satz beenden sollte. Sie konnte schlecht sagen, dass sie auf der Suche nach jemandem war, der Morddrohungen aussprach. Diese Frau hatte gerade mehr als deutlich gemacht, dass sie einen riesigen Hass auf den Unfallfahrer fühlte, aber Sara glaubte ihr, dass sie keine Ahnung hatte, wer es gewesen war. Zudem machte es keinen Sinn, dass James und Peter beide gestorben waren – außer, sie wären zusammen die Unfallfahrer gewesen.

Sie gab sich einen Ruck. »Denkst du, James Henning und Peter Callaghan könnten was mit seinem … Tod zu tun gehabt haben?«

»James? Und Peter? Wieso denn die beiden?«

Sara antwortete nicht, sondern wartete ab, was Margaret als Nächstes sagen würde.

Doch die schüttelte den Kopf. »Peter hat nicht mal einen Führerschein und James … Der hat sogar für Kröten gebremst. Ich hab das mit eigenen Augen gesehen. Er war immer sehr vorsichtig und langsam unterwegs. Wer auch immer meinen Mann auf dem Gewissen hat, war ein Raser.«

Sara nickte nachdenklich. Nein, den Mörder mussten sie woanders suchen.

Margaret räusperte sich. »War das alles?«

»Ja. Außer …« Sara lächelte ihr Gegenüber an. »Möchtest du mir Annie hin und wieder bringen, damit du ein bisschen ausspannen kannst? Ich stelle es mir anstrengend vor, allein für ein Kind zu sorgen und nicht einmal Zeit für die eigene Trauer zu haben. Ich würde mich freuen.«

»Das würdest du tun?« Margaret sah Sara skeptisch an.

Die nickte. »Wenn du sie mir anvertrauen magst.«

Da zog ein Lächeln über Margarets Gesicht. »Danke!«, sagte sie. »Das mache ich sehr gern.«

Sara lächelte. Dann streckte sie Margaret den Zettel mit ihrer Telefonnummer hin, den sie Annie nicht hatte geben können. »Ruf an, wenn du mich brauchst.«

Kapitel 11

Es klickt

Gerade rechtzeitig zur Teatime schaffte Sara es zu ihrem Cottage, wo ihre beiden alten Freunde, Cedric und sogar Reverend Clayton schon im Kaminzimmer versammelt waren.

»Endlich«, stöhnte Miss Spinster. »Wir dachten schon, wir müssten dich suchen gehen, Kindchen. Du hast hoffentlich nichts dagegen, dass wir den Schlüssel unter dem Ammoniten verwendet haben?«

Sara schüttelte den Kopf. Dass ein Schlüssel unter dem beinahe kindskopfgroßen Fossil vor der Haustür versteckt war, hatte Sara beinahe vergessen. »Wir hatten doch Teatime ausgemacht, nicht wahr? Und das ist es jetzt. Und was den Schlüssel angeht … Den sollte ich vielleicht an einer weniger offensichtlichen Stelle verbergen.«

Miss Spinster stimmte ihr zu. »Du hast recht, Kindchen. Immerhin geht ein Mörder draußen um. Ich schlage vor, im Vogelhäuschen.«

Was natürlich viel weniger offensichtlich wäre, dachte Sara ironisch, nahm sich vor, ein geeignetes Versteck zu suchen, und ließ sich neben Cedric auf das Sofa fallen. »Ich bin geschafft.«

»Wie wir alle«, stellte Miss Spinster fest.

Sara sah sich um. Es stimmte. Cedric sah immer noch aus, als wäre ihm übel, Bobby und Miss Spinster wirkten einfach erledigt.

Nur Reverend Clayton sah neugierig von einem zum anderen. »Habt ihr Neuigkeiten?«

Alle schüttelten die Köpfe.

»Zwei Männer sind tot, wir haben uns alle die Hacken abgelaufen und niemand von uns hat etwas in Erfahrung gebracht?« Sara setzte sich auf. »Das kann doch nicht sein. Ich beginne jetzt mit dem, was ich herausgefunden habe. Vielleicht fällt euch dabei was auf.«

Und sie begann von ihrem Besuch bei Spittle zu erzählen, der behauptete, keine Feinde zu haben, dafür aber mit James und Peter zur Schule gegangen war, und dass sie dort von Inspector Webster unterbrochen worden war. »Inspector Sauertopf hab ich ihn jetzt umgetauft«, sagte sie grinsend. »Jedenfalls hätte ich an Spittle vielleicht noch ein oder zwei Fragen gehabt, aber dann kam dieser grässliche Inspector und ich musste türmen. Dann bin ich zu Emily Abbotts Mutter, ihr wisst schon – das war die Schülerin der St. John's School, die sich umgebracht hat. Wir hatten übrigens recht mit unserer Theorie. Der Grund war Liebeskummer. Aber der Junge, den sie damals so geliebt …«

»St. John's School! Das ist es!« Bobby Bobby war plötzlich aus seiner Lethargie erwacht. »St. John's School! Das Mädel, das gestorben ist! Das ging auch auf die St. John's School!«

»Emily Abbott?«, fragte Sara.

»Nein! Freya! Freya Wakely. Sie ist vor etlichen Jahren tot im Gartenhäuschen ihrer Tante aufgefunden worden. Man hat sich bei der Ermittlung damals auf zwei Jungs konzentriert. Der eine hieß Michael Brickerton! Ich wusste, dass ich den Namen kenne! Und der andere hieß, wartet mal, der hieß …« Bobby dachte nach, doch Sara kannte die Antwort.

»Der andere hieß Andrew Cole.«

»Ja, genau. So hieß der.« Bobby sah sie überrascht an. »Woher weißt du das?«

»Weil Brickerton genau nach diesem Jungen in der Chronik gesucht hat. Was ist damals passiert?«

Bobby schüttelte traurig den Kopf. »Eine schlimme Geschichte. Das Mädchen, Freya Wakely, wurde, wie ich schon gesagt habe, tot im Gartenhäuschen ihrer Tante aufgefunden. Mit einem stumpfen Gegenstand erschlagen. Der Mörder wurde nie gefasst.«

Saras Herz klopfte aufgeregt. Wäre es möglich, dass die beiden Morde mit dem ehemaligen Mitschüler von Michael Brickerton zusammenhingen? Dass ihre beiden Fälle miteinander zu tun hatten? In ihrer Aufregung hätte sie beinahe verpasst, was Bobby Bobby weiter erzählte.

»Die Verdächtigungen gingen sofort in Richtung ihrer beiden besten Freunde. Brickerton und Cole. Brickerton hatte ein astreines Alibi. Der war in einem Fußballcamp drüben in Lime Regis. Der Coach und alle Jungs dort schworen Stein auf Bein, dass er die ganze Nacht mit ihnen verbracht hatte. Andrew Cole hingegen verschwand spurlos und wurde nie mehr gesehen.«

»Wie ist das möglich?«, wollte Miss Spinster wissen.

Bobby hob die Schultern. »Am Tag nach der Tat war dieses furchtbare Attentat in Hungerford. Vielleicht erinnert ihr euch: Ein Arbeitsloser hat neunzehn Menschen erschossen. Da waren alle Einsatzkräfte auf die Festnahme des Täters konzentriert. Der kleine Mord in Sidbury fiel da nicht ins Gewicht. Als dann endlich wieder ein paar Ressourcen frei wurden, war Cole schon fort und hätte überall sein können. Nach Europa übergesetzt, nach Amerika verschwunden … oder nach der Tat Selbstmord begangen. Niemand hat ihn mehr gesehen.«

»Er ist nicht tot«, sagte Sara.

Alle sahen sie überrascht an und sie fuhr fort: »Er ist als Leo C. Warden im Betrieb von Brickerton aufgetaucht. Deshalb war Brickerton hier. Er wollte das Foto in seinem Bewerbungsschreiben mit einem alten Klassenfoto vergleichen.«

»Und?«, fragten Miss Spinster und Bobby Bobby.

»Es gibt einige Übereinstimmungen.«

Miss Spinster stieß einen kleinen Japser aus. »Lasst mich mal etwas ausprobieren.« Sie griff nach einem Zettel und schrieb die beiden Namen untereinander. »Das L ist einmal in Andrew Cole und einmal in Leo C. Warden, das E gibt es in beiden Namen zweimal, das O …«

»Ein Anagramm!«, rief Sara überrascht aus. »Mir kam schon die ganze Zeit etwas seltsam an den Namen vor. Es ist ein Anagramm. Also muss es derselbe Mann sein.«

Clayton klatschte anerkennend Beifall. »Auf so was muss man erst einmal kommen!«

»Ich verstehe nur eines nicht: Wie haben James Henning und Peter Callaghan ihn belastet? Der Mord war doch lange nach der Grundschulzeit und in der St. John's waren die beiden doch nicht mehr, oder?«, fragte Sara.

Die Antwort gab Cedric. Heiser sagte er: »Die beiden waren zur Tatzeit in einem Fußballcamp in Lime Regis und teilten sich einen Schlafraum mit Michael Brickerton.«

»Wieso weißt du das?«, fragte Sara.

»Ich ... war auch dort.« Cedric schluckte. »Nicht mit Brickerton im Schlafraum, aber bei diesem Camp. An dem Abend standen Nachtspiele im Freien auf dem Programm. Wir waren nach unseren Schlafräumen in Gruppen eingeteilt und mussten aus den Lagern der anderen Gruppen Flaggen stehlen. Am nächsten Tag war die Polizei da und vernahm jeden Einzelnen von uns – vor allem die Jungs aus dem Schlafraum von Brickerton.«

»James Henning, Peter Callaghan und noch drei andere Jungs«, sagte Bobby. »Alle fünf haben ausgesagt, dass Michael Brickerton die ganze Nacht mit ihnen zusammen war. Genau wie der Coach.« Er kniff die Augen zusammen. »Wie hieß der nochmal? Irgendwas Italienisches und dann doch wieder nicht. Der fällt mir auch noch ein.«

»Dann ist vermutlich Andrew unser Mann. Er ist abgehauen und hat jetzt irgendwas erfahren, das beweisen würde, dass nicht er die Tat begangen hat, sondern jemand anders. Jetzt rächt er sich an allen, die falsch ausgesagt haben«, überlegte Miss Spinster laut.

»Und zuletzt am Täter selbst.« Cedric hob abwehrend die Hände, als alle ihn ansahen. »Saras Idee.«

»Ich habe da mal so eine Geschichte gelesen«, erklärte sie verlegen. »Der Täter wurde mit jedem Mord wahnsinniger. Am Ende war er völlig durchgedreht.«

»Und du denkst, dass es sich beim Täter von damals um Michael Brickerton handelt?«, fragte Richard Clayton.

»Das liegt doch auf der Hand«, sagte Sara. Sie sah Miss Spinster und Bobby Bobby vorwurfsvoll an. »Und mit dem wolltet ihr mich verkuppeln?«

»Da wussten wir doch noch nicht, dass er ein Mörder ist«, meinte Miss Spinster kleinlaut.

»Das wissen wir heute auch noch nicht«, erklärte Cedric laut und brachte die beiden zum Schweigen. »Wir *vermuten* nur, dass der Killer *der Meinung* ist, dass Brickerton der Mörder von Freya Wakely ist.«

Alle schwiegen.

Sara dachte zurück an ihr Treffen mit Michael, der so gar nicht wie ein Mörder gewirkt hatte, und langsam reifte eine Idee in ihr. »Er hat mich um ein Date gebeten. Michael Brickerton, meine ich.« Sie blickte in die Runde. »Was, wenn ich seine Einladung annehmen würde?«

»Das kommt gar nicht infrage«, protestierte Cedric sofort. »Du bringst dich nicht schon wieder in Gefahr.«

»Aber Michael ist doch nicht derjenige, der die beiden Männer umgebracht hat«, wandte Sara ein.

»Aber er hat eventuell eine junge Frau ermordet. Und derjenige, der James und Peter erschossen hat, ist sicher bestens darüber unterrichtet, was Brickerton tut – vor allem, wenn deine Theorie stimmt. Außerdem können wir uns überhaupt nicht sicher sein, dass diese

Idee stimmt. Am Ende ist sie nur ein Hirngespinst.«

»Was wir nie erfahren werden, wenn wir nicht mehr Informationen von Brickerton bekommen.« Sara und Cedric funkelten einander an.

»Sara hat recht«, warf Miss Spinster ein. »Wenn wir wirklich herausbekommen möchten, was damals passiert ist, müssen wir näher an Brickerton heran. Und sie ist die Einzige, die das unauffällig tun kann.«

»Lasst mich das machen«, bat Cedric.

Sara überkam eine Welle der Zuneigung, weil er sie so offensichtlich beschützen wollte, doch sie schüttelte den Kopf. »Nein, Cedric. Ich glaube nicht, dass Michael interessiert an einem Date mit dir ist.« Sie kicherte leise.

»Also dann ist es abgemacht?« Miss Spinster sah in die Runde. »Sara bezirzt Brickerton?«

»Ich versuche inzwischen, die Namen der anderen drei Jungs herauszufinden. Und den von diesem Coach«, sagte Bobby.

»Und ich ...«

»Du tauchst unter und verhältst dich unauffällig«, unterbrach Sara Cedric. Auch wenn er nicht mit Michael im Schlafraum gewesen war, bestand doch die Möglichkeit, dass der Killer sich an die anderen Jungs erinnerte. An Cedric. »Ich schreibe gleich Michael und sage, dass ich eine Entdeckung gemacht habe. Die Sache mit dem Anagramm. Das sollte ihn neugierig machen.«

»Ein guter Plan.« Miss Spinster nickte zufrieden.

Während Sara ihre Nachricht an Michael Brickerton tippte, wandte sich Miss Spinster an den Geistlichen, der sich vor allem zuhörend an der Diskussion beteiligt hatte. »Na, Reverend Clayton, sind Sie sicher, dass Sie der Seelsorger dieser verrückten Gemeinde sein möchten?«

Alle wandten den Blick zu Reverend Clayton. Er nickte bedächtig. »Auf jeden Fall. Wir müssen verhindern, dass der Täter weiter mordet. Ich halte es für essenziell, die Namen der anderen Jungen und des Coaches herauszufinden, damit sie Schutz erhalten, und ersuche hiermit offiziell um Aufnahme in den erlauchten Kreis der hier versammelten Ermittler.«

Sara starrte ihn verwirrt an. Was sollte die gestelzte Ausdrucksweise? Doch bevor sie sich weiter darüber wundern konnte, gab ihr Mobiltelefon ein durchdringendes Piepsen von sich. Eine Nachricht war eingetroffen:

Ich hole dich um sieben Uhr ab. XoXo, Michael

»Er hat angebissen«, sagte Sara. Das XoXo verschwieg sie den anderen. Sicher wusste nicht einmal Michael selbst, dass das für Küsschen-Umarmung-Küsschen-Umarmung stand.

Kapitel 12

Männer

Als es auf sieben Uhr zuging, wurde Sara nervös. Bis auf den Reverend, der sich schon vor einer Weile verabschiedet hatte, wollten und wollten die Mitglieder des Krimiclubs nicht gehen. Sie besprachen ein und dieselben Fragen immer wieder, beleuchteten sie von allen Seiten … Sie hatte den Eindruck, als warteten sie nur darauf, dass Brickerton Sara zum Dinner abholte.

Einerseits war ihr das furchtbar peinlich, andererseits war da dieses leise Stimmchen, das ihr zuflüsterte, dass ihr Verehrer möglicherweise ein Mörder war – den es von einer eventuell geplanten Tat abhalten könnte, wenn er sah, wie viele Menschen von ihrem Date wussten.

»Sara, Kindchen, willst du dich nicht irgendwann für das Date zurechtmachen?«, fragte Miss Spinster mit einem bedeutungsvollen Blick auf die Uhr.

Nein, will ich nicht, dachte Sara. Schließlich wollte sie Brickerton nicht beeindrucken, sondern aushorchen. Sie setzte schon an, den Kopf zu schütteln, doch als sie Cedrics zufriedenen Gesichtsausdruck sah, überlegte sie es sich anders.

»Klar. Was zieht man an, wenn man mit dem Inhaber einer Tweedmanufaktur ausgeht? Doch nicht Tweed? In dem Fall habe ich wohl keine andere Option, als diesen

Sessel von seinem Überzug zu befreien und ihn mir überzuziehen.«

Tweed war doch sicher genau das, was Miss Spinster so vorschwebte.

»Gute Idee! Maud hatte so ein süßes Tweedkostüm«, überlegte Miss Spinster laut.

»O mein Gott, nein! Ich ziehe doch Mauds Kleider nicht an!« Auch wenn sie ständig in Mauds Granny-Square-Weste durchs Dorf lief, hieß das noch lange nicht, dass sie sich in eines ihrer altbackenen Tweedkostüme zwängte. Egal, wie sehr die moderne Modeindustrie Tweed liebte – besonders die auf den Britischen Inseln –, und egal, dass es hierzulande Ausdruck des Nationalstolzes war, sich in Tweed zu kleiden: Sie hasste den kratzigen Wollstoff. Aber das änderte nichts an der Tatsache, dass sich nichts in ihrem Kleiderschrank befand, was sich für ein Date geeignet hätte. Sara bekam Panik.

Sie rannte in ihr Zimmer, zog Kleidungsstücke aus dem Schrank, hielt sie sich vor den Oberkörper, um sie gleich wieder zu verwerfen und das nächste Teil anzuprobieren, und so ging es weiter, bis sie – immer noch in Unterwäsche – von einem lauten Klopfen an der Eingangstür aufgeschreckt wurde.

Sie sah auf die Uhr. Es war fünf vor sieben. Zu früh kam er auch noch! Mit einem Laut der Verzweiflung warf sie sich den Morgenmantel über und rannte den Flur hinab zur Eingangstür.

Kaum hatte sie geöffnet, prallte sie zurück. »Nathan?«

Er grinste anzüglich. »Wolltest du gerade in die Badewanne?«

Sie wollte ihm die Tür vor der Nase zuwerfen, doch er hatte seinen Fuß in den Türspalt geklemmt. »Wir müssen reden, Sara.«

»Nein, müssen wir nicht.«

»Darling …«

Sara stieß ein wütendes Schnauben aus, dann rief sie über die Schulter zurück: »Cedric, kannst du übernehmen?«

»Du hetzt deinen Dorftrottel auf mich?« Nathan sah ehrlich verletzt aus.

»Den Dorfvorsteher«, berichtigte Sara und als sie sah, dass Cedric aus dem Kaminzimmer auf den Flur trat, sagte sie: »Er gehört dir. Verhafte ihn, stell ihn an den Pranger, mach von mir aus Stew aus ihm. Nur mach ihm irgendwie klar, dass er mich nicht mehr belästigen soll.«

»Sara!«

Doch sie hörte nicht mehr zu und ging zurück in ihr Zimmer. Wutschäumend. Und plötzlich wusste sie, was sie anziehen würde. Ihre Hände fanden wie von selbst in den Kleiderschrank und dort zu dem Kleid, das Nathan am liebsten an ihr gesehen hatte. Wenn er immer noch hier war, wenn Michael kam, würde er verstehen, wie viel er ihr noch bedeutete: nichts, denn sie konnte sein Lieblingskleid zu einem Date mit einem anderen Mann anziehen – auch wenn Nathan natürlich nicht wusste, dass der ihr nichts bedeutete.

Auf dem Flur waren erst ein Klopfen, dann mehrere Männerstimmen zu hören. Aufgebrachte Männerstimmen.

Sara hielt die Luft an. Genau so hatte sie sich den Abend vorgestellt – dass ihr Ex, ihr Möchtegern-Freund und ihr … Tweedhersteller aufeinandertrafen.

Sie öffnete die Tür einen Spaltbreit und rief hinaus: »Ich bin gleich so weit!«

Dann schlüpfte sie in das weiße Baumwollkleid mit Lochspitze, atmete noch einmal durch und strich ihr Haar zurück. Schließlich öffnete sie die Tür und trat auf den Flur. Nicht nur Brickerton und Cedric standen dort und funkelten Nathan wütend an, sondern auch der Reverend hatte sich eingefunden. Was wollte der schon wieder hier? Er sah blass aus.

»Sara!« Michael Brickerton schob sich zwischen den anderen Männern durch und kam auf sie zu. »Gibt es bei dir was umsonst? Oder warum stehen hier so viele Leute?«

Sie lachte. »Michael, darf ich vorstellen? Cedric, der Dorfvorsteher von Sidbury …«

Michael zog eine säuerliche Miene. »Wir kennen uns. Na, Brewer, heute schon wem in den Arsch gekrochen?«

Cedric grinste kühl. »Ich glaube, ein Haar liegt falsch, Swottie! Darf ich?«

Belustigt beobachtete Sara, wie Cedric auf Michael zuging und ein Härchen auf die andere Seite seines lockeren Scheitels legte.

Brickerton schlug die Hand des Dorfvorstehers zurück. »Nimm deine Finger aus meinem Haar.«

»Jungs, hört auf zu streiten«, befahl Sara. »Ihr kennt euch also schon? Und ihn auch?« Sie sah zu Reverend

Clayton, der bei dem Geplänkel der anderen keine Miene verzogen hatte. »Das ist der neue Reverend des Dorfes. Richard Clayton.«

»Und mich stellst du nicht vor?«, mischte sich Nathan ein.

Sara sah nicht einmal zu ihm hin. »Kann jemand von euch Jungs den Müll vor die Tür stellen?«

Das musste sie nicht zweimal sagen. Obwohl sie einander offensichtlich nicht ausstehen konnten, packten Cedric und Brickerton Saras Ex auf beiden Seiten unter den Achseln und zerrten ihn zur Eingangstür. Amüsiert beobachtete Sara, wie sie ihn ins Freie schubsten, dann fiel die Tür hinter ihm ins Schloss.

Sie wandte sich an den Geistlichen. »Brauchen Sie mich?«

Er nickte. »Es ist etwas passiert.« Der schnelle Seitenblick, den er Michael zuwarf, sagte Sara, dass das, was er zu sagen hatte, nicht für Brickertons Ohren bestimmt war. »Etwas, das unsere Theorie bestätigt.«

»Theorie?«, fragte Brickerton.

Sara wandte sich ihm zu. »Wartest du im Auto, Michael? Ich komme sofort nach. Und sieh bloß zu, dass du meinen Ex nicht wieder ins Haus lässt.« Damit schob sie ihn beinahe zur Tür hinaus. »Was ist passiert, Reverend?«

Der Geistliche senkte die Stimme. »Es gibt einen neuen Toten.«

Sara riss erschrocken die Augen auf. »Wer?«

»Spittle«, sagte Clayton. »Robert Spittle. Ich komme gerade von ihm. Ich wollte ihm einen Besuch abstatten, aber … es ist alles voller Einsatzwagen dort. Ein Beamter war so freundlich und hat mir verraten, was passiert ist.«

Cedric ließ sich mit bleichem Gesicht gegen die Wand sinken. »Drei. Der Wahnsinnige hat schon drei Menschen getötet.«

»Umso wichtiger ist es, dass ich aus Michael herausbekomme, was damals wirklich passiert ist«, sagte Sara.

Cedric nickte. »Auch wenn mir überhaupt nicht passt, was du vorhast. Pass bloß auf, Sara.«

»Mach ich. Haltet die Stellung, Jungs. Und wenn Nathan nicht verschwindet, ruft die Polizei.« Damit verließ sie das Cottage, ging auf den blauen Vauxhall zu, der auf der Straße parkte, und ließ sich mit einem frustrierten Schnaufen auf den Beifahrersitz fallen.

»Bereit?«, fragte Michael.

»Mhm.«

»Es wird dir gefallen.«

Er startete den Motor und fuhr los. Kurz bevor sie auf die Hauptstraße einbogen, sah Sara einen Polizeiwagen mit Blaulicht in ihre Richtung fahren. Instinktiv drückte sie sich tiefer in den Sessel. Im Rückspiegel beobachtete sie, wie der Einsatzwagen die Buckey Road hinunterfuhr, dahin, wo etwa eine Meile weiter nördlich die Farm von Robert Spittle lag.

Kapitel 13

Date Night

Sara war noch immer mulmig von der Nachricht über Spittles Tod. Dass alle drei Toten damals mit Michael in einem Zimmer gewesen waren, konnte kein Zufall mehr sein. Hoffentlich bekam sie heute Abend ein paar Informationen, die Licht ins Dunkel brachten – und hoffentlich hatte Michael nichts damit zu tun. Woher der letzte Gedanke kam, wusste sie nicht, und sie wollte lieber nicht darüber nachdenken, warum es ihr nicht egal war, ob er unschuldig war. Trotzdem kreisten ihre Gedanken genau um diese Frage und so bekam sie kaum etwas von der Fahrt mit. Erst als die Wagenräder über knirschenden Kies rollten und Michael »Wir sind da« sagte, lenkte das ihre Aufmerksamkeit wieder auf die gegenwärtige Situation.

»The Red Lion«, las sie laut vor. Der Name des Restaurants war an die Hauswand gemalt, darunter hing eine schwarze Tafel, auf der angekündigt wurde, dass mittwochs ein Take-away-Service für *Fish 'n' Chips* angeboten wurde.

Überrascht starrte sie ihren Begleiter an. Konnte es sein, dass er knausrig war?

Als spüre er ihren Blick, wandte er den Kopf und zwinkerte ihr zu. »Man soll nie von der äußeren Erscheinung auf das Innere schließen. Das gilt für Menschen ebenso wie für Restaurants.« Er stieg aus, umrundete den Wagen und öffnete ihr die Tür.

Obwohl ihr das etwas peinlich war, genoss Sara seine Aufmerksamkeit. Sie ließ sich von ihm aus dem Wagen helfen und dann stand sie vor ihm, verlegen und unsicher, was er jetzt wohl von ihr erwartete. Doch Michael tat, als bemerke er es nicht. Er ergriff ihre Hand und schlenderte mit ihr auf das Restaurant zu, als wären sie ein Liebespaar. Sara wehrte sich nicht dagegen.

Die graue Tür, die direkt von der Dorfstraße ins Haus führte, war verzogen und die Farbe abgeblättert. Nicht wirklich einladend, fand sie. Aber vielleicht hatte Michael recht und es war wirklich nur die äußere Erscheinung, die schäbig wirkte. Vielleicht erwarteten sie drinnen feine Damast-Tischdecken und Kerzenleuchter, Silberbesteck und edles Porzellan …

Michael öffnete die Tür und ließ Sara den Vortritt. Sie hob den Fuß, um über eine ziemlich hohe Schwelle ins Innere des Hauses zu steigen, und – Überraschung – stellte fest, dass der Innenraum des Restaurants genauso speckig war, wie das ganze Gebäude von außen wirkte.

Stirnrunzelnd sah sie Michael an.

»Es kommt noch besser!«, sagte er.

Noch besser? Sara wusste nicht, wie sie auf seine Begeisterung reagieren sollte, lächelte schwach und nickte.

Da ertönte ein leiser Aufschrei. »Mickey? Ja, bist du es wirklich? Mein Mickey!« Eine schwarze Frau, deren Haar unter einem Tuch versteckt war, watschelte auf sie beide zu, wischte sich die Hände an ihrer Schürze ab, legte sie Michael an die Wangen und zog ihn für einen Kuss zu sich herab. Dann erst sah sie Sara an. »Und wer ist das?«

»Das ist Sara Rattlebag, Pru«, sagte Michael mit sichtlichem Stolz. »Und sie will heute gut essen.«

»Das soll sie. Kommt mit, Kinder, kommt mit.« Pru wandte sich um und watschelte durch den dunklen Raum bis zum anderen Ende. Dort öffnete sie eine Tür und sagte freudestrahlend: »Willkommen im Red Lion, Sara Rattlebag. Ich wünsche dir einen schönen Abend. Und dir auch, Mickey.«

Sara trat durch die Tür und blieb überrascht stehen. Sie befanden sich in einem Garten, in dem fünf Tischgruppen mit Korbstühlen standen. Alle bis auf eine waren besetzt. Dazwischen verliefen weiße Kieswege und in der Mitte der Grünfläche befand sich ein kleiner Teich mit einem Springbrunnen. Es wirkte wie eine andere Welt.

»Das ist wunderschön«, sagte sie.

»Ich wusste, dass du es mögen wirst.« Michael steuerte auf den freien Tisch zu, zog Sara den Stuhl heraus und schob ihn wieder an den Tisch, als sie sich setzte. Dann nahm er ebenfalls Platz. »Warte nur, bis es richtig dunkel ist.«

»Mir gefällt es jetzt schon. Es tut mir leid, dass ich … Na ja …« Sara fühlte ihre Wangen heiß werden.

»Dass du dachtest, ich entführe dich in eine Frittenbude?« Michael lachte.

»Entschuldige.«

»Schon vergessen. Wäre nicht genau Pru die Inhaberin, wüsste ich wahrscheinlich auch nicht, wie fantastisch dieses Restaurant ist.«

Sara sah sich um. »Woher kennst du sie?«

»Sie war mein Kindermädchen.« Michael verzog zerknirscht das Gesicht. »Schuldig. Meine Eltern waren reich. Ich hatte ein Kindermädchen. Und ja, Pru ist schwarz. Zu der Zeit dachte noch niemand über Chancengleichheit nach und meine Eltern waren glühende Verfechter der Überlegenheit der britischen Rasse.«

»Klingt gruselig.«

»Ist es auch. Aus heutiger Sicht betrachtet. Aus der Sicht von damals war es einfach so, dass Menschen anderer Ethnien froh sein mussten, wenn sie überhaupt Arbeit bekamen, und meine Eltern waren sogar überzeugt davon, dass sie etwas Gutes taten, als sie Pru einstellten.«

»So war es auch, Mickey. Ich bin ihnen noch heute dankbar dafür, dass sie mir die Chance gegeben haben. Und, dass sie mir geholfen haben, dieses Restaurant zu übernehmen. Ohne deinen Vater hätte ich das niemals geschafft.« Pru war an den Tisch getreten, in der Hand ein Tablett mit zwei Kristallgläsern, in denen Weißwein funkelte.

Sara sah irritiert zu, wie sie die Gläser vor ihnen abstellte. Sie konnte sich nicht erinnern, bestellt zu haben.

»Bei Pru läuft das etwas anders«, erklärte Michael, der offensichtlich ihre Verwirrung bemerkt hatte. »Pru weiß, was du brauchst. Niemand bestellt etwas.«

»Genau.« Pru lächelte. »Du kannst mir sagen, wenn du etwas gar nicht magst, und du musst mir natürlich Bescheid geben, wenn du auf ein Lebensmittel allergisch bist, aber ansonsten … Lass dich überraschen.«

»Cooles Konzept«, sagte Sara. »Ich bin auf nichts allergisch.«

»Gut.« Pru nickte. »Und gibt es etwas, das du gern isst?«

Fudge, schoss es Sara durch den Kopf. Doch sie sagte nichts. Es war ihr zu peinlich, der Inhaberin des Restaurants ihre Obsession für diese Süßigkeit einzugestehen.

Pru beobachtete Saras Mienenspiel aufmerksam, dann nickte sie. »Alles klar. Dann werde ich euch mal verwöhnen.« Damit verschwand sie.

Sara sah ihr nach.

»Ich bin so froh, dass du zu diesem Date doch Ja gesagt hast.«

»Nur vielleicht nicht aus dem Grund, den du im Sinn hattest«, erwiderte Sara.

»Man weiß nie, in welche Richtung sich ein Abend entwickelt«, sagte er und sah Sara tief in die Augen. In ihrer Brust breitete sich ein Kribbeln aus. Was geschah hier mit ihr?

Dann wurde seine Miene geschäftsmäßig. »Du hast gesagt, du hast etwas für mich?«

Dankbar, dass er durch den Themawechsel dieses Flirren zwischen ihnen unterbrochen hatte, nickte sie. »Ich wusste gleich, dass etwas seltsam ist an den Namen, die du mir genannt hast. Andrew Cole und Leo C. Warden.«

Er sah sie aufmerksam an. »Ja?«

»Es ist ein Anagramm.«

»Ein Anagramm?«

»Die beiden Namen Andrew Cole und Leo C. Warden bestehen aus exakt denselben Buchstaben. Das ist ein Zufall zu viel, würde ich sagen. Dein neuer Mitarbeiter ist dein Freund aus Kindheitstagen.«

Sara beobachtete seine Reaktion genau. Doch außer, dass seine Miene plötzlich sehr kontrolliert wirkte, konnte sie keine Veränderung feststellen. Kein Erschrecken, keine Überraschung, keine Freude darüber, dass Brickerton einen längst vergessenen Freund wiedergefunden hatte.

»Was sagst du?«, fragte sie vorsichtig.

»Nichts. Es ist ohnehin egal. Warden – oder sollte ich sagen, Andrew – ist wieder verschwunden. Am Tag nachdem ich bei dir war, wollte ich ihn zur Rede stellen, aber er ist nicht zur Arbeit aufgetaucht. Angeblich krank.«

»Angeblich?«

»Ich habe in der Personalakte nach seiner Adresse gesucht. Die Anschrift gibt es nicht.«

»Wo ist er dann?«

»Das weiß ich nicht.« Michael sah aus, als wolle er noch etwas sagen, doch er hielt es zurück.

»Wieso, denkst du, ist er zurückgekommen?« Sie musste Michael ja nicht auf die Nase binden, dass sie dazu eine Theorie hatte.

Doch Michael hatte Glück, denn sie wurden von Pru unterbrochen.

»Und hier haben wir die Vorspeise!« Zwei Schälchen mit Miesmuscheln landeten auf dem Tisch, dazu zwei kleinere mit einer weißen Soße. »Miesmuscheln mit Knoblauch-Dip.«

»Duftet herrlich«, sagte Michael.

Sara musste ihm zustimmen. »Danke, Pru.«

»Lasst es euch schmecken.«

Das taten sie. Nach dem ersten Bissen wusste Sara, dass sie noch nie in ihrem Leben so gute Muscheln gegessen hatte. Trotzdem vergaß sie nicht, dass sie auf ihre Frage noch keine Antwort bekommen hatte.

»Noch einmal zurück zu Andrew.«

Er lachte freudlos. »Du lässt nicht locker, was?«

Sie lächelte. »Und du tust so, als hättest du etwas zu verbergen.«

»Habe ich nicht.« Michael stocherte in den Muscheln herum, als sei ihm plötzlich der Appetit vergangen. »Ich habe nur keine Lust, darüber zu reden.«

Sara beschloss, dass es Zeit war, mit offenen Karten zu spielen. »Weißt du, dass in den vergangenen zwei Tagen drei Menschen gestorben sind?«

Er erbleichte. »Ich weiß nur von zweien.«

»Der dritte ist Robert Spittle.«

Michaels Augen weiteten sich.

Sara atmete tief durch. Sollte sie ihre Gedanken mit ihm teilen? Auch auf die Gefahr hin, dass er vielleicht ein Mörder war? Sie zögerte noch einen Moment, doch dann entschloss sie sich zu reden. Schließlich bestand die Möglichkeit, dass er in Gefahr war, und wenn sich ihre Vermutung wirklich bewahrheitete, musste er gewarnt werden.

»Wir haben eine Theorie«, begann sie.

»Wir?«

Saras Wangen wurden heiß. »Ich habe mich mit ein paar Freunden über den Fall unterhalten. Wir haben eine Art Krimiclub.« Als sie es aussprach, hörte sie selbst, wie naiv das klang. Gleich würde er sie auslachen oder womöglich sogar wütend reagieren.

Doch Michael schien sich nicht daran zu stören. Im Gegenteil. Er lächelte und fragte: »Und wie sieht eure Theorie aus?«

Erleichtert atmete Sara aus. »Es kann natürlich sein, dass es sich dabei um völligen Unsinn handelt, aber … es spricht doch einiges dafür.« Sie holte tief Luft, bevor sie fortfuhr: »Es gibt etwas, was die drei verbindet … und mit dir verbindet. Als damals Freya Wakely ermordet wurde, warst du in einem Fußballcamp. Alle drei waren dort mit dir zusammen in einem Schlafraum untergebracht und haben bezeugt, dass du die ganze Nacht über dort warst.«

»Woher weißt du … Ach, natürlich. Brewer.«

Sara nickte. »Ja, Cedric hat sich erinnert. Aber darum geht es nicht. Es geht darum, dass wir denken, dass jemand die Zeugen von damals aus dem Weg räumen will. Einen nach dem anderen.«

»Andrew?«

»Möglich.«

»Aber …«

Wieder wurden sie von Pru unterbrochen. Sie servierte herrlich duftende Fischsuppe, die in Schüsseln aus Brot angerichtet war.

»Das sieht fantastisch aus«, sagte Sara.

»Es schmeckt auch fantastisch. Versprochen!«, erwiderte Pru stolz. »Den Fisch hat Matthew heute Morgen aus dem Meer geholt.«

»Prus Mann ist Fischer«, erklärte Michael und bemühte sich dabei um einen lockeren Ton, doch Sara sah, dass es ihn Mühe kostete.

»Ich werde ihn umso mehr genießen.«

Kaum war Michaels ehemaliges Kindermädchen wieder nach drinnen verschwunden, stellte er die Frage, die ihn quälen musste. »Aber wieso sollte Andrew so viele Menschen töten?«

»Vielleicht, weil er denkt, dass sie falsch ausgesagt haben.«

»Aber das haben sie nicht! Ich war die ganze Nacht über mit den Jungs zusammen. Sie haben nicht gelogen!«

»Derjenige, der einen nach dem anderen tötet, ist anderer Meinung.«

»Aber wieso?«

»Das versuche ich gerade herauszubekommen. Und dazu muss ich mehr über deinen alten Freund wissen.«

Michael zögerte, dann schien er zu einem Entschluss zu kommen. »Er war mein bester Freund. Er und … Freya Wakely.« Ein Schatten huschte über sein Gesicht. »Wir waren unzertrennlich. Drei Außenseiter, die zusammenhielten wie Pech und Schwefel.«

»Bis Freya getötet wurde und Andrew untergetaucht ist.«

»Ja, bis Freya getötet wurde und Andrew untergetaucht ist«, wiederholte er leise. »Dann war ich plötzlich allein.« Ein schmerzlicher Ausdruck erschien auf seinem Gesicht.

»Wart ihr wirklich nur Freunde?«

Er nickte, als habe er die Frage erwartet. »Das wollte die Polizei damals auch wissen.«

»Warst du mit ihr zusammen?«

Er verneinte. Die Reaktion kam zu schnell, doch Sara ging nicht darauf ein.

»Und Andrew?«

»Ich weiß es nicht. Aber nachdem sie tot war, wurde gemunkelt, dass sie vor ihrem Tod Geschlechtsverkehr gehabt hatte.«

»Mit wem?«

Er schüttelte den Kopf. »Nicht mit mir. Ich war im Fußballcamp.«

Sara betrachtete ihn nachdenklich. Würde er weiter an dieser Aussage festhalten? War er wirklich im Camp gewesen und unschuldig oder hatte er sich vielleicht davongestohlen, mit Freya geschlafen und sie dann getötet? Aber warum?

»Nehmen wir mal an, es war tatsächlich so. Wo war Andrew in dieser Zeit?«

»Ihr habt ja noch gar nicht fertig gegessen«, rügte Pru, die mit einer Fischplatte an ihren Tisch getreten war. »Ist die Suppe nicht gut?«

»Doch! Fantastisch!«, schwärmte Sara. »Sie war bloß noch ziemlich heiß. Jetzt geht es besser.« Sie tauchte ihren Löffel in die mittlerweile völlig durchweichte Brotschale und löffelte die Suppe aus. Michael machte es ihr nach. Bald hatten sie die Schalen geleert und Pru nahm die Reste mit nach drinnen.

Kaum war sie außer Hörweite, fragte Sara: »Wo war Andrew, als du im Camp warst?«

»Zu Hause.«

»Wo war er zu Hause?«

»Auf der Broken Brook Farm. Etwas außerhalb von Sidbury. Zehn Gehminuten weg von dem Häuschen, wo Freya am nächsten Tag gefunden wurde.«

»Also hätte er es tun können?«

Michael nickte. »Natürlich. Auf jeden Fall besser als ich. Das Fußballcamp war in Lime Regis. Ich hätte zu Fuß fünf Stunden gebraucht, mit dem Auto eine halbe Stunde.«

»Hattest du damals schon den Führerschein?«

Er verneinte, dann meinte er widerwillig. »Aber ich hatte ein Motorrad.«

»Und du hattest es beim Fußballcamp dabei?«

»Ja.«

»Also hättest auch du es geschafft, nach Sidbury zu fahren, Freya zu töten und wieder zurückzukehren, und zwar innerhalb einer Stunde.«

Michael warf verzweifelt die Arme hoch. »Aber ich war es nicht. Die Jungs haben es bezeugt! Und sie haben nicht gelogen.«

Sara dachte nach.

»Wie hießen die anderen beiden Jungs?«

Er musste nicht lang überlegen. »Mark Montague und Eric Parker.«

»Was machen die heute?«

»Keine Ahnung. Wir haben einander aus den Augen verloren.«

Sara zog das Handy heraus und schrieb die Namen in den Chat des Krimiclubs, dem seit ihrem letzten Treffen auch Reverend Clayton angehörte. Sollten die anderen die Zeit nutzen, um die beiden ausfindig zu machen.

»Bist du eigentlich auch mit ihnen zur Schule gegangen?«

Michael schüttelte den Kopf. »Ich hatte einen Privatlehrer.«

»Aber Cedric hat gesagt, er kennt dich von der Schule.«

»Von der St. John's School«, erklärte er. »Meine Eltern haben mich erst mit zwölf für stark genug befunden, es mit der bösen Gesellschaft aufzunehmen.«

»Andrew hast du also auch dort kennengelernt?«

Michael bejahte.

Dann musste Cedric also auch mit Andrew zur Schule gegangen sein. Darüber hatte er kein Wort verloren. Er hatte nur erzählt, dass er mit James Henning, Peter Callaghan und Robert Spittle zur Grundschule gegangen war. Warum?

»Wer hat sonst noch ausgesagt, dass du die Nacht über im Camp warst?«, fragte Sara, obwohl sie die Antwort kannte.

»Der Coach.«

»Und wie hieß der?«

»Critelli. Omar Critelli. Damals war er Reinigungskraft in einer Schule in Lime Regis. Vielleicht ist er noch dort – wenn er nicht inzwischen im Ruhestand ist.«

Auch seinen Namen notierte Sara und schickte ihn in den Chat.

»Du glaubst nicht, dass sie alle in Gefahr sind, oder?«

»Doch«, sagte Sara. »Doch, das glauben wir. Und wir glauben, dass die Morde mit dem Tod von Freya zu tun hatten. Irgendwer hat die Wahrheit herausgefunden.«

»Welche Wahrheit?«, rief Michael verzweifelt aus. »Die Wahrheit ist, dass ich es nicht war.«

»Der Mörder glaubt das leider nicht.«

Laute Ah!- und Oh!-Rufe ließen Sara zu Pru herumfahren, die gerade wieder den Garten betrat. Auf einem Tablett balancierte sie zwei Teller mit einer Nachspeise, in der brennende Sternspritzer steckten, was die Aufmerksamkeit der anderen Gäste auf sich gezogen hatte.

»Das ist nicht etwa für uns!«, japste Sara.

»Ich fürchte, doch.«

Beinahe erschrocken blickte Sara Pru entgegen, die mit stolzem Lächeln auf sie zu kam. »Eine besondere Nachspeise für zwei besondere Menschen. Möge Fudge der Kleber sein, der eure Beziehung zusammenhält.« Sie stellte die beiden Teller vor ihnen ab und erklärte: »Ein Hot Fudge Brownie für euch beide.«

Sara schluckte und das Wasser sammelte sich in ihrem Mund. »Woher wusstest du, dass ich an Fudge gedacht habe?«

Pru machte große Augen. »Das war es, woran du gedacht hast?« Sie lachte. »Ich habe nur an mein Mickey-Mousie gedacht und daran, was er über alles in der Welt liebt.«

»Fudge«, erklärte Michael trocken. »Ich bin süchtig nach Fudge. Jetzt weißt du es. Danke, Pru, jetzt wird sie schreiend die Flucht ergreifen.«

»Denkst du?« Sara grinste, fuhr mit der Hand in ihre Tasche und zog ihre Notfallpackung Fudges heraus.

Michael machte große Augen. »Eine Gleichgesinnte.« Er fuhr in die Innentasche seines Jacketts und seine Hand kam ebenfalls mit einigen Fudges wieder hervor.

Sara lächelte. »Ein Gleichgesinnter.« Dass es Kate Kearney's Dairy Cream Fudges waren, ließ ihr Herz höherschlagen. Ein Wink des Schicksals? Doch sie verdrängte die seltsame Anwandlung schnell. Michael Brickerton war möglicherweise ein Mörder. Auch Mörder mochten Süßes.

»Lasst es euch schmecken!« Pru lächelte ihnen zu, beugte sich zu Michael hinunter und flüsterte ihm was ins Ohr. Dann verschwand sie nach drinnen.

Die Sternspritzer waren inzwischen erloschen und sie konnten die Brownies gefahrlos essen.

»Was hat sie gesagt?«, fragte Sara, während sie mit der Gabel ein Stück abstach.

»Dass ich dich festhalten und nie mehr loslassen soll.« Michael lächelte sie an. »Genau das, was ich ohnehin vorhatte.«

Sara konnte nichts gegen die Fluchtgedanken tun,

die bei diesen Worten in ihrem Kopf entstanden. Niemand würde sie jemals festhalten, schon gar nicht Michael Brickerton. Hastig stand sie auf. »Ich … muss mal für kleine Mädchen«, sagte sie. »Fang ruhig ohne mich an.«

Sie machte, dass sie Abstand zwischen Michael und sich brachte und zur Toilette kam. Dort wusch sie sich die Hände, schnupperte an dem Potpourri aus Rosenblüten, das auf dem kleinen Schränkchen stand, und wartete ein Weilchen. Erst, als sie sicher sein konnte, dass sich Michaels Gemüt wieder etwas abgekühlt hatte, ging sie zurück.

Als sie sich wieder an ihrem Platz niederließ, wich er ihrem Blick aus, doch zum Glück machte er keine weiteren Andeutungen, die sie in Verlegenheit hätten bringen können.

Kapitel 14

Ins Handwerk gepfuscht

Sara stand erst auf, als die Sonne sie durch das Schlafzimmerfenster wachkitzelte, also gegen halb zehn. Es war ein kleines Wunder, dass niemand sie bis zu diesem Zeitpunkt in ihrem Cottage heimgesucht hatte – weder Miss Spinster noch Bobby Bobby noch Cedric oder der Reverend. Als hätten sie gewusst, dass Sara nach der Völlerei im Red Lion eine längere Pause brauchte. Und zum Glück schien auch Nathan verstanden zu haben, dass er hier unerwünscht war.

Umso erstaunter war sie, als sie in Pyjama und mit verstrubbeltem Haar in die Küche trat und dort Inspector Webster antraf, in voller Uniform und mit dem sauertöpfischen Ausdruck im Gesicht, den sie inzwischen an ihm kannte.

»Guten Morgen, Miss Rattlebag«, sagte er. »Wollen Sie sich etwas Passenderes anziehen, bevor wir reden?«

»Wie kommen Sie herein?«

»Durch die Tür. Sie hatten nicht abgesperrt und die ältere Dame meinte, ich solle einfach in der Küche warten. Ich vermute, sie ist ziemlich wütend, weil ich sie gebeten habe, nach Hause zu gehen und sich dort zur Verfügung zu halten. Noch einmal: Möchten Sie sich etwas Passenderes anziehen?«

Ohne ein weiteres Wort wandte sich Sara um und verschwand in ihrem Zimmer. Was wollte Inspector Sauertopf in aller Frühe von ihr? Während sie eine Jeans und ein T-Shirt überstreifte, dachte sie kurz an Flucht. Es war ihr schon einmal geglückt, durch das Badfenster zu verschwinden. Ein zweites Mal sollte sie es auch schaffen. Doch sie hatte ja eigentlich nichts zu verbergen. Sicher hatte Inspector Sauertopf nur ein paar Fragen, die schnell beantwortet waren.

Sie beugte sich vor, fuhr sich zweimal mit den Fingern durchs Haar und schüttelte es durch, dann schwang sie es zurück. Das musste reichen.

Als sie in die Küche kam, bediente sich der Inspector gerade an ihrem Tee aus dem Samowar. »Sie haben da eine gute Teemischung«, sagte er.

»Meiner Freundin gehört ein Teeladen in London.«

»Verstehe.« Er sah sich um. »Zucker?«

»Über der Spüle.« Wenn er sich selbst am Tee bedienen konnte, konnte er sich auch den Zucker selbst holen. »Was wollen sie von mir?«

Inspector Webster blies über den Tee, nippte daran. Dann stellte er die Tasse auf dem Küchentisch ab und holte seinen Notizblock aus der Tasche. »Sogenannte Ermittlungen bei Margaret Evans, Martha Bilton, Robert Spittle, der gestern tot in seinem Wohnhaus aufgefunden wurde …«

»Von wem?«

»Konspiratives Treffen mit Michael Brickerton, Hauptverdächtiger in einem Mordfall im Jahr 1987 …«

»Mehrere Zeugen haben ausgesagt, dass er nicht am Tatort gewesen sein konnte«, warf Sara ein.

»Zufälliges Auffinden des gewaltsam ums Leben gekommenen Peter Callaghan – laut eigenen Angaben, weil eine ›dunkle Gestalt über die Schafweide lief‹ – und Fund einer weiteren Leiche in unmittelbarer Nähe ihres Wohnorts. Was würden Sie sagen, wenn bei einem Verdächtigen all diese Umstände zusammenträfen, Miss Rattlebag?«

»Ich habe mit den Vorfällen nichts zu tun.«

»Würden Sie einem Verdächtigen Glauben schenken, wenn er das beteuern würde?«

»Ich habe wirklich nichts damit zu tun.«

»Nun, der Meinung bin ich nicht. Sie haben sehr wohl damit zu tun und das, obwohl all diese Vorfälle Sie nichts angehen.«

Sara schwieg.

»Gehe ich recht in der Annahme, dass Sie keine Zulassung als Privatdetektivin haben?«

Sara nickte trotzig.

»Gehe ich recht in der Annahme, dass Sie zu keinem der Toten eine Beziehung und daher auch keinen Grund hatten, sich mit ihrem Ableben zu beschäftigen? Und trifft es zu, dass ich Sie bereits vor zwei Tagen gewarnt habe, Sie zu verhaften, wenn ich Sie noch einmal in der Nähe von Zeugen oder Toten antreffen würde?«

Sara nickte noch einmal.

»Warum musste ich dann gestern erfahren, dass Sie den Abend mit Michael Brickerton verbracht haben?«

»Es war ein Date«, brachte Sara heiser hervor. »Darf ich jetzt keine Dates mehr haben?«

»Sie daten einen mutmaßlichen Mörder? Ihre beiden Freunde haben mir von Ihrer abstrusen Theorie erzählt. Abgesehen davon, dass sie an den Haaren herbeigezogen ist, frage ich noch einmal: Sie daten einen mutmaßlichen Mörder?«

»Er ist kein Mörder.« Sara hörte selbst, wie kläglich es klang.

Inspector Webster betrachtete sie wie ein ekliges Insekt. »Das ist die letzte Verwarnung. Wenn Sie noch einmal irgendwo aufkreuzen, wo wir ermitteln, verhafte ich Sie. Und glauben Sie nicht, dass ich das nicht kann. Ich finde einen Weg.«

Sara nickte besiegt.

»Und jetzt beantworten Sie meine Fragen. Warum haben Sie Spittle aufgesucht?«

»Aus demselben Grund, warum ich Ms. Bilton und Ms. Evans aufgesucht habe«, erwiderte Sara.

»Der wäre?«

»Angehörige von ihnen sind in den letzten fünf Jahren Opfer eines ungeklärten Unfalls geworden.«

Webster nickte nur, als sei das keine Neuigkeit für ihn.

»Was genau haben Sie Spittle gefragt?«

»Wie das damals bei seiner Mutter war.«

»Und wie war es?«

»Er sagte, er sei auf einer Viehschau gewesen.«

»Und Sie denken, die Polizei habe damals versäumt, nach Spittles Alibi zu fragen?«

Sara zuckte mit den Schultern. »Die Polizei konnte ich ja nicht danach fragen.«

»Haben Sie ihn auf die beiden Toten angesprochen?«

Sara dachte nach. »Ja.«

»Wie?«

»Ich habe ihn gefragt, ob er das mit James Henning wisse.«

»Und?«

»Er wusste davon. Und hat angedroht, mir den Hund auf den Hals zu hetzen, weil er natürlich verstanden hat, dass in meiner Frage auch die Frage mitschwang, ob er der Mörder wäre.«

»Natürlich«, sagte Inspector Webster ironisch. »Und dann?«

»Dann habe ich gefragt, ob er von Peter Callaghan weiß. Und er …«

»Ja?«

»War überrascht.« Die Nachricht, dass auch Peter Callaghan gestorben war, hatte Spittle sogar schockiert.

»Und Sie denken nicht, dass es für die Polizei nützlich gewesen wäre, diese Reaktion mitzuerleben?«

»Doch.« Sara zog kleinlaut den Kopf zwischen ihre Schultern.

»Dann haben wir uns hoffentlich verstanden. Abgesehen davon bedanke ich mich für Ihren Einfallsreichtum. Auf die Idee, die ungeklärten Mordopfer der letzten Jahre zu durchforsten, sind wir auch gekommen, aber auch unsere Nachforschungen haben erst die vergangenen fünf Jahre beinhaltet. Dass das Ganze aber mit dem Fall von 1987 zu tun haben könnte, ist brillant. Und nachdem jetzt auch noch Spittle gestorben ist, der ebenfalls einer der Zeugen war, scheint sich diese Theorie noch weiter zu erhärten.«

»Ja?« Bei Websters unerwartetem Kompliment glomm ein kleiner Funke der Hoffnung in Sara auf.

»Ja. Was nicht bedeutet, dass das ein Freibrief für weitere unautorisierte Ermittlungen sein soll. Bis hierher, Miss Rattlebag, und nicht weiter. Sonst könnte ich auf die Idee kommen, dass Sie der letzte Mensch gewesen sind, der Spittle lebend besucht hat.«

»Das stimmt doch gar nicht«, begehrte Sara auf. »Ich bin doch so schnell gegangen, weil die Polizei …«

»Abgesehen von der Polizei natürlich. Was auch immer Sie zu ihm gesagt haben, könnte bewirkt haben, dass er sich das Leben nimmt.«

»Er hat sich selbst das Leben genommen?«, fragte Sara atemlos.

»Alles deutet darauf hin. Fast alles.« Inspector Webster überlegte einen Augenblick, dann gab er sich einen Ruck. »Er wurde in seinem Auto gefunden. Kohlenmonoxidvergiftung. Allerdings wiesen seine Hände deutliche Fesselspuren auf.«

»Fesselspuren?«, wiederholte Sara. »Das bedeutet, jemand hat seinen Selbstmord fingiert?«

»Könnte sein. Könnte allerdings auch sein, dass er sich die Verletzungen selbst zugefügt hat. Aber das muss Sie nicht beschäftigen. Wir hatten ja vereinbart, dass …«

Was sie vereinbart hatten, erfuhr Sara nicht mehr,

denn in diesem Augenblick schrillte das Telefon von Inspector Webster. Er warf einen Blick auf das Display und ging sofort ran. »Ja? … Wo? … Weiß man schon, wer? … Rührt nichts an. Ich bin sofort bei euch.« Damit legte er auf.

»Tja, sieht so aus, als würde sich Ihre Theorie bestätigen.«

»Was ist passiert?«, fragte Sara.

»Nicht Ihre Angelegenheit.« Mit diesen Worten stand Webster auf und verließ das Cottage.

Kaum war er zur Tür hinaus, kündigte auch Saras Telefon einen Anruf an.

Kapitel 15

Der Tote im Tuchlager

»Montague ist tot.«

»Was?«

»Montague … einer der beiden übrigen Jungs, mit denen ich damals im Fußballcamp den Schlafraum geteilt habe. Er wurde erschossen. Im Tweedlager meiner Manufaktur. Es ist schrecklich. Alles voller Blut. Sara … Ich hab die Polizei im Haus und …«

»Soll ich kommen?« Sara hoffte inständig, dass er Ja sagte. Dass nun auch noch Montague tot war und damit der Nächste der Jungs, die Michael damals entlastet hatten, bewies ihre Theorie nun wirklich. Sie brannte darauf, alle Informationen aus erster Hand zu bekommen. Außer … Inspector Websters sauertöpfische Miene kam ihr in den Sinn. Bei seinem Telefonat war es ganz sicher ebenfalls um den Toten in der Tweedmanufaktur gegangen, und wenn Sara ihm dort über den Weg liefe, würde er ihre Anwesenheit wieder als Einmischung werten und seine Drohung wahrmachen. Trotzdem musste sie einen leisen Jubelschrei unterdrücken, als Michael leise »Ja« sagte.

»Gib mir eine halbe Stunde.« So lang würde sie in etwa brauchen, um zur Tweedmanufaktur zu fahren, die sich etwas nördlich von Lime Regis immer noch auf dem Gemeindegebiet von Sidbury befand.

»Ich komme hier sowieso nicht weg.« Michaels Stimme klang mutlos.

Sie wollte gerade etwas zu seiner Aufmunterung sagen, da erklang eine Männerstimme im Hintergrund und Michael sagte: »Sofort, Inspector.« Dann an Sara gewandt: »Ich muss los. Ich liebe dich.«

Damit beendete er das Gespräch und ließ Sara in einer Schockstarre zurück. Das hatte er nicht ernst gemeint, oder?

Während sie Richtung Lime Regis fuhr, drehten sich Saras Gedanken um diesen einen Satz, obwohl dringendere Themen anstanden. Schließlich kam sie zu dem Schluss, dass Michael in seinem aktuellen emotionalen Durcheinander einfach instinktiv irgendetwas gesagt hatte. Das Beste, was sie jetzt tun konnte, war, ihn freundschaftlich zu unterstützen, als wären die Worte nie gefallen, und gut war es.

Als Sara zu diesem Entschluss gekommen war, legte sich Ruhe über sie und ihre Gedanken wanderten zum Mord.

Der nächste der Jungs, die sich damals mit Michael den Schlafraum geteilt hatten, war tot. Vier Menschen waren in den letzten Tagen gestorben. Vier Menschen, von denen drei erschossen worden waren. Spittle passte irgendwie nicht ganz in das Muster. Doch das war egal. Am Ende war er genauso tot wie die anderen drei. Und auch er war in diesem Fußballcamp gewesen.

Fehlte nur noch der fünfte. Wie hieß er nochmal? Eric Parker? Inspector Webster hatte gewirkt, als würde er die Theorie des Krimiclubs ernst nehmen. Warum hatte er nicht dafür gesorgt, dass Montague geschützt wurde? Sorgte er wenigstens für den Schutz von Eric Parker?

Sara fuhr an den Straßenrand und zog ihr Mobiltelefon hervor.

Miss Spinster ging sofort ran. »Ist Inspector Sauertopf weg?«

Sara ging gar nicht auf die Frage der alten Dame ein. »Es ist ein weiterer der Jungs gestorben, die mit Michael im Camp waren. Montague.«

»Oje.«

»Habt ihr herausgefunden, wo sich dieser Eric Parker herumtreibt?«

»Ja. Bobby?«

Es krachte in der Leitung und Sara wusste, dass Miss Spinster den Hörer auf dem Telefontischchen abgelegt hatte. Nach einem zweiten Krachen ertönte Bobbys Stimme.

»Sara? Wir haben Parker gefunden. Oder auch nicht. Er lebt in Kanada, irgendwo in Neuschottland.«

»Habt ihr das auch Inspector Webster gesagt?«

»Ja. Er hat uns gestern noch in deinem Cottage angetroffen und uns die Hölle heißgemacht. Ich kann ihn sogar verstehen.«

Sara verkniff sich eine Antwort.

»Ich denke, um Parker müssen wir uns erst mal keine Sorgen machen«, sagte Bobby. »Der Mörder ist hier. Der nächste auf seiner Liste dürfte der Coach sein.«

»Wisst ihr, wo der zu finden ist?«

»Cedric ist gerade dran. Sobald wir es wissen, melden wir uns bei dir. Was hast du jetzt vor?«

»Ich fahre in die Tweedmanufaktur und versuche herauszubekommen, was passiert ist.« Sie zögerte, dann sagte sie es doch: »Michael will mich an seiner Seite haben.«

»Das Schnuckelchen?«, meldete sich jetzt wieder Miss Spinster zu Wort.

Sara seufzte. »Eben der. Aber egal, was ihr denkt: Das wird eine rein geschäftliche Beziehung bleiben.«

»Sicher«, sagte Miss Spinster. Doch Sara hörte am Tonfall, dass sie ihren Worten keinen Glauben schenkte.

In diesem Moment stieg über den sanften Hügeln Devons die Sonne auf und tauchte die Weiden in warmes Licht. Es war ein magischer Moment. Sara wünschte sich, sie hätte Zeit zu verweilen und ihn zu genießen, doch Michael wartete dringend auf sie und so unterbrach sie das Gespräch und stieg aufs Gas.

Bald tauchte vor ihr eine Ansammlung von Gebäuden auf. An der Westwand des Haupthauses stand in großen Lettern TWEED MANUFACTURE BRICKERTON INC. Davor parkten einige Autos, darunter Einsatzwagen der Polizei. Menschen – teilweise in Uniform, teilweise in Zivil, rannten hektisch hin und her und es herrschte großes Durcheinander.

Sara suchte sich einen freien Platz und stellte ihr Auto ab. Kaum war sie ausgestiegen, kam eine Beamtin auf sie zu und herrschte sie an. »Miss, hier können Sie nicht parken. Polizeieinsatz.«

»Ich ... ich ...«, stammelte sie, doch sie wurde von

Michaels Stimme erlöst.

»Sie darf. Das ist meine Freundin.«

Wieder beschleunigte sich Saras Herzschlag und ihre Knie wurden weich. Das war diesmal kein Versprecher, sondern Michael hatte es bewusst so formuliert. Sie musste dringend mit ihm klären, dass das nichts werden konnte zwischen ihnen. Dass sie nur hier war, um seinen Fall zu lösen. Oder hatte er das nur gesagt, um zu verhindern, dass die Polizei sie fortschickte?

Sara warf ihm einen prüfenden Blick zu, doch der Ausdruck in seinem Gesicht war undeutbar.

»In Ordnung.« Die Beamtin wandte sich wieder ab und Sara ging auf Michael zu.

Statt vieler Worte nahm sie ihn einfach in den Arm. Eine rein freundschaftliche, tröstende Umarmung, natürlich.

Er erwiderte die Geste, dann zog er sich zurück. »Im Büro habe ich ein kleines Frühstück vorbereiten lassen. Ich bin bis jetzt noch nicht dazu gekommen und du vielleicht auch nicht?«

Wie aufs Stichwort fühlte Sara ein Grummeln im Magen, das sie daran erinnerte, dass sie noch nichts gegessen hatte. Dankbar folgte sie Michael ins Haupthaus.

Eine Tweedmanufaktur hatte sie sich anders vorgestellt. Statt in einen großzügigen Verkaufsraum trat sie in einen kleinen gekalkten Raum mit unregelmäßig verputzten Wänden. Darin hingen an einer Wand vorgefertigte Jacketts an einer Kleiderstange, daneben gab es ein Gestell voller Schals in verschiedenen Farben. Auf einem Tisch lagen diverse andere Gegenstände aus Tweed: Rucksäcke, Mützen, Handschuhe und anderes mehr.

Michael durchquerte den Raum und öffnete eine kleine Tür am anderen Ende, die zu einem kurzen Flur führte, von dem vier Türen abgingen.

»Da geht es in den Probierraum. Wir fertigen Kleidung nach Maß und hier werden unsere Kunden vermessen und probieren die neuen Kleider an. Links gegenüber geht es in die Schneiderei. Die Polizei hat die Angestellten nach Hause geschickt, aber an normalen Tagen geht es hier ganz schön zu.«

Sara fand es seltsam, dass er sie durch seinen Betrieb führte, als wäre sie genau deswegen gekommen, als wäre in diesen Wänden nicht gerade ein Mord passiert. Doch Michael schien die Routine dieser Führung zu beruhigen und sie war nicht traurig darüber. Vielleicht würde er sie ja auch an den Tatort führen? Sara war sich nicht sicher, ob sie den Anblick einer Leiche auf leeren Magen vertrug – nicht schon wieder.

Er bekam von ihren Gedanken nichts mit, fuhr mit seiner Führung fort und öffnete eine der Türen. Sara warf einen Blick in einen hellen Raum, in dem an den Wänden mehrere Tische mit verschiedenen Nähmaschinen darauf angeordnet waren. Die Mitte nahm ein großer Tisch ein, auf dem einige Ballen Stoff lagen. Ein ebenso großer stand auf der anderen Seite des Raums, darüber befanden sich Regale, auf denen ebenfalls Tuchballen lagerten.

»Das ist das eigentliche Herzstück unserer Manufaktur.«

»Ich dachte, ihr stellt Stoffe her? Ist das nicht der Sinn und Zweck einer Tweedmanufaktur?«

»Nein, die Stoffe lassen wir dort herstellen, wo die großen Meister leben. In Schottland, auf Harris. Wir haben zwar selbst zwei Webstühle, aber die betreiben wir eher zu Schauzwecken. Der Großteil der Stoffe kommt von den Hebriden.«

Sara nickte, während er die Tür wieder verschloss und den Flur entlang zum nächsten Raum ging, in dem tatsächlich zwei Webstühle standen. »Das ist unser Webraum. Wir haben zwei Weber. Einer von ihnen war Andrew.« Sein Gesicht verzog sich schmerzlich.

»Er ist nicht wieder aufgetaucht?«

Michael verneinte.

»Warum wurde er eingestellt?«

»Er kam von Harris, gab an, bei einer der großen Meisterinnen gelernt zu haben. Er hatte auch ein Zeugnis von ihr. Wir wollten schon lange jemanden, der Stoff mit Harris-Qualität herstellen konnte.«

»Und, hatte er das drauf?«

»Ja. Er war gut. Es war bester Tweed in Harris-Qualität.« Michael schnitt eine bedauernde Grimasse. »Wir hätten seinen Stoff natürlich trotzdem nicht als Harris-Tweed verkaufen können. Wenn der Tweed nicht auf den Inseln hergestellt wird, darf er dieses Label nicht tragen. Aber der Stoff war Spitzenware.«

»Und jetzt ist Andrew weg.«

»Ja, jetzt ist er weg.«

»Und der Tote? Hatte er was mit der Manufaktur zu tun?«

Michael schüttelte den Kopf. »Nicht das Geringste. Ich habe nicht gelogen, als ich behauptet habe, dass ich Mark und Eric aus den Augen verloren habe.«

»Warum wurde er dann genau hier getötet?«, fragte Sara, obwohl sie die Antwort schon kannte.

»Es kommt näher«, flüsterte Michael. Und einen Augenblick lang lag auf seinem Gesicht ein irrer Ausdruck.

Sara dachte an das Buch, das sie gelesen hatte. Der Schuldige war am Ende dem Wahnsinn verfallen, hatte sich in sein Kämmerlein eingesperrt und auf seine Hinrichtung gewartet. War es dieses Schicksal, das Michael bevorstand?

»Michael«, sagte sie, »ich glaube, es ist wirklich an der Zeit, dass du mit offenen Karten spielst. Der Mörder tötet nicht ohne Grund. Er mag falschliegen mit seiner Vermutung, aber er unterstellt dir, dass du Freyas Tod auf dem Gewissen hast. Daher frage ich dich noch einmal: Hast du etwas damit zu tun?«

»Nein!« Michael sah sie verzweifelt an. »Ich war im Camp. Wir haben diese Nachtspiele gemacht. Meine Mannschaft hat gewonnen. Ich habe Freya nicht getötet! Glaub mir doch!«

Wieder lag ein Anflug des Wahnsinns in seinen Augen.

»Wer dann?«

»Ich weiß es nicht.«

Inzwischen waren sie durch die letzte der vier Türen getreten, die überraschenderweise ins Freie führte. Sie gingen vier Stufen hinab und dann gleich rechts eine Holztreppe hoch, die in den ersten Stock führte. Michael stieß die Tür auf und wies einladend auf den gemütlichen Raum, der sich dahinter befand. Ein dunkler Holzboden, eine ebenso dunkle Decke. Dafür sorgten die weißen Wände für Helligkeit. Der Raum wurde von einem Schreibtisch dominiert, der ganz sicher eine Antiquität war. Er war wuchtig und vermutlich aus einem Tropenholz, für dessen Gewinnung ganze Urwälder gerodet worden waren. Trotzdem passte er in den Raum und zu Michael, stellte sie fest.

Auch das Büfett, das auf dem Tisch wartete, passte zu ihm. Das »kleine Frühstück«, das er ihr versprochen hatte, stellte sich als opulenter Brunch heraus und Sara wurde übel bei dem Gedanken, dass das alles nur für sie beide war.

»Nimm Platz«, sagte er und zog ihr den Besucherstuhl heraus. »Möchtest du Tee oder Kaffee?«

»Ich möchte die Wahrheit«, sagte sie. Es konnte einfach nicht sein, dass nun der vierte Junge aus Michaels Zimmer getötet worden war und Michael nicht wusste, warum.

Er erstarrte kurz, dann atmete er aus. »Ja. Da komme ich wohl nicht mehr drum herum.«

Kapitel 16

Die Wahrheit

»Ich habe dir schon gesagt, dass wir Freunde waren«, begann Michael, als er die beiden Teetassen aus altem Porzellan gefüllt und sich Sara gegenüber am Schreibtisch niedergelassen hatte. »Andrew, Freya und ich. In den ersten Jahren unserer Freundschaft waren wir wirklich nur Freunde. Einfach nur drei junge Menschen, die nichts als Unsinn im Kopf hatten und miteinander durch dick und dünn gegangen sind. In unserem Abschlussjahr hat sich was verändert. Wir ... ich habe plötzlich mehr in Freya gesehen als einen Kumpel.«

»Warst du verliebt in sie?«

»Ich denke, das war ich. Aber ich wusste, dass mehr als eine platonische Liebe die Freundschaft zwischen uns dreien zerstört hätte.«

»Also hattest du nichts mit ihr?«

»Nein.«

Das klang überzeugend. »Könnte es sein, dass Andrew mit Freya in einer Beziehung war?«

Er hob die Schultern. »Es ist mir nie was aufgefallen. Ich habe auch nie darüber nachgedacht, aber als sie tot gefunden wurde und der Arzt festgestellt hat, dass sie vor ihrem Tod ... na ja«, er vergewisserte sich, dass Sara ihn verstanden hatte, »... da begann ich zu zweifeln. Aber

Andrew war verschwunden und ich konnte ihn nicht mehr zur Rede stellen.«

»Denkst du, dass er es war? Dass er sie …«

Er hob die Schultern. »Ein Teil von mir will es nicht glauben. Immer noch nicht. Aber … er ist untergetaucht und das ist wohl ein Eingeständnis seiner Schuld, oder?«

Sara dachte nach. Vermutlich war es so. Vielleicht war es aber auch ganz anders. Vielleicht hatte Andrew bloß Angst gehabt, dass man ihm alles in die Schuhe schieben würde, und war deshalb untergetaucht. Nur … warum war er dann jetzt wieder zurückgekommen? Beinahe dreißig Jahre später? Hatte er etwas erfahren, das seine Rachegedanken geschürt hatte? Aber wie und von wem? Er musste zumindest zu einer Person hier in Sidbury Verbindungen haben und diese eine Person musste herausgefunden haben, wer der wahre Mörder von Freya Wakely war. Wer war diese eine Person? Und wo war Andrew jetzt?

»Wo hat sich Andrew versteckt, wenn es ihm nicht gut ging?«

»Wie meinst du das?« Michael sah sie mit großen Augen an.

»Verstecke, Unterschlupfe, Baumhäuser … Jugendliche schaffen sich doch überall solche Rückzugsorte. Wo hatte Andrew seine?«

Michael dachte nach. »Wir hatten das Gartenhaus von Freyas Tante. Darüber hinaus … keine Ahnung.«

Sara tat so, als habe sie das kleine Zögern in seiner Stimme nicht bemerkt. »Gibt es das Gartenhaus noch?«

Er hob die Schultern. »Keine Ahnung. Für mich gab es keinen Grund mehr, dorthin zu gehen …«

Aber für Sara gab es einen solchen Grund. Sie musste mit dieser Tante sprechen. »Lebt die Tante noch?«

Michael nickte.

»Wie heißt sie?«

»Rosemary. Rosemary Wakely.«

Sara machte sich eine gedankliche Notiz. Dann wechselte sie das Thema.

»Hat Andrew damals eine Nachricht hinterlassen?«

Wieder hatte sie eine Millisekunde lang das Gefühl, als würde Michael zögern, dann schüttelte er den Kopf.

»Nicht mal dir?«

Wieder ein Kopfschütteln.

»Und du hast ihn nie mehr gesehen seit damals?«

»Nein.«

»Was hast du bei unserem ersten Treffen gemeint, als du gesagt hast: ›Wenn er es wirklich ist, dann muss er weg.‹?«

Seine Augen weiteten sich. »Das habe ich gesagt?«

»Hast du.«

»Ich … ähm … ich …« Er rang nach Worten. »Ich glaube, ich … habe befürchtet, er könnte gestellt und verhaftet werden. Außerdem … Trotz der Ähnlichkeit habe ich es einfach nicht glauben können. Wieso sollte er nach all den Jahren auftauchen? Und wieso genau in meiner Firma?«

Um dir Angst zu machen, dachte Sara, doch sie sagte es nicht. Michael war auch ohne ihre Unkenrufe völlig durcheinander.

»Ich gehe davon aus, dass du es nicht geschafft hast, mit ihm zu sprechen?«

»Nein.«

»Der Polizei hast du natürlich mitgeteilt, dass Andrew Cole hier in der Firma aufgetaucht ist?« Sara ahnte die Antwort schon.

»Nein. Ich habe es … vergessen.«

Sara zog die Augenbrauen hoch. Das glaubte er wohl selbst nicht.

»Ich … Es hat sich noch nicht ergeben. Alle rennen herum, ich soll mich zur Verfügung halten, aber bisher hat mich noch niemand vernommen.«

Unbehaglich dachte Sara, dass das bedeutete, dass jeden Moment einer der Beamten über die Schwelle des Büros treten könnte – womöglich Inspector Sauertopf.

»Du solltest es sagen.«

Er sah sie unglücklich an. »Dann werden sie denken, dass ich es getan habe.«

»Wenn sie dahinterkommen, ohne dass du es ihnen sagst, unterstellen sie dir erst recht, dass du etwas vertuschen wolltest. Vielleicht würden sie denken, dass du mit ihm gemeinsame Sache gemacht hast – immerhin hast du ihm Unterschlupf in deiner Firma gewährt. Und dass er jetzt verschwunden ist, wirft auch einige Fragen auf.«

»Du hast ja recht.« Michael sackte zusammen.

»Aber?«

Er richtete sich auf und ein entschlossener Ausdruck trat in sein Gesicht. »Ich werde es ihnen sagen.« Er stand auf. »Frühstücke weiter. Ich suche den Inspector und erzähle ihm, was ich herausgefunden habe.«

Dass er direkt zur Tat schreiten würde, hatte sie nicht beabsichtigt. Eigentlich hätte sie ihn liebend gern noch ein bisschen ausgefragt. Aber sie wusste, dass sie ihn nicht zurückhalten durfte.

»Viel Glück.« Sie lächelte ihm aufmunternd zu.

Er holte tief Luft, dann schritt er durch die Tür, als würde er zu seiner eigenen Enthauptung gehen.

Sara sah ihm nach. Dann widmete sie sich ihrem Rührei, kostete von den Brötchen und der Marmelade und lud sich frisches Obst in eine Schale voll von dem köstlichsten Jogurt, den sie jemals gegessen hatte. Als sie fertig gegessen hatte, war Michael immer noch nicht zurück.

Zuerst dachte sie sich nichts dabei – die Polizei hatte sicher eine Menge Fragen –, doch als er nach einer Stunde immer noch nicht aufgetaucht war, stand sie auf und sah aus dem Fenster. Die Polizeiwagen waren fort. Auf dem Parkplatz standen ein paar Autos, aber von dem morgendlichen Tumult war nichts mehr zu sehen.

Seltsam. Hatte Michael sie vergessen?

Sie klopfte vorsichtig an die Tür, die vom Hauptraum abging, und öffnete.

Eine Sekretärin mit beneidenswerter schwarzer Lockenmähne sah mit irritiertem Gesichtsausdruck von ihrem Bildschirm auf. »Die Verkaufsräume sind im Parterre.« Sie wandte ihre bizarr blauen Augen wieder dem Computer zu.

»Ich … ähm, ich habe mich gefragt, wo Michael … ähm, Mr. Brickerton bleibt.«

Jetzt sah die Sekretärin wieder hoch. »Mein Ehemann wurde von der Polizei abgeführt wie ein Verbrecher. Haben Sie einen Termin? Ich sehe nichts in seinem Kalender.«

Zum Glück hatte sie ihren Blick wieder auf den Bildschirm gerichtet, wohl, um den Terminkalender ihres »Ehemanns« zu konsultieren. So bekam sie nicht mit, wie Sara die Gesichtszüge entglitten. Ehemann? Michael war verheiratet? Aber … die Berührungen? Die warmen Blicke? Sein Liebesgeständnis?

»Wie war noch mal der Name?«

Sara zwang sich zu einer Antwort. »Rattlebag. Sara Rattlebag, aber ich stehe nicht im Terminkalender. Ich … Er hat …« Sie brach ab, als ihr klar wurde, dass es für Michaels Ehefrau seltsam klingen musste, dass er Sara angerufen hatte, um sie als Unterstützung zu sich zu rufen. Es klang ja sogar für sie seltsam. »Wissen Sie, wann er zurückkommt?«

Die Schwarzhaarige schüttelte den Kopf. »Sie haben ihn aufs Revier mitgenommen, damit er dort seine Aussage macht. Dass ich ihm ein Alibi für die Tatzeit geben konnte, hat wohl nicht gereicht. Beziehungsweise – am Anfang hat es wohl gereicht, aber dann ist er noch mal zum Inspector gegangen und dann …« Sie hob die Schultern. »Ich habe Sie übrigens gefunden. Aber Sie hatten den Termin bereits am Freitag. Ich fürchte, Sie sind den weiten Weg umsonst gefahren.« Sie strahlte Sara an.

»Ja, das fürchte ich auch.« Dann besann sie sich auf ihre guten Manieren. »Danke Mrs. Brickerton.« Es brannte Sara unter den Nägeln, Michaels Ehefrau nach dem Alibi zu fragen, doch auch das würde seltsam aussehen. Außerdem hatte sie keine Lust auf eine Antwort, die möglicherweise irgendwelche Bettgeschichten beinhaltete. Also schluckte sie die Frage hinunter.

»Ich werde Michael sagen, dass Sie nach ihm gefragt haben. Haben Sie einen guten Tag.«

Sara hörte den implizierten Rauswurf und schloss die Tür. Zu etwas anderem war sie ohnehin viel zu verdattert.

Kapitel 17

Ich habe es verdrängt

Sara setzte sich ins Auto und war erst mal unfähig, irgendetwas zu tun. Michael war verheiratet. Das musste sie erst mal verarbeiten. Die saure Erkenntnis, dass er versucht hatte, bei ihr zu landen – sie hatte sein »Ich liebe dich« noch im Ohr – und sie damit beinahe zu einer dieser Frauen gemacht hatte, die sich in eine Ehe drängten, kroch ihre Kehle hoch. Hatte er sie bewusst im Unklaren darüber gelassen, dass er gebunden war? War er womöglich einer dieser Männer, die sich neben ihrer Hauptfrau eine Geliebte hielten, und sie war ihm in die Falle getappt wie ein unschuldiges Reh? Oder war ihre Menschenkenntnis so schlecht, dass sie seine Signale völlig missverstanden hatte?

Zum Glück war nichts passiert. Sara atmete erleichtert auf, doch das Brennen in ihrer Brust blieb. Ihre Abwehr hatte tatsächlich zu bröckeln begonnen.

Dann kam die Wut. Sie hatte am eigenen Leib erfahren müssen, wie ihr Partner sich hinter ihrem Rücken mit einer anderen vergnügt hatte, und wusste, wie sich das anfühlte. Auch wenn sie dem Date nur zugestimmt hatte, um mehr Informationen aus Michael herauszukitzeln, hatte dieses »Ich liebe dich« sie nicht unberührt gelassen. Nur gut, dass diese Frau jetzt aufgetaucht war.

So konnte Sara nicht wieder verletzt werden. Wütend knallte sie beide Hände aufs Lenkrad, was der Hupe ein leises Protestgeräusch entlockte. Dann drehte sie den Zündschlüssel im Schloss und legte den Rückwärtsgang ein. Weg! Nur weg von hier.

Als Sara wieder in ihrem Cottage ankam, war sie so weit, dass sie einen gedanklichen Schlussstrich unter das Ganze ziehen konnte. Sie zog die Nase hoch, wusch sich mit viel kaltem Wasser das verweinte Gesicht und setzte Teewasser auf. Während sie darauf wartete, dass das Wasser zu kochen begann, schrieb sie Zac eine Nachricht, dass sie dringend Fudge-Nachschub brauchte, dann textete sie Miss Spinster, Bobby Bobby und Cedric und bat sie zu sich ins Cottage. Schließlich setzte sie sich mit dem Tee in den Rosengarten und wählte die Nummer von Mr. Fulbright, der Tante Mauds Testament vollstreckt hatte.

»Fulbright?«

»Mr. Fulbright? Es … ist so weit«, war alles, was Sara hervorbrachte, bevor der Knoten in ihrem Hals ihr das Sprechen unmöglich machte.

»Sch, sch, Miss Rattlebag. Ihr Herr Vater wird das Testament also anfechten?«

Sara nickte und kämpfte um Luft. Obwohl Mr. Fulbright sie durch das Telefon nicht sehen konnte, interpretierte er die Geräusche, die durch die Leitung zu ihm drangen, wohl richtig.

»Machen Sie sich keine Sorgen, Miss Rattlebag. Wie

Sie wissen, hat Ihre … hat Ms. Maud vorgesorgt. Das Testament ist hieb- und stichfest und wir sind auf die Anfechtung bestens vorbereitet. Gehe ich recht in der Annahme, dass Sie durch einen Kollegen davon unterrichtet wurden, dass er mit der Anfechtung beauftragt ist?«

Wieder nickte Sara.

»Gut. Bitte schicken Sie mir einfach den Namen und die Kontaktdaten des Kollegen. Ich werde mich mit ihm in Verbindung setzen. Betrachten Sie es als lästige Angelegenheit, aber lassen Sie sich dadurch nicht beunruhigen.«

Er hatte gut reden. »Danke«, brachte Sara mit Mühe heraus.

»Nicht der Rede wert. Das ist mein Job. Schicken Sie mir die Kontaktdaten und denken Sie nicht mehr daran.«

Nichts lieber als das, dachte Sara, doch sie wusste, dass der Gedanke an die Testamentsanfechtung sie sehr wohl beunruhigen würde. Nicht nur, weil sie Angst davor hatte, dieses Cottage zu verlieren, das ihr bereits in der Kindheit ein Ort der Zuflucht gewesen war, sondern weil es ihr Vater war, der es ihr streitig machte. Oder vielmehr die Person, die sie immer als ihren Vater betrachtet hatte. Es fühlte sich schrecklich an, von ihm so behandelt zu werden.

Sir Arthur Doyle verstand instinktiv, dass sie Zuwendung brauchte, und sprang auf ihren Schoß, wo er intensiv zu schnurren begann. Dieses Geräusch tröstete Sara mehr als alles andere und bald war sie wieder so weit mit der Welt ausgesöhnt, dass sie den Morgen genießen konnte.

Es ging auf zehn Uhr zu und der Tag versprach, schön zu werden. Sie schloss die Augen und genoss die warme Sonne des Frühherbstes, die ihre Haut streichelte.

»Sara?« Es war Cedric, hinter ihm standen Reverend Clayton, Miss Spinster und Bobby Bobby. »Du hast Neuigkeiten?«

Sara war froh über die Ablenkung, sprang auf und bewirtete ihre Gäste. Erst dann begann sie zu berichten. Von dem morgendlichen Besuch des Inspectors, dem Anruf von Micheal und davon, was er ihr gestern Abend und heute erzählt hatte. Sie schloss mit den Worten: »Wir müssen verhindern, dass es weitere Tote gibt.«

Der Meinung waren auch die anderen.

»Wenigstens dürfte Parker in Kanada vorerst in Sicherheit sein«, meinte Miss Spinster. »Zumindest bis der Killer alle aus dem Weg geräumt hat, die hier in Sidbury und Umgebung leben.«

»Also steht vermutlich der Coach ganz oben auf seiner Liste«, vermutete Sara.

»Und gleich darunter Michael Brickerton.« Miss Spinster machte ein betrübtes Gesicht. »Schade um das Schnuckelchen.«

Bobby räusperte sich unbehaglich. »Möglicherweise ist das aber noch nicht das Ende.«

Alle Köpfe fuhren zu ihm herum. Er wand sich. »Ich habe mit John gesprochen und er hat für mich Einsicht in die alten Vernehmungsprotokolle genommen. Die fünf Jungs sind bei Weitem nicht die Einzigen, die ausgesagt haben, dass Michael die ganze Nacht im Camp war.«

»Nein …«, sagte Cedric tonlos. Er war kreidebleich.

Reverend Clayton musterte ihn interessiert. »Nein?«

Sara hatte plötzlich das Gefühl, keine Luft zu bekommen. »Du hast auch ausgesagt?«

Er hob die Schultern. »Wir alle wurden gefragt …«

Alle musterten Cedric mit besorgten Mienen.

»Was hast du ausgesagt?«, fragte Sara mit belegter Stimme.

Er schluckte. »Das, was alle gesagt haben.« Es war kaum mehr als ein Flüstern. »Dass Michael im Camp war.«

Angst griff nach Saras Herz. »Und war er das?«

Cedric hob verzweifelt die Schultern. »Ich habe keine Ahnung.« Er kämpfte mit sich. »Ich wollte euch das schon die ganze Zeit über sagen, aber … ich hab mich nicht getraut.« Er sah beschämt in seine Teetasse. »Ich war der Hüter unseres Fähnchens und war die ganze Dauer des Spiels über in unserem Lager. Michael ist nie bei uns vorbeigekommen.«

»Aber warum hast du dann anders ausgesagt?«, fragte Sara bestürzt.

»Weil … Es war eine Art Ehrenkodex«, erklärte Cedric bedrückt. »Wir sind alle dumme Jungs gewesen und das oberste Gebot war, zusammenzuhalten. Auch gegen die Polizei. Der Beamte, der uns verhört hat, wollte Michael offensichtlich etwas anhängen. Wir haben uns gegen ihn verschworen.«

»Shit. Cedric! Warum hast du das getan?« Sara fühlte das Grauen ins sich hochsteigen. Wenn der Killer das herausfand, stand Cedric ebenfalls auf seiner Liste – und nicht nur er.

Cedric zuckte unbehaglich mit den Schultern. »Frag das mal mein pubertäres Ich.«

Alle schwiegen benommen. Diese Entwicklung gab dem Ganzen eine neue Dimension. Cedric war in Gefahr. Keiner machte ihm einen Vorwurf. Als Jugendlicher hatte er die Folgen seiner Falschaussage nicht überblicken können – schon gar nicht, dass irgendwann ein Serienkiller Jagd auf diejenigen machen würde, die eine Falschaussage gemacht hatten. Was jetzt zählte, war, dass sie Cedric vor dem Schlimmsten bewahren mussten.

»Die Frage ist, ob der Killer weiß, wer alles Michaels Anwesenheit im Camp bestätigt hat«, überlegte Sara irgendwann laut. »Ich vermute, dass er bei den fünf Jungs davon ausgehen konnte, aber weiß er auch von den anderen?«

»Vermutlich nicht. Wir haben es auch nur mitbekommen, weil wir die Protokolle einsehen durften«, meinte Bobby.

Doch Sara hatte ihre Zweifel. »Wer kann noch alles Einsicht in diese Protokolle nehmen?«

Bobby wiegte den Kopf. »Eigentlich niemand. Aber …«, er sah entschuldigend in die Runde, »… wir sollten das auch nicht können.«

»Also braucht er nur einen guten Draht zu einem der Beamten und er kriegt heraus, dass nicht nur die fünf Jungs Michael ein Alibi gegeben haben, sondern womöglich das gesamte Fußballcamp?« Saras Hals schnürte sich zu. »Von wie vielen Jungs sprechen wir?«

»Wir waren vierundzwanzig. Vier Zimmer mit je sechs Jungs.« Cedric war bleich im Gesicht.

»Das bedeutet, es könnten weitere zwanzig Menschen auf der Abschussliste dieses Killers stehen?« Sara schrie die Frage heraus.

»Einundzwanzig. Du vergisst den Coach«, sagte Miss Spinster vorsichtig.

»Wir müssen herausfinden, wo er lebt, damit wir ihn warnen können.« Sara hatte das Gefühl, als würde ihr die Zeit davonlaufen. »Und das schnellstens.«

»Das wissen wir schon«, erklärte Miss Spinster. »Er hat ein Haus in der Crogg Lane in Lime Regis.«

»Ich spreche mit ihm«, sagte Sara und stand auf.

Auch Cedric erhob sich. »Ich komme mit.«

Sara war froh darüber, auch wenn sie ihn nicht gegen einen Mörder mit einem Gewehr schützen konnte. Aber solange er bei ihr war, wusste sie, wo er war, und das beruhigte sie immerhin.

Wieder hatte sie das Gefühl zu ersticken. Die Aufgabe war zu groß für das kleine Ermittlerteam und die Zeit zu knapp. »Wir sollten Inspector Sauertopf verständigen. Er muss für den Schutz der möglichen nächsten Opfer sorgen.«

»Ich übernehme Webster«, erklärte sich Bobby sofort bereit. »Vielleicht lässt er sich von einem ehemaligen Kollegen etwas sagen.«

»Habt ihr eine Liste der Jungs?«, fragte Reverend Clayton. »Man sollte sie zumindest warnen. Das könnte ich erledigen.«

»Gute Idee«, sagte Sara.

Bobby Bobby nickte. »Bekommen Sie von mir.«

»Und ich koche uns was Schönes. Ohne was im Magen ermittelt es sich schlecht.« Auch Miss Spinster stand auf.

Damit hatten sie alle etwas zu tun, doch Sara hatte immer noch das Gefühl, als reiche das Wenige, was sie zur Aufklärung des Falls tun konnten, nicht aus. Nur was konnte sie noch tun?

Kapitel 18

Coach Critelli

Einzelhäuser mit kleinen Gärten säumten die Crogg Lane, in der Coach Critelli wohnte. Hinter Zäunen blühten Sonnenblumen und Dahlien um die Wette – die ganze Straße wirkte wie ein einziger großer Blumenstrauß und rief: Glück! Hier leben glückliche Menschen. Glückliche, wohlhabende Menschen.

Cedric schienen ähnliche Gedanken durch den Kopf zu gehen, denn er deutete mit dem Kinn auf die Nummer sechs. »Das ist das Haus einer Reinigungskraft?«

Sara verstand, was er sagen wollte. Sie hätte eher ein Mehrfamilienhaus erwartet, vielleicht sogar eines, das heruntergekommen war. Ganz sicher nicht das. Schließlich hatte Coach Critelli als Reinigungskraft in einer Schule gearbeitet – zumindest, als er noch Coach gewesen war. Aber vielleicht verdiente ja seine Frau gut oder er war unerwartet zu Geld gekommen, durch Glücksspiele oder eine Erbschaft.

Im Inneren des Hauses pfiff jemand eine Melodie voller Schnörkel und Triller. Als Sara auf den Klingelknopf drückte, näherte sich das Pfeifen und kurz darauf wurde die Tür von einem Mann mit mediterranem Aussehen geöffnet. Er trocknete sich die Hände an einem Geschirrhandtuch ab.

Sara klatschte Beifall. »Sie sind ein Virtuose!«

»*Ehi sí.*« Er strahlte sie an, griff in seine Brusttasche und zog ein Toffee heraus. »*Una dolcezza per la bellezza.*« Er verbeugte sich leicht, als er es ihr überreichte. Cedric beachtete er erst danach. Die Fältchen um seine Augen vertieften sich, als sich ein strahlendes Lächeln auf seinem Gesicht ausbreitete.

»Ja, ist das die Möglichkeit?«, fragte er und Saras Frage, ob er Englisch verstand, erübrigte sich. »Cedric Brewer.«

»Coach.«

»Ein unerwarteter Besuch. Bringst du mir endlich die versprochenen Dauerkarten für die Premier League?«

Sara sah Cedric fragend an. Der wand sich unter Critellis forschendem Blick.

»Das ist also nicht der Grund deines Besuchs. Wieso beginnen wir nicht damit, dass du mir deine *ragazza bellissima* vorstellst?«

Das verstand Sara auch ohne Cedrics Hilfe. Sie streckte dem Coach die Hand entgegen. »Ich heiße Sara Rattlebag.«

»Oh, Rattlebag, Rattlebag, was für ein Name.« So, wie er ihren Namen aussprach, mit rollendem R, klang er direkt exotisch in Saras Ohren. »Ich kann nur mit Omar aufwarten. Omar Critelli. Halb Italiano, halb Maroccano und halb Engländer.«

Sara reichte es eigentlich mit dem Geplänkel, trotzdem meinte sie: »Das sind aber viele Hälften.«

»Dabei habe ich meine bessere Hälfte noch gar nicht mitgezählt.« Er lachte. »Daisy, die Blume meines Lebens.

Ich kam vor dreißig Jahren nach England und wusste, ich musste sie haben.«

Sara glaubte das unbesehen. Doch sie war nicht hier, um Critellis Liebesgeschichte zu lauschen. »Können wir irgendwo ungestört reden?«

Auf Critellis Gesicht erschien ein misstrauischer Ausdruck und sein Blick sprang von Sara zu Cedric und wieder zurück. »Worüber?«

»Das würden wir gern drin besprechen?« Sara sah ihn eindringlich an.

Doch Critelli machte keine Anstalten, sie über die Schwelle treten zu lassen. »*Scusatemi, ma la polizia* war hier und hat mir dringend geraten, niemanden zu empfangen.«

Sara unterdrückte ein Stöhnen. Einerseits war es ja löblich, dass die Polizei offenbar ihre Arbeit machte und den Coach gewarnt hatte, andererseits erschwerte es ihre eigenen Ermittlungen. »Die Polizei hat recht«, gab sie daher zu. »Dürfen wir Ihnen dann hier draußen ein paar Fragen stellen? Wo die Nachbarn alles sehen können?«

Critelli überlegte kurz, dann nickte er. »Ich muss nur den Herd ausschalten. Ich bin beim Kochen.«

Er verschloss die Tür, kam aber gleich darauf wieder heraus, eine Flasche Rotwein unterm Arm und drei Gläser in der Hand. »Montepulciano. Wenn wir im Sommer meine Familie besuchen, decken wir uns ein. Und jetzt zu euren Fragen: Lasst mich raten. Es geht um Michael Brickerton.«

Sara nickte.

»Ich habe der Polizei alles gesagt, was ich weiß.«

»Was alles?« Sara war beinahe so neugierig auf die Fragen der Polizei wie auf Critellis Antworten.

Critelli reichte ihnen zunächst in aller Ruhe die Gläser und goss ein. Dann setzten sie sich auf die Stufe vor der Eingangstür. Nachdem er einen Schluck genommen hatte, fing er endlich an zu reden.

»Wir hatten Nachtspiele auf dem Programm. Die Jungs hatten sich auf dem Gelände Lager eingerichtet und sollten aus den Lagern der anderen Mannschaften Fähnchen stehlen. Ich will ehrlich sein. Die Spiele haben wir unter dem Deckmantel des Teambuildings veranstaltet, aber für mich hatten sie noch einen anderen Grund. Luft schnappen. Mal ein paar Minuten für mich. So ein Camp, bei dem die Kids Tag und Nacht um einen herumspringen, das ist ganz schön nervenzehrend. Du musst sie die ganze Zeit über bespaßen, die Jungs haben nichts als Unsinn im Kopf … Selbst nachts stellen sie Unfug an – im einen Zimmer wird Alkohol getrunken, im anderen wird gekifft, im dritten zetteln sie aus dem Nichts heraus eine Schlägerei an … Zu viel Testosteron auf zu engem Raum. Du weißt es ja selbst.« Er sah vorwurfsvoll zu Cedric, dem der Schatten eines Grinsens über das Gesicht huschte. »Bei diesem Nachtspiel waren die Jungs jedenfalls beschäftigt und ich habe mir ein paar Minuten der Entspannung gegönnt und am Lagerfeuer ein Bierchen getrunken.«

Sara sah ihn prüfend an. »Dann wissen Sie gar nicht, ob Michael da war?«

»Natürlich war er da. So, wie ich es ausgesagt habe.« Critellis Blick brach für den Bruchteil einer Sekunde zur Seite aus.

Sara sah zu Cedric hinüber, um sich zu vergewissern, dass auch er es bemerkt hatte. Ein leichtes Nicken bestätigte ihr, dass sie mit ihrer Wahrnehmung nicht allein war.

»Aber Ihre Aussage entspricht nicht der Wahrheit.«

Critelli riss ertappt die Augen auf. »Woher wollen Sie …«

»Nennen Sie es Intuition. Und jetzt erzählen Sie uns, was sie der Polizei verschwiegen haben – zum zweiten Mal.«

In Critellis Gesicht arbeitete es. »Sie haben recht, Miss Rattlebag. Und ich werde in die Hölle kommen, weil ich gelogen habe. Damals und heute. Aber … Der Mensch ist klein und die Versuchungen des Teufels vielfältig.«

Sara verstand nur Bahnhof und Cedric ging es ebenso. »Wo war Michael in dieser Nacht?«

Critelli zögerte noch, dann schien er zu einem Entschluss zu kommen. »Das weiß ich nicht. Jedenfalls war er *nicht* im Camp.«

In Saras Ohren begann es zu rauschen. »Wie das?«

Er seufzte. »Ein Motorrad ist vom Gelände weggefahren. *Sein* Motorrad.«

»Sind Sie da ganz sicher?«

Er nickte. »Es war eine italienische Maschine, eine Moto Guzzi – das Motorrad, von dem alle italienischen Jungs damals träumten. Michael war der Einzige mit so einem Teil. Als ich das Motorengeräusch gehört habe, bin ich nachsehen gegangen. Seine Maschine hat gefehlt.«

Saras Magen zog sich zusammen. Michael hatte schon wieder gelogen. Dabei hatte sie wirklich geglaubt, dass er diesmal die Wahrheit gesagt hatte. Welchen Grund hatte er zu lügen, wenn er nicht der Mörder von Freya war?

Sie atmete tief durch, bevor sie sich wieder an den Coach wandte. »Und Sie haben nichts unternommen?«

Critelli zuckte die Achseln. »Wieso sollte ich? Es war Michael, der verantwortungsvollste, zuverlässigste Junge im Camp. Ich war sicher, dass er nichts anstellen würde, und außerdem – was hätte ich groß ausrichten können? Ich habe mir vorgenommen, ihm eine tüchtige Abreibung zu verpassen, wenn er wiederkommt, und das war's.«

»Und wann kam er wieder?«

»Ich weiß es nicht. Irgendwann in der Nacht. Am Morgen lag er in seinem Bett und dann kam auch schon …«

»Die Polizei?«, fragte Sara, als er abbrach.

Er schüttelte den Kopf. »Der Anruf von seinem Vater. Er kündigte an, dass vermutlich bald die Polizei bei uns aufkreuzen würde und …« Er unterbrach sich noch einmal und verzog gequält das Gesicht. »Ich bin nicht stolz auf das, was ich jetzt erzähle, aber … ich war damals jung und wir waren arm.«

Sara fühlte, wie die Angst mit eisigen Fingern nach ihrem Herzen griff. Michaels Vater hätte nicht zu einer solchen Maßnahme gegriffen, wenn er nicht selbst von der Schuld seines Sohnes überzeugt gewesen war. Was hatte Michael getan? »Er hat Sie geschmiert.«

Critelli nickte verschämt. »Er hat mich gefragt, wo sein Sohn nachts war und ich habe ihm die Wahrheit gesagt. Dass Michael mit dem Motorrad los ist. Es hat ihn nicht überrascht.«

»Und dann?«

»Dann hat er mir ein Angebot gemacht, das ich nicht ausschlagen konnte. Im Gegenzug für mein Stillschweigen darüber, dass sein Sohn nachts fort war, würden mehrere Fußballclubs in Devon eine monatliche Zuwendung von der Brickerton Stiftung bekommen, mit der jeweils ein Gehalt bezahlt werden konnte. Ein anständiges Gehalt, das mein Einkommen als Hausmeister bei Weitem überstieg. Ich müsste nur den Ausschuss des Fußballclubs davon überzeugen, dass ich die richtige Wahl für den Trainerposten wäre, was kein Problem darstellen sollte, wie wir beide wussten.« Er machte eine Pause und weder Sara noch Cedric unterbrachen ihn, denn sie wussten, dass da wohl noch mehr kam. Sie hatten recht.

»Ich habe zuerst abgelehnt – vor allem, nachdem herauskam, was passiert war –, aber er hat mir geschworen, dass sein Sohn unschuldig ist. Er hat gesagt: ›Wäre er wirklich ein Mörder, wäre ich der Erste, der ihn der Polizei übergeben würde, aber er ist es nicht. Glauben Sie mir.‹ Und ich habe ihm geglaubt. Michael war nicht der Typ für so eine Tat. Er hat seine Auseinandersetzungen immer mit Besonnenheit und ohne Gewalt ausgetragen. Außerdem hatte ich Angst, Probleme zu bekommen, weil ich meiner Aufsichtspflicht nicht nachgekommen bin. Keiner der Jungs hätte das Camp verlassen dürfen.«

Critelli verstummte und gab Sara Zeit zum Nachdenken. War Michael wirklich nur zur falschen Zeit am falschen Ort gewesen? Oder war er ein Mörder und Critelli hatte geholfen, einen Mord zu vertuschen?

»Was ist mit den Jungs?«, fragte Sara.

»Mit den Jungs?« Der Coach sah sie überrascht an.

»Ja, die mit ihm auf dem Zimmer waren. Die haben ausgesagt, dass Michael die ganze Nacht über mit ihnen zusammengesteckt hat. Hat Michaels Vater die auch alle angerufen und ihnen Geld für ihr Stillschweigen geboten?«

»Das weiß ich nicht.« Coach Critelli zog die Stirn in Falten. »Ich habe es jedenfalls nicht getan. Das weißt du sicher besser, Cedric.«

Der hob die Hände. »Mich hat jedenfalls niemand angerufen. Das mussten sie auch nicht. Wie ich schon gesagt habe: Es gab eine Art Ehrenkodex. Man hält zusammen. Vor allem gegen die Polizei.«

Sara stöhnte. »Ich wünschte, du hättest damals mehr Rückgrat gehabt.«

»Ja«, sagte Cedric seufzend. »Glaub mir, das wünschte ich auch.«

Dann wandte sich Sara an Critelli. »Danke. Sie haben uns sehr geholfen.«

»Werden Sie die Polizei informieren? Dass ich das Geld von Mr. Brickerton angenommen habe?« Critelli sah sie ängstlich an.

Sara schüttelte den Kopf. »Das sollten Sie selbst tun«,

sagte sie und über Critellis Gesicht huschte ein Schatten. »Erstens, weil die Polizei nur so erkennt, dass es dringend notwendig ist, Sie besser zu schützen, und zweitens, weil damit klar wird, dass auch Mr. Brickerton senior gefährdet ist. Wenn der Killer herausbekommt, dass er Sie geschmiert hat, wird er sich auch an ihm rächen.«

Und es gab noch einen dritten Grund. Michael hatte in dieser Nacht wirklich das Camp verlassen. Die Wahrscheinlichkeit, dass er mit dem Tod des Mädchens doch etwas zu tun hatte, war gestiegen und das musste die Polizei wissen, auch wenn Sara das Herz schmerzte bei dem Gedanken daran, was das für Konsequenzen für den Mann haben würde, der ihr nicht mehr aus dem Kopf ging.

Sara musste mehr über den jungen Michael erfahren. Über ihn und über Freya und Andrew und das Verhältnis zwischen den dreien. Und sie wusste auch schon, wen sie danach fragen konnte.

Kapitel 19

Kindermädchenerinnerungen

Bei ihrem Cottage ließ Sara Cedric aus ihrem Wagen steigen. »Esst ohne mich!«

Kaum hatte er die Tür zugeschlagen, fuhr sie los in Richtung Exeter. Genau konnte sie sich nicht mehr daran erinnern, wo das Red Lion war, nur, dass es in einem Dorf lag, das sie über verschlungene Straßen erreicht hatten. Doch wie durch ein Wunder fand sie den Weg und so fuhr sie etwa eine halbe Stunde später auf den Parkplatz hinter dem Gasthaus, nur um festzustellen, dass es mittags geschlossen war.

»Was für ein Restaurant hat denn nur abends geöffnet?«, schimpfte sie und ärgerte sich über sich selbst. Das hätte sie auch billiger haben können – etwa, wenn sie vorher im Internet die Öffnungszeiten gecheckt hätte. Aber sie war einfach drauflosgefahren – typisch Sara Rattlebag.

Sie wollte gerade wieder in den Wagen steigen, da öffnete sich im oberen Stockwerk des Gebäudes ein Fenster und Pru schaute heraus. »Bist du nicht das Mädchen, das Mickey mitgebracht hat?«

Sara setzte ein Lächeln auf, von dem sie hoffte, dass Pru es sympathisch fand. »Das bin ich«, rief sie hinauf.

»Mickey hat schon angekündigt, dass du mich besuchen wirst. Komm rein. Ich mache uns einen Tee.

Dann können wir reden.«

Saras Lächeln verschwand schlagartig. Michael hatte Pru vorgewarnt? Wie hatte er wissen können, dass sie kommen würde?

Gedankenverloren ging sie wieder auf den Eingang des Restaurants zu. In der geöffneten Tür stand Pru und lächelte sie an.

»Was machst du denn für ein Gesicht?«

»Na ja …« Sara stockte. Dann entschied sie sich für die Wahrheit. »Wie konnte Michael wissen, dass ich komme?«

Pru lachte. Sie schloss die Tür hinter Sara und bedeutete ihr, nach draußen zu gehen, wo im Schatten einer Laube ein lauschiges Plätzchen auf sie wartete. »Kaffee? Tee?«

»Tee«, sagte Sara automatisch.

Eigentlich stand ihr der Sinn gar nicht nach etwas Warmem, doch Pru war schon wieder im Hausinneren verschwunden und klapperte drinnen mit Tassen und Töpfen. Kurz darauf kam sie wieder heraus. Auf einem Tablett standen zwei völlig unterschiedliche Teetassen, dazu eine Teekanne, die noch einmal zu einem anderen Teeservice gehörte, ebenso wie die Zuckerdose und das Milchkännchen. Trotz der Verschiedenartigkeit der Teile wirkte das Arrangement seltsamerweise harmonisch.

»Schönes Geschirr«, sagte Sara anerkennend.

»Ja, ich mag es, wenn kein Stück zum anderen passt.« Pru lächelte. »Es ist wie das Leben. Keiner von uns ist wie der andere, aber zusammen sind wir manchmal das perfekte Ganze.«

Sara nickte, auch wenn es für sie nach einem Kalenderspruch klang. »Michael hat also geahnt, dass ich dich aufsuche?«

Pru nickte. »Ja. Und er hat recht behalten.«

»Warum hat er das gedacht?«

Pru zwinkerte ihr zu. »Du versuchst herauszubekommen, was in der Vergangenheit passiert ist. Der nächste logische Schritt ist, dass du seine Eltern aufsuchst – oder eben mich.« Sie nahm einen Schluck Tee. »Michael möchte, dass ich dir eine ehrliche Antwort auf jede deiner Fragen gebe. Also frag.«

Sara musste schlucken. Gerade noch hatte sie Michael verdächtigt, der Mörder von Freya Wakely zu sein. Seine Offenheit brachte ihr Konzept allerdings wieder ins Wanken. Würde er seinem Kindermädchen wirklich Anweisung geben, ihr ehrlich zu antworten, wenn er etwas zu verbergen hatte?

Aber vielleicht war genau das seine Intention: zu kooperieren, damit sie ihn für unschuldig hielt, selbst wenn er es nicht war.

Du wirst noch verrückt, Sara Rattlebag, schimpfte sie mit sich selbst. Wie konnte man derart paranoid durch die Welt rennen? Sie schämte sich. Mit heißen Wangen sah sie Pru an, die geduldig gewartet hatte und an ihrem Tee nippte.

»Was sollst du mir erzählen?«, fragte sie.

»Alles.« Pru grinste. »Dass er als Baby Katzendreck gegessen und immer laut verkündet hat, dass er einmal die Königin heiraten wird – wenn es das ist, was du wissen willst. Oder was immer ich dir über sein Verhältnis zu Andrew und Freya erzählen will. Ihm wäre Ersteres lieber, hat er gesagt, aber er versteht, dass du die zweite Frage geklärt haben willst, bevor du dich auf ihn einlassen kannst. Er ist ein guter Junge.«

Sara schluckte. Er wollte, dass sie sich auf ihn einließ? »Warum ist ihm das so wichtig?«

»Du bist ihm wichtig.«

Ach, ja? Und was war dann mit seiner Frau? Sara biss die Zähne zusammen und versuchte, die Wut zu ignorieren, die sich in ihrem Bauch zusammenballte. *So viel zum Thema ehrliche Antworten*, dachte sie. Wenn Pru schon bei diesem Thema log, wie ehrlich konnten da schon ihre anderen Antworten sein?

»Dich beschäftigt etwas«, stellte Pru fest.

Sara beschloss, mit offenen Karten zu spielen. »Ja. Mich beschäftigt, dass Michael so tut, als wäre ihm an mir gelegen. Dabei hat er eine Frau.«

Pru zog die Brauen zusammen. »Du meinst Heather?«

»Schwarzes Haar, blaue Augen«, knurrte Sara und verwünschte sich selbst dafür, weil sie klang wie eine eifersüchtige Ehefrau – etwas, wozu sie absolut kein Recht hatte.

»Heather«, stellte Pru fest. »Seine Ex. Er hat sich vor über einem Jahr von ihr getrennt.«

Sara starrte Pru an. »Sie … hat sich als seine Ehefrau vorgestellt.«

»Ja, das kann ich mir denken.« Die Miene von Michaels ehemaligem Kindermädchen wirkte verkniffen. »Das hätte sie wohl nach wie vor gern.«

Sara verstand nicht wirklich, was ihre Gesprächspartnerin sagen wollte.

»Heather wollte die Scheidung nicht«, erklärte Pru, die wohl erriet, was in Sara vorging. »Sie hat sich eine ganze Zeit lang dagegen gewehrt, aber Michael wollte die Ehe nicht mehr. Seit einem Monat sind sie geschiedene Leute.«

»Aber sie arbeitet in seiner Firma?«

»Und sie lebt in seinem Haus – zumindest fast. Trotzdem sind sie nicht mehr zusammen.«

Das musste Sara erst einmal verdauen.

Pru lächelte. »Wenn sich diese Neuigkeit gesetzt hat, schieß los mit deinen Fragen.«

»Also gut.« Sara atmete tief durch, dann sprach sie sich selbst Mut zu und schließlich rückte sie mit ihrer ersten Frage heraus. »Was sind die Eltern von Michael für Menschen?«

Überrascht zog Pru die Augenbrauen hoch. »Das interessiert dich?«

Sara nickte.

Pru dachte kurz nach, dann meinte sie. »Sie sind eigentlich gute Menschen.«

»Eigentlich?«

»Ja. Wenn man hinter ihre Maske schaut. Was ich damit sagen will: Sie haben mich nie anders als gut behandelt. Klar, sie haben mich spüren lassen, dass ich eines ihrer Barmherzigkeitsprojekte bin – eine Schwarze, die sonst nirgends einen dermaßen angenehmen Job bekommen hätte, aber … Ich weiß nicht, wie ich es beschreiben soll. Weißt du, dass Michaels Vater mir geholfen hat, als ich dieses Restaurant übernommen habe?«

»Das habe ich aus eurem Gespräch herausgehört.«

»Er hat mir nicht nur einen sehr günstigen Kredit verschafft, sondern hat sich auch beteiligt und …«, Pru lächelte, »… er hat mir immer wieder Kunden geschickt. Das tut er noch heute.«

»Warum?«

Michaels Kindermädchen zuckte mit den Schultern. »Weil er im Grunde seines Herzens gut ist.«

Es war höchste Zeit, dass sie Michaels Eltern kennenlernte. Waren sie wirklich gut oder verklärte diese Frau in ihrer unendlichen Dankbarkeit ihre ehemaligen Arbeitgeber? Oder, besser gesagt: ihre derzeitigen Gönner, wenn Sara das richtig verstand.

»Wie weit würden sie gehen, damit ihr Sohn keine Schwierigkeiten bekommt?« Nachdem sie von Coach Critelli erfahren hatte, dass Michaels Vater ihn geschmiert hatte, damit er seinem Sohn ein Alibi verschaffte, traute sie Brickerton senior alles zu.

Pru nickte bedächtig. »Jetzt nähern wir uns dem Kern des Gesprächs, ja?« Sie schien nicht böse darüber zu sein. »Wie weit würden sie gehen? Die Wahrheit ist: weit. Nicht, weil sie Michael so sehr lieben, sondern, weil sie Angst hätten, dass ihr Ruf in irgendeiner Weise befleckt würde. Aber egal, was sie täten: Mr. Brickerton würde den Pfad des Legalen nie verlassen.«

»Wie haben Michaels Eltern seine Beziehung zu Andrew und Freya gesehen?« Vielleicht gab es dort etwas, wo es sich nachzuhaken lohnte.

Prus Miene wurde von einer schnellen Regung überschattet. »Für Mr. Brickerton war keiner der Freunde, die Michael anschleppte, gut genug. Auch Andrew und Freya nicht.«

»Warum?«

»Sagt dir Brickerton Hall etwas?«

Saras Mund klaffte auf. »Das sind *die* Brickertons?« Natürlich waren sie es. Wie hatte sie nur so verblendet sein können? Brickerton Hall war ein altes Anwesen. Ein riesiges Anwesen, das einem alten Adelsgeschlecht gehörte. Trotz der Namensübereinstimmung hatte sie nicht im Entferntesten daran gedacht, dass Michael einer dieser Brickertons sein könnte. Für sie stammten all diese Adelstypen aus Märchen. Ihre Wege hatten sich nie mit Menschen aus dieser Schicht gekreuzt – zumindest bis jetzt nicht.

»Michael ist überbehütet aufgewachsen. Überbehütet, aber gleichzeitig emotional unterversorgt. Seine Mutter hat sich kaum um ihn gekümmert, sein Vater war eher eine Kontrollinstanz als eine Vaterfigur für ihn. Sie waren nicht böse, aber eben auch nicht warmherzig, wenn du verstehst, was ich sagen will.«

Sara nickte.

»Seine Eltern haben seine Noten kontrolliert, seinen Lernzuwachs in allen möglichen Künsten, die sie für wichtig hielten, seinen Umgang. Nestwärme hat der Junge nur von uns Bediensteten bekommen.« Pru sah nachdenklich in die Ferne. »Bis er etwa zwölf war, hatte er einen Privatlehrer. Erst danach durfte er auf eine Schule gehen und das auch nur, weil sich sein Vater davon vorteilhafte Verbindungen versprach.«

So etwas Ähnliches hatte Michael auch gesagt. »Freya und Andrew waren keine vorteilhaften Verbindungen.« Es war keine Frage, sondern eine Feststellung. Trotzdem sah Sara ihre Gesprächspartnerin erwartungsvoll an.

»Nein, waren sie nicht. Freyas Vater war Gemeindesekretär, Andrews Eltern führten eine Farm. Das war nicht die Art von Kontakten, die Mr. Brickerton sich vorgestellt hatte.«

»Könnte es sein, dass er Freya getötet hat, weil er sie nicht als Umgang für seinen Sohn wollte?«

Pru schüttelte den Kopf. »Egal, was Mr. Brickerton macht: Er ist kein Krimineller. Da bin ich mir ganz sicher.«

Sara dachte bei sich, dass Pru wohl nicht alles wusste. Die Bestechung eines Zeugen war sehr wohl ein krimineller Akt. Doch sie sagte nichts, sondern stellte ihre nächste Frage: »Nach dem Vorfall … war Michael da irgendwie anders?«

»Ja. Natürlich hat der Vorfall Michael verändert. Freya und Andrew waren seine Seelenverwandten. Dass sie plötzlich beide nicht mehr da waren und noch dazu unter so furchtbaren Umständen verschwunden sind, war schrecklich für ihn. Er hat sich zurückgezogen, wochenlang mit niemandem geredet – nicht einmal mit mir.« Prus Miene war bekümmert.

Sara dachte an Michaels vorschnelle Reaktion auf ihre Frage, ob er etwas mit Freya gehabt hatte. »War er verliebt in Freya?«

»Manchmal dachte ich das. Manchmal auch nicht. Es war seltsam. Die drei steckten in jeder freien Minute zusammen. Zwei Jungs, ein Mädchen. So unwahrscheinlich es klingt: Ich glaube, jeder liebte jeden – es war einfach … Freundschaft. Seelenverwandtschaft. Nichts Sexuelles.«

Sara nickte, doch gleichzeitig dachte sie, dass der pubertierende Michael seinem Kindermädchen vermutlich nicht auf die Nase gebunden hätte, wenn er Sex gehabt hatte.

»Ich weiß nicht, was in deinem Kopf vorgeht, Sara, aber ich weiß eines: Michael ist unschuldig. Das sage ich nicht nur, weil er auf eine gewisse Weise mein Baby ist. Er ist ein herzensguter Mensch, einer, der die Bedürfnisse von anderen immer über seine eigenen stellt. Er hat niemanden getötet. Und seine Eltern ebenso wenig. Dafür lege ich meine Hand ins Feuer.«

Wenn du dich dabei nur nicht verbrennst, dachte Sara. Doch sie sagte es nicht laut. Stattdessen trank sie ihren Tee aus, dann bedankte sie sich bei Pru.

Es gab zwei Dinge, die sie unbedingt herausfinden musste: was für eine Rolle Michaels Eltern bei der Sache spielten und wo zum Teufel sich Andrew Cole versteckt hatte. Und wieder beschlich sie der Verdacht, dass Andrew irgendwo in Sidbury jemanden haben musste, der ihm die Stange hielt.

Kapitel 20

Die Lieblingstante

»Okay, wir haben einen für Schmiergeld empfänglichen Coach und ein Elternpaar, das sehr bedacht auf den Ruf der Familie war«, fasste Miss Spinster Saras Ermittlungsergebnisse zusammen, als die Mitglieder des Krimiclubs am Nachmittag in Saras Cottage beieinandersaßen.

»Außerdem haben wir drei Jugendliche, die offensichtlich nur in platonischer Liebe zueinander entbrannt waren. Kein Sex, keine geheimen Beziehungen.« Sara betrachtete missbilligend die auf dem Tischchen ausgebreiteten Notizzettel, die die anderen inzwischen zu Mustern zusammengelegt hatten.

Bobby fuhr fort: »Und wir haben den Verdacht, dass Andrew irgendwo in Sidbury eine Vertrauensperson haben könnte, die erstens etwas herausgefunden hat, was Andrews Unschuld beweisen würde, ihn zweitens davon unterrichtet hat und ihm drittens möglicherweise Unterschlupf bietet.«

»Aber es muss nicht notgedrungen dieselbe Person sein«, wandte Sara ein. Dann stöhnte sie frustriert. »Wenn man nur wüsste, was es ist, das Andrew da erfahren hat.«

Miss Spinster stimmte ihr zu. »Ja, und wenn man nur wüsste, wer der wirkliche Mörder von Freya Wakely ist.«

»Wir haben einfach noch zu wenig herausgefunden«,

erklärte Bobby. »Und das Dumme ist: Wir haben auch keine Chance, mehr zu erfahren. John hat gesagt, ich soll meine Nase nicht in Sachen stecken, die mich nichts angehen. Er wird mir nichts mehr sagen.«

Alle versanken in frustriertes Schweigen. Irgendwie fühlte sich das an wie das Ende ihrer Ermittlungen. Cedric wurde von Minute zu Minute blasser und Sara begann auf ihren Fingernägeln herumzukauen.

Irgendwann schüttelte sie den Kopf und richtete sich auf. »Egal. Es muss doch irgendwelche Zeugen geben, die wir noch zu der Geschichte von damals befragen können«, sagte Sara. »Wenn wir an die Polizeidaten nicht mehr rankommen, müssen wir eben Zeugen suchen. Den Coach haben wir schon befragt. Cedric hat auch alles gesagt, was er wusste. Wen haben wir noch nicht?«

»Ms. Wakely.«

Alle sahen zu Cedric.

»Die Tante von Freya«, sagte Sara anerkennend. »In deren Gartenhäuschen die Leiche ihrer Nichte gefunden wurde. Die habe ich völlig vergessen. Wo wohnt sie?«

Cedric erhob sich mit einem Seufzen. »Ich weiß es. Komm mit.«

»Cedric! Wie schön, dass du deiner alten Lehrerin einen Besuch abstattest!«

Sara sah belustigt von Cedric zu der Frau mit den langen grauen Haaren und dem gepflegten Aussehen, die in der Tür ihres reizenden, alten Cottages stand. Sie fand sie auf Anhieb sympathisch.

»Miss Teacher!«

»Ach was, Miss Teacher! Ich hab dir sicher schon hundertmal gesagt, dass du Rosemary zu mir sagen sollst, jetzt, wo du erwachsen bist. Sonst machen wir es wie früher und ich ziehe dich an den Ohren.«

»Als ob Sie das jemals getan hätten … Rosemary.« Der Vorname seiner Lehrerin kam Cedric sichtbar schwer über die Lippen.

»Ach, wozu auch? Du hattest so ein süßes Paar Ohren. Die wollte ich nicht kaputt machen.« Sie zwinkerte ihm zu. »Außerdem hatte ich sowieso keinen Anlass. Du warst …«

»Ein Streber«, ergänzte Sara den Satz.

Die alte Lehrerin stutzte kurz, dann grinste sie und nickte. »Böse Zungen könnten behaupten, dass das immer noch so ist. Stellst du mir deine hübsche Begleitung gar nicht vor, Cedric? Wo sind deine Manieren geblieben?«

Cedric stellte Sara als neue Chronistin von Sidbury vor, die die Nachfolge ihrer Tante Maud Rattlebag angetreten habe, dann meinte er: »Können wir kurz reinkommen?«

»Natürlich.« Rosemary Wakely sah ihren ehemaligen Schüler neugierig an, dann trat sie zur Seite und machte den Weg zu einem Vorraum frei. Die Wände waren weiß getüncht und voller Fotorahmen, auf denen Gruppen zu sehen waren – eindeutig Schulklassen.

Sara betrachtete sie.

»Das sind alle meine Klassen, von meinem ersten bis zu meinem letzten Tag als Lehrerin. Mit Ausnahme dieser Klasse hier«, sie tippte auf ein verblichenes Foto ganz rechts, »habe ich immer nur in Sidbury unterrichtet. Das ist der Vorteil, wenn man in einem Kaff lebt, das am Ende der Welt liegt.«

»Wie schön«, meinte Sara. »Ganze Generationen sind durch Ihre Schule gegangen.«

Rosemary lächelte. »Das war auch der Grund dafür, dass Maud eine meiner besten Freundinnen war. Sie konnte stundenlang in meinen Unterrichtsunterlagen schwelgen, meine Fotos sichten … Ich habe alles aufbewahrt. Wie oft hat sie mich bekniet, ihr all das zu überlassen, aber ich habe immer gesagt, dass sie es erst nach meinem Tod in die Finger bekommt und nun …«

»… ist sie selbst zuerst gestorben«, sagte Sara wehmütig.

»Ja.« Rosemary Wakely nickte. »Ein großer Verlust für die Gemeinde. Und ein Glück, dass Sie ihre Chronik weiterführen.« Sie lächelte Sara an und deutete dann auf eine Tür. »Hier entlang. Ich würde sagen, wir machen es uns im Drawing Room gemütlich.«

»Drawing Room«, wiederholte Sara staunend, als sie den kleinen Raum betrat, in dem ein paar bequem aussehende Polstermöbel um ein Tischchen aus dunklem Holz standen.

Rosemary lächelte. »Ja, der Name für den Raum hat sich über die Generationen gehalten. Das Cottage war das Feriendomizil von Sir Edward Elton, der eine Menge Töchter hatte. So was ist hartnäckig. Setzt euch doch. Habt ihr Zeit für einen Tee?« Die alte Lehrerin wartete gar nicht auf ihre Antwort, sondern holte aus einer Vitrine zwei Tassen, die sie zu der einen stellte, aus der wohl gerade sie getrunken hatte. Sie schenkte Tee ein, dann nahm sie ihre Tasse hoch, setzte sich in ihren Sessel und lehnte sich zurück. »Also, worum geht es?«

Cedric fiel mit der Tür ins Haus. »Um Freya.«

Sara hatte befürchtet, dass sich Rosemary Wakely bei dieser Frage vor ihnen verschloss. Doch sie hatte sich getäuscht. Der Gesichtsausdruck von Freyas Tante wurde bekümmert, doch sie nickte, als habe sie etwas in diese Richtung erwartet.

»Ach, Freya«, sagte sie wehmütig.

»Wir wollten von Ihnen wissen, wie das damals war.« Sara beobachtete geduldig, wie sich Rosemarys Augen schlossen, während sie sich wohl in die Vergangenheit zurückversetzte.

»Ich war Freyas Lieblingstante.« Rosemary öffnete die Augen. »Zumindest hat sie das immer behauptet. Und, na ja, ich war stolz auf ihr Vertrauen. Aber ich bin auch die Schwester meines Bruders und Freya hat mich manchmal in … unangenehme Situationen gebracht.«

»Unangenehm in welchem Sinne?«, hakte Sara nach.

»Na ja, ich war immer hin- und hergerissen, wenn ich sie nachts ins Gartenhäuschen huschen sah. Sie und all die anderen Kinder, die dachten, ich wüsste nicht, dass sie das Häuschen als ihren Zufluchtsort nutzten. Freya, ihre Schwester Hattie, die Jungs … Sie … na ja …«

Ein verlegener Ausdruck lag auf ihrem Gesicht.

»Was haben sie dort gemacht?«

»Das weiß ich nicht wirklich. Als sie jünger waren, haben sie gemalt und Hausaufgaben erledigt.« Sie lächelte bei der Erinnerung daran. »Dann wurden sie älter und … Na ja, sie haben wohl Alkohol konsumiert in ihrem Versteck und geraucht. Und andere Dinge, die ihre Eltern sicher nicht gutgeheißen hätten.« Wieder wand sie sich unbehaglich.

»Sie hatten Sex?« Sara hatte keine Lust, stundenlang um den heißen Brei herumzureden, nur weil die alte Grundschullehrerin zu prüde war, um über Geschlechtsverkehr zu sprechen.

Die alte Lehrerin schnitt eine unglückliche Grimasse. »Ich vermute es.« In ihrem Gesicht arbeitete es. Schließlich gab sie sich einen Ruck. »Nein, ich weiß es.«

Sara sah sie abwartend an.

Rosemary brauchte etwas Überwindung, um über ihren Schatten zu springen, doch schließlich sprach sie weiter. »Ich habe Zeug gefunden, das Beweis genug sein dürfte.«

»Was für Zeug?«

»Ein Kondom. Ein … benutztes Kondom.«

»Zumindest haben sie sich geschützt«, gab Sara zu bedenken.

»Das war auch mein Gedanke damals. Daher habe ich nie etwas gesagt – weder zu Freya noch zu ihrem Vater. Ich … wollte cool sein, wollte Freya beweisen, dass sie ihr Vertrauen in die richtige Person gesetzt hat und dann …« Sie seufzte. »Ich werfe mir jeden Tag vor, dass ich damals nicht nachgeschaut habe, was sie treiben. Ich war …« Sie vollführte eine flatternde Geste.

»Gutgläubig?«, schlug Sara vor.

Sie schüttelte den Kopf. »Mein Bruder nennt es fahrlässig, und ich muss ihm recht geben. Es *war* fahrlässig, die Kids nicht zu kontrollieren. Ihnen einen Ort zu geben, an dem sie tun und lassen konnten, was sie wollten. Aber ich war immer der Meinung, dass man Kinder nicht einsperren darf. Nicht verhindern darf, dass sie ihre Erfahrungen machen – auch solche, die schmerzen. Hätten Freya, Michael und Andrew damals nicht das Gartenhäuschen als Zufluchtsort nutzen können, hätten sie sich wahrscheinlich einen anderen Unterschlupf gesucht.«

Sara dachte nach. Also hatten die drei – oder zumindest zwei von ihnen – doch etwas miteinander gehabt. Wenn Michael die Wahrheit sagte und zwischen ihm und Freya Wakely nichts gewesen war, blieb nur Andrew übrig.

Die Frage, die ihr jetzt unter den Fingernägeln brannte, war: Hatte Michael die beiden ertappt und in einer Kurzschlusshandlung das Mädchen ermordet, das ihm vermutlich das Herz gebrochen hatte? War er doch der Mörder?

Doch sie schüttelte gleich wieder den Kopf. Hätte Michael die beiden auf frischer Tat ertappt, wäre er in das Gartenhäuschen gestürmt und hätte sie zur Rede gestellt. Nie und nimmer hätte er darauf gewartet, dass Andrew das Häuschen verließ, um dann Freya zu ermorden. So, wie sie Michael einschätzte, hätte er in der Zeit wieder zu der Besonnenheit gefunden, die laut Coach Critelli schon damals ein auffälliger Zug seiner Persönlichkeit gewesen war. Und wenn er in das Häuschen gestürmt wäre und Freya im Affekt getötet hätte, hätte

Andrew sicher nicht tatenlos zugeschaut. Vor allem hätte er damals schon gewusst, wer der Mörder war, und wäre nicht fünfundzwanzig Jahre später auf einen Rachefeldzug aufgebrochen. Das machte alles keinen Sinn.

Es musste anders gewesen sein. Jemand anders war Freyas Mörder. Doch wenn nicht Andrew oder Michael – wer dann? Wer konnte Genaueres über die Tat wissen? Und warum hatte derjenige bis jetzt geschwiegen?

»Haben Sie der Polizei damals gesagt, was Sie uns jetzt erzählt haben? Dass die drei vermutlich ein Liebesnest aus dem Gartenhäuschen gemacht haben?« Sara blickte die alte Lehrerin neugierig an.

»Nein. Erstens hat man vor fünfundzwanzig Jahren über solche Sachen nicht gesprochen und zweitens habe ich noch unterrichtet. Ich hatte Angst, dass das alles nach draußen sickern und die Presse Wind davon bekommen würde. Die Lehrerin als Kuppelmutter? Was hätte das für ein Bild abgegeben? Diese schreckliche Frau von der Zeitung hat auch so schon jeden Tag Sturm geläutet.«

Ob es sich bei »dieser schrecklichen Frau« um Dolores Python handelte? Sara schätzte die Journalistin sehr, seit die ihr bei den Ermittlungen zu Mauds Tod geholfen hatte, und wusste, dass sie gewissenhaft recherchierte und sorgfältig abwog, was sie von ihrem Wissen dann auch wirklich mit der Öffentlichkeit teilte.

Doch Rosemary schien anderer Meinung zu sein. »Es war auch ohne Sensationsartikel schlimm genug für alle Beteiligten. Ich wollte ihnen nicht zusätzlichen Zündstoff liefern.« Sie schloss die Augen. »Ich sehe sie noch vor mir, all die Kinder – so lieb und so … jung. Mit einer vielversprechenden Zukunft vor sich und jetzt …«

»Na ja, Michael hat es doch zu etwas gebracht«, sagte Sara und ignorierte das frustrierte Augenrollen von Cedric neben sich. »Er führt immerhin die Firma seiner Eltern.«

»Zu etwas gebracht …« Rosemary öffnete die Augen. »Je nachdem, wie man das sieht. Er wollte damals ganz was anderes von seinem Leben – ihn hat es zum Schreiben gezogen.«

»Zum Schreiben?«, fragte Sara nach.

»Ja, er wollte Reisejournalist werden – und zusammen mit Andrew die Welt entdecken.« Sie lachte leise. »Und Freya wollte sie als Fotografin auf ihren Reisen begleiten. Kindheitsträume …«

Sara dachte nach. »Ich frage mich, warum Michael seinen Traum nicht verfolgt hat«, sagte sie schließlich.

»Weil er erwachsen geworden ist«, schlug Cedric vor.

Doch Rosemary schüttelte den Kopf. »Das glaube ich nicht. Ich denke eher, dass das andere Gründe hatte.«

»Welche?«

»Er war immer sehr darauf bedacht, den Erwartungen seiner Eltern gerecht zu werden. Vielleicht hätte seine Zukunft eine andere Wendung genommen, wenn Freya nicht gestorben wäre. Vielleicht wären die drei ihren Träumen gefolgt. Aber nach Freyas Tod gab es niemanden mehr, der mit ihm geträumt hat, und er hat sich in sein Schicksal ergeben.«

»Er war ein Streber, sagte ich doch«, warf Cedric ein.

»Ist er immer noch.«

Rosemary lächelte nur fein. »Du kennst ihn nicht, wie ich ihn kannte, Cedric Brewer.«

Saras Gedanken drifteten zu dem Gespräch, das sie etwas früher mit Pru geführt hatte. Auch sie hatte gesagt, dass das Verhältnis zwischen Michael und seinen Eltern eher kühl gewesen war.

»Ich kann an Ihrer Miene ablesen, was Sie denken. Dass er eigentlich kein gutes Verhältnis zu seinen Eltern hatte. Also warum ihnen gefallen wollen?« Rosemary lächelte. »Aber glauben Sie mir, es ist so. Ich habe das in meiner Karriere oft genug erlebt. Kinder, die von ihren Eltern kaum Beachtung finden, strengen sich umso mehr an. Kinder, die sich der Zuneigung ihrer Eltern sicher sind, müssen sich nicht unter Beweis stellen, sind unbeschwert. Und glauben Sie mir, Michael Brickerton war alles andere als unbeschwert.«

Eine andere Möglichkeit kam Sara in den Sinn. Pru hatte erwähnt, dass Michaels Eltern wohl nicht begeistert von seinen Freunden gewesen waren. »Ich hätte noch eine Frage dazu«, sagte sie. »Wie standen Michaels Eltern zu der Beziehung der drei Jugendlichen?«

»Hm. Michaels Vater hatte wohl etwas gegen die Freundschaft der drei. Jedenfalls musste Michael oft lügen, wenn er sich mit Freya und Andrew traf.«

Das bestätigte, was Pru ausgesagt hatte.

»Ihr müsst verstehen ... Die Eltern von Andrew waren einfache Bauern, Freyas Vater war Gemeindesekretär – das waren nicht die Kreise, in denen sich Michael ihrer

Meinung nach bewegen sollte. Dass er auf der St. John's School auch talentierte Kinder aus anderen sozialen Schichten kennenlernen würde, hat sein Vater wohl nicht bedacht.«

»Die anderen haben ihn wohl auch gemobbt.« Es war das erste Mal, dass sich Cedric in das Gespräch mischte. »Michael hat immer so hochgestochen gesprochen. Als wäre er Anwärter für den Posten des Premierministers.«

»Ja, dass in ihrer Familie posh gesprochen wird, war einer der vielen Fehler, die die Brickertons gemacht haben.« Rosemary nahm einen Schluck von ihrem Tee. »Der andere war, dass sie sich niemals zwischen die drei hätten stellen dürfen. So hatte diese Freundschaft den Reiz des Verbotenen und war umso attraktiver. Hätten sie der ganzen Sache ihren Lauf gelassen, wäre Michael wie geplant im Herbst nach Oxford gegangen, und seine Kindheitsfreunde wären in den Hintergrund gerutscht …«

»Oder er wäre tatsächlich mit Andrew und Freya auf Reisen gegangen und die schönen Pläne, die seine Eltern für seine Zukunft geschmiedet hatten, wären den Bach hinunter gegangen.« Sara sah den jungen Michael vor sich, der davon träumte, um die Welt zu reisen.

»Das ist natürlich auch möglich. Jedenfalls hatte ich immer das Gefühl, ich muss ihnen eine Möglichkeit geben, sich zu treffen und ihre Freundschaft zu leben, auch wenn ich dabei Bauchweh hatte.« Rosemary nahm noch einen Schluck. »Ich habe nie ganz verstanden, wie die Dynamik in diesem Dreieck funktioniert hat. Wer in wen verliebt war …«

»Hat Freya Sie nicht ins Vertrauen gezogen?«

Rosemary schüttelte den Kopf. »Freya war bis zum Schluss der Meinung, ich würde glauben, dass sie nur Hausaufgaben machen.«

»Schade. Ich wüsste zu gern, was da los war.«

»Tja, dieses Geheimnis kann nur einer der drei lüften. Und nachdem Michael der Einzige von ihnen ist, der in greifbarer Nähe ist, werden Sie Ihr Glück wohl bei ihm versuchen müssen.«

»Das werde ich tun. Danke, Ms. Wakely. Sie haben mir sehr geholfen.«

»Gern. Auch wenn es mich traurig macht, in diesen Erinnerungen zu stochern. Wenn Sie noch etwas brauchen: Ich bin immer für Sie da. Und vielleicht haben Sie ja auch Lust, in meinem persönlichen Archiv zu wühlen.«

Der Blick, mit dem Rosemary Sara bedachte, ließ erkennen, dass die alte Dame einsam war und sich jemanden zur Gesellschaft wünschte.

»Ich würde mich freuen«, sagte sie. Doch ihre Gedanken waren längst bei ihrem nächsten Schritt. Sie musste noch mal mit Michael sprechen. Doch in dem Moment, in dem sie ihr Mobiltelefon herauszog, um ihn anzurufen, leuchtete das Display bereits auf.

»Miss Spinster?«

»Ich hoffe, ich störe nicht, Sara, aber du hast Besuch.«

Kapitel 21

Lügen, Lügen und noch mal Lügen

»Was willst du hier, Swottie?«, fragte Cedric unwirsch, als er direkt hinter Sara das Cottage betrat, wo Michael auf sie wartete.

»Von dir will ich gar nichts, Streber.« Michael sah mit zusammengekniffenen Augen von Sara zu Cedric und wieder zurück. »Ich hoffe, ich komme nicht ungelegen.«

Sara verstand die Andeutung hinter seinen Worten. »Wir waren bei Freyas Tante.«

Bei der Erwähnung von Freya versteinerten Michaels Züge. »Aha.«

»Ja, aha«, sagte Sara und stemmte die Hände in die Seiten. »Und ich habe ein Hühnchen mit dir zu rupfen. Oder zwei.« Sie wandte sich an die anderen. »Gebt ihr uns ein paar Minuten?«

»Natürlich, Kindchen, natürlich.« Miss Spinster bedeutete den anderen, ihr in die Küche zu folgen, und zog die Tür hinter sich zu, als alle drin waren. Sara bemerkte aber sehr wohl, dass das Türschloss wieder aufsprang und die Tür einen Spalt offen blieb. Sie ahnte, dass drei Ohrenpaare versuchen würden, jedes Wort aufzuschnappen, das zwischen ihr und Michael gewechselt wurde. Doch das war ihr jetzt egal.

»Du hast mich angelogen.«

Brickerton riss die Augen auf. »Ich?«

»Ihr hattet was miteinander. Du und Freya. Oder Andrew und Freya.« Oder alle drei. Doch diesen Gedanken behielt sie für sich.

»Wie kommst du darauf?«

»Du hast doch gehört, dass wir bei Rosemary waren.«

Michael wartete stumm darauf, dass da noch etwas kam.

»Sie hat in eurem Geheimversteck ein Kondom gefunden. Ein gebrauchtes Kondom.«

Er erblasste, doch er sagte immer noch nichts.

»Hattest du was mit ihr oder nicht?«

»Nein.« Er sah ihr eindringlich ins Gesicht. »Ich habe dich nicht angelogen, Sara. Ich schwöre.«

»Dann hatte Andrew etwas mit ihr.«

Michael schüttelte den Kopf. »Auch darüber habe ich die ganze Zeit nachgedacht. Ich kann es einfach nicht glauben. Er hätte niemals unsere Freundschaft aufs Spiel gesetzt. Das hätten sie beide nicht getan!«

»Vielleicht doch. Vielleicht war ihre Liebe einfach stärker als eure Freundschaft.«

»Das hätte ich doch gemerkt!«

»Nicht, wenn deine beiden Freunde begnadete Schauspieler waren.«

»Nein. Das glaube ich nicht. Niemals hätten sie sich derart verstellen können. Ich hätte das gespürt, aber … da war nichts.«

»Wie kam dann das Kondom in das Gartenhäuschen?«

Michael schüttelte langsam den Kopf. »Ich habe keine Ahnung.«

Sara dachte nach. Irgendwie glaubte sie Michael und irgendwie auch nicht. Es sprach einiges gegen seine Darstellung der Tatsachen, trotzdem hatte sie das Gefühl, dass er die Wahrheit sagte. Aber in einer anderen Sache hatte er ihr eindeutig Lügen aufgetischt.

»Du hast mich auch sonst angelogen.«

Er sah verwirrt aus. »Wann denn?«

»Du bist in der Nacht vom Camp weggefahren. Mit deinem Motorrad.«

Er schüttelte vehement den Kopf. »Das stimmt nicht. Ich war die ganze Nacht mit den Jungs zusammen. Ich war der Hüter der …«

»Fahne, ja ich weiß. Das hast du mir schon einmal weismachen wollen. Aber der Coach hat gesagt, dass in der Nacht dein Motorrad weggefahren ist.«

»Und daran erinnert er sich jetzt? Nach fünfundzwanzig Jahren?«

»Vorher hat er kein Wort darüber verloren, weil dein Vater ihn geschmiert hat.« Sara sah Michael triumphierend an.

Der erbleichte. »Mein Vater hat Zeugen bestochen?« Die Information schien für ihn völlig neu zu sein.

»Du wusstest nichts davon?«

Er schüttelte nur den Kopf. Sprachlos. Dann wankte er plötzlich.

Sara machte einen Schritt vor und packte ihn am Arm. »Ist wohl besser, du setzt dich.«

Widerstandslos ließ er sich zu einem der Sessel vor dem Kamin führen, sank drauf nieder und sagte mit schwacher Stimme: »Ich bleibe bei meiner Aussage: Ich war die ganze Nacht bei den Jungs.«

»Wer ist dann mit deinem Motorrad losgefahren?«

Michael sah hoch. »War es ganz bestimmt mein Motorrad? Kann es nicht ein anderes gewesen sein?«

Sara wischte seinen Einwand weg. »Der Coach ist sich sicher.«

»Dann muss es sich jemand ausgeliehen haben. Ich bin jedenfalls nicht weggefahren.«

»Kannst du das denn beweisen?«

Michael schüttelte traurig den Kopf. »Wenn du den Aussagen der anderen auf meinem Zimmer nicht glaubst: Nein. Kann ich nicht. Wie sollte ich nach so langer Zeit?«

»Tja, vor allem, wenn alle Zeugen tot sind«, sagte Sara sarkastisch. »Und dass womöglich alle Zeugen von deinem Vater bestochen wurden, macht die Sache nicht besser.«

Michael sah sie stumm an. »Und was jetzt?«

Das wusste sie auch nicht. Objektiv betrachtet hätte sie Inspector Webster melden müssen, was sie herausgefunden hatten. Doch etwas hielt sie davon ab. Nein, nicht etwas. Jemand. Michael sah aus wie der Tod persönlich. So ein guter Schauspieler, dass er ihr diesen Zustand vorspielen konnte, war er mit Sicherheit nicht. Obwohl alles dagegensprach, war sie mehr denn je überzeugt davon, dass er die Wahrheit sagte.

»Hör mal, Michael. Ob du nun Freyas Mörder bist oder nicht: Wir glauben, dass derjenige, der all diese

Menschen tötet, es auch auf dich abgesehen hat. Haben könnte«, berichtigte sie sich schnell, als er bei der Eröffnung noch bleicher wurde.

»Andrew?«

»Andrew«, bestätigte sie. »Und Andrew ist auf freiem Fuß und irgendwo in der Gegend untergetaucht. Daher ist es superwichtig, ihn zu finden.«

»Deshalb bin ich hier«, sagte Michael mit brüchiger Stimme. »Ich habe mich erinnert, wo Andrew sich früher immer versteckt hat.«

Kapitel 22

Ausklang

»Ich weiß nur von dem Versteck, weil Andrew sich einmal verplappert hat, und ich habe dem nicht so viel Bedeutung beigemessen damals«, begann Michael. »Es ist ein alter Bunker aus dem Zweiten Weltkrieg, den die Vorfahren von Spittle und Andrew wohl aus Angst vor Angriffen der deutschen Luftwaffe gemeinsam errichtet haben. Nach dem Krieg ist er zugemauert worden und in Vergessenheit geraten, bis ihn Andrew und Robert entdeckt und zu ihrem Geheimversteck erklärt haben.«

Sara fühlte Aufregung in sich hochsteigen. Ein Bunker eignete sich hervorragend als geheimer Unterschlupf. Plötzlich überkam sie die Gewissheit, dass sie ihn dort finden würden. »Weißt du, wo der Bunker ist?«

Michael seufzte. »Das ist das Problem. Ich weiß es nur ungefähr. Ich selbst war nie dort. Aber aus den Erzählungen von Andrew schließe ich, dass er irgendwo auf dem Hügel zwischen der Hill's Barn Field Farm und der Farm, die damals Andrews Eltern gehört hat, sein muss.«

»Wir finden ihn bestimmt.« Sara stand eifrig auf, doch Michael hielt sie zurück und deutete aus dem Fenster. Es wurde dunkel.

»Für heute ist es zu spät. In der Dunkelheit brechen wir uns die Beine. Aber wenn du willst, hole ich dich morgen gleich in der Früh ab und wir suchen diesen Bunker.«

Sara war einverstanden.

Michael trat einen Schritt auf sie zu. Im ersten Augenblick dachte Sara, er wolle sie umarmen, doch dann zuckten seine Hände wieder zurück. Stattdessen sah er sie eindringlich an. »Ich wünschte, du würdest mir glauben«, sagte er.

Ich wünschte, ich könnte dir glauben, dachte Sara, doch sie sagte es nicht.

Er schien sie auch so zu verstehen, denn er nickte noch einmal mit diesem wissenden Blick, dann wandte er sich um und verließ das Cottage.

Kaum war er fort, kam Cedric aus der Küche und meldete Bedenken an. »Ich weiß nicht«, sagte er unbehaglich. »Ich habe kein gutes Gefühl dabei, dass du mit ihm allein dorthin gehen willst. Denk nur daran, was mit Callaghan und Henning passiert ist.«

»Es gibt nur einen Unterschied«, sagte Sara mit fester Stimme. »Die hat er mit Sicherheit nicht umgebracht – er wird wohl kaum seine eigenen Entlastungszeugen aus dem Weg räumen. Außerdem hätte Michael schon längst die Möglichkeit gehabt, mich zu töten, wenn er das wirklich vorhätte. Nein, ich glaube nicht, dass ich in Gefahr bin.«

Miss Spinster und Bobby Bobby drängten ebenfalls in den Flur. »Das glaube ich auch nicht«, sagte Miss Spinster und Bobby Bobby stimmte ihr zu.

Sara schoss Cedric einen triumphierenden Blick zu.

Miss Spinster hatte die Zeit in der Küche genutzt, um den Auflauf, den sie vorbereitet hatte, in den Ofen zu schieben, und nun saßen sie alle um den kleinen Küchentisch herum und schaufelten das herrlich schmeckende Gericht in sich hinein.

Miss Spinster legte als Erste ihr Besteck wieder aus der Hand. »Ist euch aufgefallen, dass wir Reverend Clayton seit Mittag nicht gesehen haben?«

Sara bemerkte das erst jetzt. Es war kein Wunder, denn sie selbst war kaum zu Hause gewesen. Bei der nachmittäglichen Lagebesprechung hatte sie zwar mal kurz gedacht, dass sie nicht vollzählig waren, es aber über Cedrics aufkommender Panik schnell wieder vergessen.

»Er wird wohl auch mal im Kirchenamt was tun müssen«, sagte sie.

»Dann soll er das in den Chat schreiben, das tun wir auch«, verlangte Miss Spinster. »So was gehört zum guten Ton.«

Sara grinste. »Reverend Clayton hat wohl keine gute Kinderstube genossen.«

»Nein, wirklich nicht.« Miss Spinster trank einen Schluck Wasser, dann meinte sie: »Aber um zum Thema zurückzukommen ... Glauben wir, dass Michael Brickerton der Mörder von Freya ist?«

Sara sah sich am Tisch um und blickte in lauter ratlose Mienen.

»Er wirkt so ... ehrlich«, meinte Miss Spinster.

Cedric schnaubte. »Die Fakten sprechen gegen ihn. Swottie ist einfach ein guter Schauspieler und noch dazu ein Lügner.«

Doch Sara war überzeugt, dass es nicht so war. »Genau das bezweifle ich.«

»Du hast es aber doch selbst gesagt.« Cedric sah sie vorwurfsvoll an.

Sara hob die Schultern. »Ja, ich weiß. Aber seine Reaktion war so … echt. Er war wie vor den Kopf gestoßen, als ich ihn mit meinen Vorwürfen konfrontiert habe.«

Cedric schnaubte.

Doch Bobby Bobby und Miss Spinster nickten nachdenklich.

»Ich denke, wir haben uns viel zu wenig mit Andrew beschäftigt«, sagte Miss Spinster irgendwann.

»Ihr meint, er ist trotzdem der Mörder?« Sara sah ungläubig zwischen den beiden Alten hin und her.

»Na ja, dass er der Mörder all der Männer ist, die gestorben sind, denken wir ja alle, oder?« Miss Spinster wartete kurz die Zustimmung der anderen Mitglieder des Krimiclubs ab, bevor sie fortfuhr. »Aber er muss ja einen Mittelsmann hier haben. Und über den haben wir uns noch keine Gedanken gemacht.«

»Das stimmt.« Sara dachte nach. »Wir müssen herauskriegen, wer mit Andrew befreundet war – abgesehen von Freya und Michael.«

Wie automatisch gingen ihre Augen zu Cedric. »Du hast doch gesagt, dass du mit Spittle zur Schule gegangen bist.«

Er nickte unbehaglich.

»Und du bist auch mit Michael zur Schule gegangen.«

Wieder nickte er.

»Du bist also gleich alt wie Andrew.«

Cedric warf die Hände hoch. »Ja, ich bin auch mit ihm zur Schule gegangen. Und nein, ich weiß, was du als Nächstes fragen wirst, und deswegen habe ich es nicht gesagt. Ich habe keinen Kontakt zu Andrew. Schon in der St. John's School nicht. Er war bei den Freaks, ich war bei den Fußballspielern, bei den coolen Kids. Wir hatten keine Berührungspunkte und wenn du mich fragst, hatte er keinen einzigen Freund außer Swottie und Miss Tits.«

»Miss Tits?«, wiederholte Sara mit einem drohenden Unterton.

Cedrics Wangen wurden flammend rot. »So nannten wir sie damals.«

Sara sah ihn kopfschüttelnd an. »Weißt du, dass ich dir am liebsten eine scheuern würde?«

»Warum tust du's nicht einfach, Kindchen?«, fragte Miss Spinster, die Cedric mindestens genauso verächtlich musterte wie Sara.

»Es tut mir leid, okay? Aber ich kann es nicht mehr ändern. Jugendliche sind bisweilen fies und ich war auch nur ein Opfer der Baustellen in meinem Hirn. Ja, wir haben sie so genannt. Und ja, wir haben alle drei gemobbt. Habe ich früher groß darüber nachgedacht? Nein. Würde ich es heute wieder tun? Nein. Was habt ihr jetzt vor? Mich erschießen? Nur zu! Wenn damit aufhört, dass ich in jedem Schatten diesen Wahnsinnigen sehe und bei jedem kleinen Geräusch zusammenzucke. Ich … halte das nicht mehr aus.«

Cedric vergrub das Gesicht in seinen Händen und Sara wechselte einen erschrockenen Blick mit Miss Spinster und Bobby Bobby. So sehr fürchtete Cedric, der Nächste zu sein? Es war genau das eingetreten, was in dieser Geschichte passiert war, die Sara gelesen hatte. Diejenigen, die sich in irgendeiner Weise schuldig fühlten, verfielen dem Wahnsinn. Mit jedem Tag, mit jedem Toten mehr.

Miss Spinster hüstelte. »Um noch einmal das Thema zu wechseln …«

Sara sah sie verständnislos an. Wie konnte sie nach Cedrics Zusammenbruch einfach so zur Tagesordnung übergehen? Doch Miss Spinster zwinkerte ihr verschwörerisch zu. »Um also das Thema zu wechseln. Ist euch aufgefallen, dass sich Robert Spittles Tod von den anderen unterscheidet?«

Sara starrte sie immer noch an. Jetzt allerdings aus einem anderen Grund. »Sie haben recht. Spittle ist an einer Kohlenmonoxidvergiftung gestorben, während alle anderen erschossen wurden.«

Cedric hob sein Gesicht.

Miss Spinster nickte. »Denkt ihr, das hat eine Bedeutung?«

Sie sahen einander an.

»Und wie das eine Bedeutung hat«, sagte Sara. »Nur was es bedeutet, werden wir noch herausfinden müssen.«

Es war beinahe Mitternacht, als Sara wieder einmal leise »Sir Arthur!« rufend durch das Dorf streifte. Miss Spinster und Bobby Bobby hatten es übernommen, Cedric bis vor seine Haustür zu begleiten, und ihm das Versprechen abgerungen, das Haus nicht zu verlassen, bis sie ihn am morgigen Tag abholen würden.

Obwohl Sara vehement abgestritten hatte, in Gefahr zu sein, fühlte es sich unheimlich an, durch das dunkle Dorf zu streifen. Die Nacht war mondlos und die spärlich verteilten Straßenlaternen gaben nur ein schwaches Licht von sich. Zudem fegte ein herbstlicher Wind durch die Straßen, wirbelte Staub auf und heulte in den Dachrinnen und Kaminen. Hätte sich jemand an sie herangeschlichen, hätte er leichtes Spiel gehabt.

Kein Wunder, dass sie das Gefühl hatte, beobachtet zu werden. Doch immer, wenn sie sich umwandte, war die Straße leer und irgendwann musste sie sich eingestehen, dass sie sich alles nur einbildete.

Auch der Friedhof lag im Dunkeln, doch neben dem Heulen des Windes konnte Sara eine geisterhafte Stimme ausmachen, die in einem jammernden Singsang mit jemandem sprach.

»Joe?«

Der Singsang brach ab.

»Joe? Bist du das?«

»Die junge Rattlebag ist da. Du hattest wieder einmal recht, Maudie. Du hattest recht.«

Erleichtert ging Sara auf ihn zu, registrierte, dass Sir Arthur Doyle friedlich auf seinem Stammplatz lag, und begrüßte den Dorfnarren.

»Wie geht es dir, Joe?«

»Gut, Joe geht es immer gut. Er hat Freunde und einen Ort, an dem er erwünscht ist. Es ist alles gut.«

Sara dachte nicht zum ersten Mal, dass es ein trauriges Leben war, das Silly Old Joe führte. Doch er wollte es so. Sogar als seine ehemals große Liebe ihn zu sich holen wollte, hatte er abgelehnt. Man brauche ihn auf dem Friedhof, hatte er gesagt. Wenn er nicht dort sei, wer solle den Toten den Übergang in ihre neue Welt erleichtern, wer für Frieden unter den Geistern sorgen?

So war er auf dem Friedhof geblieben.

»Maudie will wissen, wie du in deinem Fall vorankommst.«

Sara seufzte. »Sag ihr, gar nicht.«

»Sag's ihr selbst. Ich spreche nur für die Toten.«

Sara schnitt eine Grimasse, dann sagte sie in die Dunkelheit hinein: »Ich komme überhaupt nicht weiter. Wenn wir nur wüssten, wer Freya getötet hat. Dann hätten wir zumindest einen Anhaltspunkt. Also wenn ihr was wisst, ihr lieben Toten, dann sagt es mir.«

»Sie sagen, es war nicht Andrew.«

Sara verdrehte die Augen und wünschte, sie hätte Silly Old Joe keinen Freibrief zum Aufstellen abstruser Theorien gegeben.

»Wer dann?«, fragte sie. »Ist Michael der Mörder?«

»Ja und nein. Ja und nein.«

»Was willst du damit sagen, Joe?«

Silly Old Joe wackelte mit dem Kopf. »Joe sagt nichts mehr. Joe sagt nichts mehr.«

»Joe, du kannst mir nicht so einen Brocken hinwerfen

und dich dann aus der Affäre ziehen. Sag mir, wenn du etwas weißt!«

»*One, two, three, four, five, once I caught a fish alive. Six, seven, eight, nine, ten, then I let it go again.*«

Sara schnaufte entnervt durch. Wenn Silly Old Joe anfing, alte Kinderreime zu singen, war es unmöglich, zu ihm durchzudringen.

Wie sollte sie Joes Aussage interpretieren? Was wollte er damit sagen, dass Michael der Mörder war und dann aber auch nicht? Schließlich schüttelte sie wütend den Kopf. Da stand sie auf dem Friedhof und dachte ernsthaft über den Quatsch nach, den dieser Verrückte von sich gab. Sie glaubte nicht an Geister. Sie glaubte nicht, dass Silly Old Joe mit den Toten sprechen konnte, doch ein leises Stimmchen in ihrem Kopf flüsterte ihr zu, dass Joe in der Vergangenheit schon einmal mehr gewusst hatte als alle anderen.

Egal, wie sie es drehte und wendete, sie konnte nicht anders, als seine schrägen Andeutungen ernst zu nehmen. Zumindest ein bisschen.

Kapitel 23

Nächtliche Störung

Auch auf dem Weg vom Friedhof zu ihrem Cottage fühlte Sara sich beobachtet. Immer wieder drehte sie sich um und einmal war ihr, als husche ein Schatten in eine dunkle Gasse. Doch bevor sie erkennen konnte, ob ihr wirklich jemand nachschlich, war der Schatten verschwunden.

Sara presste ihren Kater an sich und beschleunigte ihre Schritte. Als er sich mit einem Protestlaut aus ihren Armen wand, lief sie ihm nicht nach, um ihn noch einmal einzufangen. Dann sollte er die Nacht eben draußen verbringen. Sie war es leid, dem Vieh ständig nachzulaufen. Dass es auch die Angst vor dem Serienmörder war, die sie nach Hause trieb, wollte sie sich nicht eingestehen. Im Eilschritt erreichte sie endlich ihr Häuschen. Fast panisch warf sie die Tür hinter sich zu und schob den Riegel vor, dann rannte sie zur Hintertür und wiederholte die Aktion dort. Sie verschloss alle Fenster, dann kontrollierte sie noch einmal, ob wirklich alles zu war. Trotzdem fühlte sie sich nicht sicher.

Erst vor ein paar Monaten hatte sich ein anderer Mörder mit Leichtigkeit Zutritt zu ihrem Cottage verschafft. Sie hatte ihn gehört und einen Kontrollgang durch das Häuschen gemacht, war vielleicht sogar an ihm vorbeigeschlichen. Wenn das einmal jemand geschafft hatte, war das auch ein zweites Mal möglich. Allein der Gedanke daran, dass eine fremde Person sich vielleicht gerade jetzt in ihren vier Wänden versteckte, jagte ihr Angst ein. Ständig sagte sie sich, dass nicht sie es war, die der Kerl töten wollte.

Als Sara ein drittes Mal ihre Runde drehte, um die Schlösser zu kontrollieren, klopfte es kräftig an der Tür. Sie fuhr zusammen.

Kam der Mörder, um sie zu holen?

Sie schlich in die dunkle Küche, von der aus sie den Eingang überblicken konnte. Ein Mann stand draußen. Ein Mann mit wirrem Haar. Ein Schluchzer entwich Sara, als sie erkannte, um wen es sich handelte, und sie eilte zur Eingangstür.

»Joe!«, rief sie ihm entgegen.

»Ich bringe dir deinen Kater«, sagte der Verrückte und streckte ihr das Tier entgegen, das er auf dem Arm hielt. »Maud sagt, du fürchtest dich.«

Sara vergrub ihr Gesicht in dem seidigen Fell. Sie war Silly Old Joe dankbarer, als sie es auszudrücken vermochte. Trotzdem konnte sie es sich nicht verbeißen zu fragen: »Wie kann Maud wissen, dass ich Angst habe, wenn sie doch bei dir auf dem Friedhof ist?«

»Maud ist auf dem Friedhof und bei dir. Und sie ist in den Klippen und am Bach und bei ihrer Freundin Nancy. Sie ist überall«, war die kryptische Antwort.

Ein warmes Gefühl stieg in Sara auf. Es stimmte. Egal, wo sie sich hinwandte, Mauds Geist lag über allem und hüllte sie behutsam ein, umarmte sie. Maud war bei ihr. Auch wenn Silly Old Joes Behauptung, dass er mit ihr sprechen konnte, natürlich Unsinn war.

»Danke, Maud«, flüsterte Sara trotzdem.

»Ich soll dir sagen, es ist nicht immer alles so, wie es scheint.«

»Was meinst du damit?«, fragte Sara zurück.

»Das weiß ich nicht. Aber du weißt es. Und Maud sagt, du sollst nicht immer das Offensichtliche glauben.«

Sara schnaufte entnervt durch. »Danke, Joe. Aber ich weiß ehrlich nicht, was ich überhaupt glauben soll, sag das Maud. Es ist alles so verwirrend.«

»Sag es Maud selbst.«

Sara verdrehte die Augen. »Ich … Maud, du hast gehört, was ich gesagt habe? Was meinst du mit: Es ist nicht immer alles so, wie es scheint?«

Silly Old Joe horchte in die Dunkelheit hinaus und kicherte, als habe jemand einen Scherz gemacht.

»Was sagt sie, Joe?«

Er kicherte wieder. »Joe lacht immer gern über Mauds Scherze.«

Sie waren also wieder an diesem Punkt angelangt. Sara seufzte. »Danke, Joe. Danke, dass du Sir Arthur Doyle gebracht hast. Danke.«

Er gluckste als Antwort, dann wandte er sich ab, schlurfte immer weiter kichernd zum Gatter und dann auf die Straße hinaus.

Sara fröstelte und schloss die Tür. Sie achtete akribisch darauf, dass sie den Riegel vorschob und den Schlüssel zweimal im Schloss drehte. Dann brach sie zu ihrem vierten Kontrollgang auf.

Kapitel 24

Kein Rückzugsort

Sara verbrachte eine unruhige Nacht. Während sie in ihrem Bett lag und immer dieselben Gedanken wälzte, heulte draußen der Wind wie tausend Geisterstimmen um das Cottage. Auch Sir Arthur Doyle schien beunruhigt, denn er kratzte so lange an Saras Schlafzimmertür, bis sie ihn hereinließ und erlaubte, dass er zu ihr aufs Bett hüpfte. Entspannend war das nicht und so fühlte sich Sara alles andere als ausgeruht, als das Morgenlicht durch ihre Fenster schien und damit den neuen Tag ankündigte.

Mürrisch setzte sie Tee auf, fischte ein Sandwich aus der Packung und biss hinein. Es schmeckte fad, doch Sara hatte keine Lust darauf, sich an den Herd zu stellen und ein richtiges Frühstück zuzubereiten.

Lustlos kaute sie auf dem Sandwich herum und hoffte, dass zumindest Michael bald kommen würde, damit sie etwas zu tun bekam und ihren Frust vergessen konnte. Trotzdem schrak sie zusammen, als es an der Tür klopfte. Unauffällig schob sie den Vorhang des Küchenfensters zur Seite und seufzte erleichtert auf, als sie sah, dass es tatsächlich Michael war.

Dann kam ihr in den Sinn, dass es genau Michael sein könnte, der durch die Gegend lief und Menschen abschlachtete. Und schließlich schalt sie sich einen elenden

Feigling, weil sie sich von Cedrics Unkenrufen hatte anstecken lassen. Dabei wusste sie genau, aus welcher Ecke die kamen.

Sie ging zur Tür, öffnete sie schwungvoll und erschrak, als sie Michaels Gesichtsausdruck sah. Panik.

»Hast du mich erschreckt, Sara!« Er stützte sich am Türpfosten ab, versuchte zu atmen, fuhr sich mit der Hand ans Herz. Nur langsam beruhigte er sich.

»Wir sind alle etwas schreckhaft geworden, oder?«, sagte Sara leise. »Magst du einen Schluck Wasser?«

Er wehrte ab. »Nur einen Augenblick, bitte.« Schließlich richtete er sich auf. »Ich war nicht darauf gefasst, dass du so schnell öffnest. Und vor allem so schwungvoll. Ich … bin ein Wrack, Sara. Ich … warte nur noch auf den Schuss.«

Sara nickte. Der Mörder hatte sie alle da, wo er sie haben wollte. Lange konnte es nicht mehr dauern bis zum finalen Showdown.

»Ich habe die ganze Nacht über wach gelegen. Wir … haben ein etwas größeres Haus.«

Ja, ein Anwesen, dachte Sara. Er log sie schon wieder an. Na ja, vielleicht war es nicht wirklich eine Lüge, aber die Wahrheit war es auch nicht. Ob er auch in Bezug auf Freya schwindelte?

Sie beäugte ihn misstrauisch. Er schien es jedoch nicht zu merken und fuhr fort zu erzählen, wie er bei jedem Geräusch in dem »etwas größeren Haus« aufgeschreckt war, wie der Wind einen Fensterladen zugeworfen und er das als Schuss interpretiert hatte, dass er die ganze

Nacht kein Auge zugetan hatte und daher heute völlig von der Rolle war. »Und dann reißt du die Tür auf, als wollest du mich …«

»Tut mir leid«, sagte Sara. Was sollte sie auch sonst sagen? »Wollen wir?«

»Kommen die anderen nicht mit?«

Sie schüttelte den Kopf. »Die haben anderes zu tun.« Nämlich Cedric zu beschützen, der vermutlich in einer ähnlichen Verfassung war wie Michael, und Inspector Webster davon abzuhalten, sich an Saras Fersen zu heften. Das alles hatten sie gestern noch vereinbart, auch wenn Cedric mehrmals gesagt hatte, dass ihm nicht wohl dabei sei, wenn Sara mit Michael allein unterwegs war – noch dazu in einer entlegenen Gegend.

»Okay.« Michael sah sich noch einmal um, als erwarte er, dass der Mörder aus einem Gebüsch springen könnte, dann ging er auf sein Auto zu, öffnete Sara die Tür und umrundete es, um selbst einzusteigen. »Auf zu Andrews Versteck. Aber bevor wir starten: Hast du einen Plan, was wir tun, wenn er wirklich dort ist?«

»Uuups.« Sara verfluchte sich dafür, dass sie wieder einmal nicht weiter als bis zu ihrer eigenen Nasenspitze gedacht hatte.

»Nein, oder?«

»Nein. Aber wie willst du so etwas planen?«, fragte Sara.

»Da hast du auch wieder recht.« Michael startete den Motor. »Wahrscheinlich ist er gar nicht dort.«

»Genau. Oder wir finden den Bunker nicht.« Sara

hoffte beinahe, dass es so sein würde. Plötzlich hatte sie riesige Bedenken bei ihrem geplanten Unterfangen. »Vielleicht wäre es besser, du würdest mich allein hingehen lassen«, sagte sie.

Michael sah sie scharf an. »Du denkst doch nicht, ich lasse dich allein nach einem Mörder suchen?«

»Nach einem potenziellen Mörder«, verbesserte Sara ihn automatisch. Noch war Andrews Schuld nicht bewiesen, auch wenn sie alle davon ausgingen, dass er es war.

Michael nickte nur. Er bog in den von Zäunen gesäumten Feldweg zur Hill's Barn Field Farm ein. Sara sah, dass die Rinder nicht mehr auf der Weide standen. Vielleicht war es zu früh. Vielleicht waren sie aber auch fortgebracht worden. Wer kümmerte sich jetzt wohl um Spittles Vieh und seine Farm?

Das Farmhaus selbst kam in Sicht. Es lag verlassen in der Morgensonne, die über die Hügel schlich. Vor der Eingangstür hingen müde Fetzen der Absperrbänder herab. Der Wind, der letzte Nacht durch Sidbury gefegt war, hatte sie losgerissen. Eine seltsame Stimmung lag über dem Gehöft.

Sara wandte den Blick ab und war froh, als sie die Farm hinter sich ließen und über einen Feldweg am Fuße des Hügels dahinter Richtung Norden ruckelten.

An einer größeren Ausweichbucht lenkte Michael seinen Wagen zur Seite und stellte den Motor ab. »Das müsste der Hügel sein. Andrew hat damals gesagt, dass er genau zwischen seiner und der Farm von Spittle liegt.

Also ...« Er deutete hoch zu der Erhebung, die man an dieser Stelle durch einen Kranz von hohen Hecken sehen konnte.

Der Hügel war mit kurzem Gras überwachsen, auf dem Schafe grasten. Sara sah nirgends etwas, das auf einen Bunker hinwies, aber sie konnte ja auch nicht um den Hügel herumsehen und zudem war es wohl die Funktion eines Bunkers, unsichtbar zu sein.

»Dann los. Lass uns diesen Unterschlupf finden.« Energischer, als sie sich fühlte, sprang sie aus dem Wagen und ging auf einen Hohlweg zu, der genau an dieser Stelle mitten in die Hecke führte. Nach ein paar Schritten versperrte eines der Viehgatter ihnen den Weg, sie gingen hindurch und erreichten wieder ein paar Schritte später die Weide, über die sich ein schmaler Pfad bergan schlängelte.

Sara atmete tief durch, dann ließ sie Michael den Vortritt. Egal, wie sie es drehte und wendete: Ein kleiner Teil ihres Hirns hielt immer noch an der Möglichkeit fest, dass er der Mörder sein könnte, und ihr war es eindeutig lieber, er ging vor ihr, als wenn er in ihrem Rücken wer weiß was tun konnte. Doch letztlich wäre sie ihm ohnehin ausgeliefert. Nahkampftechniken beherrschte sie nicht und gegen eine Schusswaffe war sie sowieso machtlos.

Schaudernd dachte sie an eine andere Situation zurück, in der sie sich der Mündung eines Gewehrlaufs gegenübergesehen hatte. Wäre damals nicht Zac gewesen, hätte ihr letztes Stündlein geschlagen. Die Panik, die sie damals empfunden hatte, breitete sich auch jetzt in ihrem Magen aus. Sara hatte das Gefühl, keine Luft zu bekommen.

Sollte sie doch lieber umkehren?

In diesem Moment blieb Michael stehen. »Das war leichter als erwartet«, sagte er.

Sara lugte um ihn herum und sah, was er meinte. Vor ihnen lag etwas, das an die Hauseingänge der Hobbits erinnerte. Eine Mauer mitten im Abhang. In der Mitte dieser Mauer befand sich eine Türöffnung mit einer Tür, die offen stand und mit einem leisen Quietschen von der Brise bewegt wurde.

Das Geräusch war wie aus einem Gruselfilm. Sara konnte nichts gegen die Angst tun, die Besitz von ihr ergriff. In diesem Bunker wartete womöglich ein Mörder auf sie.

Michael sah sich nach ihr um. »Ist das wirklich eine gute Idee?«, flüsterte er. »Sollen wir nicht lieber diesen Inspector anrufen?«

Seine Angst machte Sara mutig. »Der lacht uns aus«, flüsterte sie ebenso leise zurück. »Lass uns einfach reinschauen und dann wieder abhauen. Wenn wir sehen, dass sich in letzter Zeit jemand da drin aufgehalten hat, können wir Webster ja einen Tipp geben.«

»Und wenn Andrew im Bunker auf uns wartet?«

»Wieso sollte er? Er kann ja nicht wissen, dass wir kommen. Außerdem glaube ich nicht, dass er gerade drin ist. Wieso sollte er dann die Tür offen lassen? Das Geräusch ist nervtötend.«

Wie zur Bekräftigung von Saras Überlegungen gab die Tür wieder ein leises Quietschen von sich. Sara rieselte es kalt über den Rücken.

Sie schauten einander an, dann gab sich Sara einen Ruck. »Bringen wir's hinter uns«, sagte sie. Diesmal ging sie voran.

Vorsichtig schob sie die Tür ganz auf, dann bückte sie sich unter dem niedrigen Türsturz hindurch und trat in den dunklen Gang, der dahinter lag. Der Boden bestand aus gestampfter Erde, Licht gab es keins und Sara musste sich mit den Händen an der gemauerten Wand entlangtasten. Nach ein paar Schritten machte der Gang eine Biegung, dann noch eine und schließlich gingen die Wände zu beiden Seiten zurück. Sie mussten sich in einem größeren Raum befinden.

In diesem Moment roch sie es. »Shit«, fluchte sie. »Wir brauchen Licht.«

Michael, der direkt hinter ihr stand, nestelte an seiner Kleidung herum. Plötzlich erhellte fahles Licht den Raum.

Er war etwa sechs Quadratmeter groß und leer bis auf ein Kleiderbündel, das in einer Ecke lag.

Doch dann erkannte Sara, dass es gar kein Kleiderbündel war …

Kapitel 25

Jetzt mache ich meine Drohung aber wahr

Im selben Augenblick, in dem Sara erkannte, dass da ein Mensch in einer Ecke des Bunkers lag, konnte sie auch den Geruch richtig zuordnen. Blut. Es war dieser unverkennbar rostige Geruch von Blut, der im Bunker hing wie eine Drohung.

Sie keuchte erschrocken auf und die Beine sackten ihr unter dem Körper weg. Es war nur Michaels schneller Reaktion zu verdanken, dass sie nicht der Länge nach hinknallte. Er packte sie blitzschnell unter den Achseln und fing sie auf.

»Was ist los?«, fragte er.

»Da liegt einer.«

Auch er keuchte. Umständlich, da er immer noch Saras Gewicht in den Armen trug, richtete er den Lichtstrahl seines Mobiltelefons auf die Ecke und stöhnte. »Kannst du allein stehen?«

Sara nickte, löste sich aus seinen Armen und stützte sich an der Wand ab. Nur kurz, dann musste sie sich auf den Boden sinken lassen. Ihre Beine trugen sie nicht. Zähneklappernd beobachtete sie, wie Michael sich dem Körper näherte, seine Hand darauflegte, ihn rüttelte.

»Ist er tot?«, fragte sie, obwohl sie die Antwort schon kannte.

»Er ist ganz steif.«

»Wer ist es?«

Jetzt erst leuchtete Michael dem Toten ins Gesicht. »Es ist Andrew.« In seiner Stimme schwang Grauen mit.

Sara wusste nicht mehr, wie sie aus dem Bunker ins Freie gekommen war. Sie wusste nur, dass ihr selbst im Sonnenschein nicht mehr warm wurde. Zitternd saß sie auf der Weide und starrte in die Richtung, aus der Webster mit seinem Team kommen musste.

Alles kam ihr so unwirklich vor. Die Schafe, die idyllische grüne Landschaft mit dem blauen Streifen des Meeres im Süden und dann der Tote im Bunker.

Plötzlich war auch die Angst wieder da. Dass sie nun den vermeintlichen Mörder tot aufgefunden hatten, warf alle ihre Theorien über den Haufen. Alles war wieder möglich – jeder konnte das nächste Opfer sein. Wer, wenn nicht Andrew Cole, war der wirkliche Mörder?

Ohne ihr Zutun stahlen sich Saras Gedanken wieder zu Michael Brickerton, der mit bleichem Gesicht, aber gefasst, vor ihr auf und ab tigerte. Er war es gewesen, der die Polizei alarmiert hatte. Dann hatte er sich um Sara gekümmert, hatte sie in seinen Armen gehalten und gewiegt, mit sanften Worten zu beruhigen versucht. Als sei er darauf gefasst gewesen, seinen Freund aus Kindertagen hier zu finden – tot.

Sara fand seine Coolness höchst seltsam. Und gleichzeitig fand sie es tröstlich, dass er die Initiative übernahm. Und dann wieder nicht. Sie versuchte, sich

Michaels Reaktion auf den Fund in Erinnerung zu rufen. Er hatte geschockt gewirkt, aber vielleicht war das nur ihre Interpretation. Rein objektiv betrachtet hatte er sich zu dem Toten hingewagt, hatte ihn berührt, genauer betrachtet und dann alle Maßnahmen eingeleitet, die notwendig waren.

Hatte er womöglich erwartet, Andrews Leiche zu finden?

Dann fiel ihr auf, dass Michael zufällig von dem Bunker gewusst hatte, den die beiden Jungs als geheimen Zufluchtsort auserwählt hatten. Und obwohl er angeblich nicht gewusst hatte, wo dieser Ort war, hatte er den Wagen genau dort geparkt, wo der Pfad durch die Hecke verlief, und Sara dann auf direktem Weg hier heraufgeführt. Konnte das wirklich alles Zufall sein?

Saras Zittern verstärkte sich und nun begannen sogar ihre Zähne zu klappern. So laut, dass Michael zu ihr herüberschaute.

»Die Polizei kommt sicher gleich«, sagte er und kam auf sie zu.

Sara versteifte sich.

Als er das bemerkte, legte sich ein Schatten über sein Gesicht. Doch er nickte und blieb auf Abstand. Dann setzte er sich ein Stück weiter ebenfalls ins Gras und blickte Richtung Meer.

»Ich war das nicht, Sara«, sagte er.

Sie brachte vor Bibbern kein Wort heraus.

Er betrachtete sie mitfühlend. »Ich würde dich gern in den Arm nehmen, aber ich fürchte, das ist nicht das, was du gerade brauchst.«

Sara schüttelte den Kopf, dann klemmte sie ihn zwischen ihre Knie und versuchte, ruhig durchzuatmen. Michael kommentierte es nicht.

»Sie kommen«, sagte er nach einer Weile.

Sara hörte das Gras rascheln, als er aufstand, und hob den Kopf. Zwanzig Minuten waren seit ihrem Fund vergangen und Michael hatte nichts unternommen, um sie zu töten. War er doch unschuldig?

Mit wackeligen Knien stemmte auch sie sich hoch. Sie wollte hier nicht im Gras sitzen, wenn Inspector Webster kam. Gemeinsam beobachteten sie, wie die Einsatzwagen unten direkt auf dem Feldweg stehenblieben. Beamte stiegen aus, warfen prüfende Blicke zu ihnen hoch, dann schlugen sie sich durch die Hecke und erschienen kurz darauf am Ausgang des Hohlwegs.

»Sollen wir unsere Aussagen aufeinander abstimmen?«, fragte Michael sie.

Sara sah ihn verwirrt an. »Unsere Aussagen?«

»Sie werden fragen, was wir hier zu suchen hatten«, erklärte Michael. »Es wäre besser, wir würden dasselbe behaupten.«

»Was sollen wir denn anderes behaupten als die Wahrheit?« Sara verstand immer noch nicht.

»Nun, ich denke, es ist nicht unbedingt zu deinem Vorteil, wenn ich angebe, dass du mir gesagt hast, ich soll dich hier treffen.«

»Aber warum würdest du so etwas tun?«, fragte Sara.

Michael sah sie prüfend an. »Warum hast du mich überhaupt hierher bestellt?«

»Michael, ich habe dich nicht hierher bestellt. Wir sind zusammen hergekommen. Weil du gesagt hast, dass hier irgendwo der Zufluchtsort von Andrew war. Weil wir ihn finden wollten …«

»Nein, Sara.« Er schüttelte den Kopf. »Das habe ich nicht getan. Und ich stelle mir die ganze Zeit über schon die Frage: Wie lange vor mir warst du hier?«

Sara stockte das Blut in den Adern. Was passierte hier? Warum zog Michael diese Show ab? »Was soll das? Wir sind zusammen gekommen«, machte sie noch einen Versuch.

Doch er schüttelte nur bedauernd den Kopf.

»Wen haben wir denn da?« Die schneidende Stimme von Inspector Webster ließ Sara herumfahren.

»Inspector?«, grüßte Michael höflich. »Gut, dass Sie so schnell kommen konnten. In dem Bunker da hinten liegt ein Toter.« Er warf Sara einen auffälligen Seitenblick zu. »Ich fürchte, es handelt sich um Andrew Cole.«

»Wir haben ihn gefunden, kurz bevor wir Sie angerufen haben«, erklärte Sara schnell, bevor er etwas anderes behaupten konnte.

Inspector Webster wies seine Kollegen mit einer Kopfbewegung an, sich die Sache anzuschauen. Er selbst blieb vor Michael und Sara stehen und betrachtete beide mit unverhohlenem Ärger. »Ich frage mich, welche meiner Warnungen Sie nicht verstanden haben, Miss Rattlebag.«

Sara wusste nicht, was sie zu ihrer Verteidigung hätte vorbringen können.

»Miss Rattlebag hier hat ihn gefunden. Als ich kam, trat sie gerade aus dem Bunker.«

»Das stimmt doch gar nicht«, verteidigte sich Sara.

»Sie war sichtlich aus dem Gleichgewicht. Ich habe nachgesehen, was sie so verstört, und bin hineingegangen. Als ich die Leiche gesehen habe, habe ich Sie sofort verständigt.«

»Danke, Brickerton«, sagte Webster. »Und Sie …« Er wandte sich mit funkelnden Augen an Sara. »Sie werden mit mir kommen. Ich werde wohl nicht umhinkommen, meine Drohung wahrzumachen und Sie zu verhaften. Eine Nacht in einer Gefängniszelle ist für Möchtegern-Detektivinnen, wie sie eine sind, oft heilsam.«

Sara war viel zu sehr damit beschäftigt, Michael anzustarren. Er erwiderte ihren Blick völlig ungerührt. »Sie brauchen sicher meine Aussage, Inspector. Wäre es recht, wenn ich sie später auf dem Revier mache? Ich habe einen wichtigen Termin in der Firma.«

»Natürlich«, erwiderte Inspector Webster, die Freundlichkeit in Person. »Sie hören von uns.«

Michael wandte sich grüßend um. Da kam Sara in die Gänge. »Kann ich mit ihm fahren?«

»Nein.«

»Aber ich komme sonst nicht nach Hause.«

»Sie werden so schnell auch nicht nach Hause kommen. Für Sie geht es erst einmal in die Ausnüchterungszelle in Sidmouth.«

»Aber ich habe nichts getan!« Sara schrie beinahe.

»Sie behindern die Staatsgewalt bei der Aufklärung

eines Verbrechens«, erwiderte der Inspector ruhig.

»Wenn überhaupt habe ich dazu beigetragen!«

»Inwiefern?« Webster zog die Brauen hoch. »Wir wurden nicht von Ihnen verständigt, sondern von Mr. Brickerton.«

»Aber …«

»Sam, bring sie nach Sidmouth und komm dann wieder her.«

Der Beamte, den Inspector Sauertopf angesprochen hatte, nickte. Dann wandte er sich Sara zu. »Kommen Sie.«

Er fasste sie unter dem Arm, doch Sara schüttelte ihn ab.

»Ich kann alleine gehen.« Und das tat sie dann auch. Nachdenklich und fertig mit den Nerven.

Wieso log Michael den Inspector an? Hatte er das absichtlich getan, um ihr Schwierigkeiten zu bereiten?

Sie starrte ihm nach und wären ihre Blicke Messer gewesen, wäre er wohl genau in diesem Augenblick am Eingang zum Hohlweg, wo er sich gerade befand, zusammengebrochen. Als könne er ihre Blicke spüren, wandte er sich noch einmal um. Bedauern huschte über sein Gesicht. Doch der Ausdruck war genauso schnell wieder weg, wie er erschienen war.

Hatte Sara sich das schon wieder eingebildet?

»Kommen Sie, Miss«, sagte in diesem Moment der Beamte und grabschte wieder nach ihrem Arm.

Sara riss sich erneut los. »Ich habe gesagt, ich schaffe das allein.« Und ganz ohne fremde Hilfe stapfte sie den kleinen Hang hinunter und dahin, wo eben erst Michael entschwunden war.

Als sie sich hintereinander durch das Viehgatter zwängten, fiel Sara ein Zettel in Visitenkartengröße ins Auge, der vorher noch nicht dort gelegen hatte.

Mitternacht am Friedhof von Sidbury

Die Nachricht kam ihr bedeutsam vor. Sie tat, als würde sie stolpern, ging genau neben dem Zettel zu Boden, und steckte ihn unauffällig ein. »Sorry«, sagte sie. »Bin blöd aufgetreten.«

»Haben Sie sich verletzt?«

Sara schüttelte den Kopf.

»Na, dann …« Der Beamte zeigte gleichgültig in Richtung Straße. Sara erhob sich und ging auf die Wagen zu, den Zettel in ihrer rechten Hand fest umklammert.

»Darf ich telefonieren?«, fragte sie, als sie auf der Rückbank des Einsatzwagens saß. »Ein Anruf steht mir zu, oder?«

»Sie können telefonieren, so viel sie wollen«, brummte der Mann, ließ den Motor an und fuhr ein Stück Richtung Norden, wo er auf dem Vorhof einer Farm – Sara vermutete, dass es sich um die Broken Brook Farm handelte – den Wagen wendete und Richtung Sidmouth fuhr.

Sara wartete nicht ab, dass er seine Meinung änderte. Sie stöpselte ihre Kopfhörer in die Ohren, dann rief sie den Chat des Krimiclubs auf und drückte auf »Gruppenanruf«.

Cedric war der Erste, der ranging. »Was ist los?«

»Wart ab, bis alle da sind. Dann muss ich's nur einmal sagen.« Sara konnte es zwar selbst nicht erwarten, aber sie hatte tatsächlich wenig Lust, das ganze Malheur wieder und wieder von Neuem auszubreiten.

Lange musste sie sich nicht gedulden, denn gleich nach Cedric war Miss Spinster in der Leitung, die lauthals verkündete: »Bobby hört mit.«

»Ich habe Neuigkeiten«, begann Sara.

Doch Miss Spinster unterbrach sie noch einmal. »Sollen wir auf Clayton warten?«

Dessen Häkchen war immer noch grau. Die anderen stimmten dagegen. Alle waren neugierig, was Sara zu berichten hatte.

»Erstens: Ich bin auf dem Weg zur Gefängniszelle von Sidmouth. Webster hat mich verhaften lassen.«

Miss Spinster keuchte. »Kindchen …«

»Wieso das denn?«, wollte Cedric wissen. »Er hat doch nichts gegen dich in der Hand.«

Sara seufzte. »Leider doch.« Dann berichtete sie von dem grausigen Fund, den sie zusammen mit Michael gemacht hatte, und natürlich auch davon, wie er den Inspector angelogen und dabei in Kauf genommen hatte, dass sie Schwierigkeiten bekam.

»Nein, falsch«, sagte sie. »Er hat es nicht in Kauf genommen. Ich glaube, er hat es absichtlich darauf angelegt. Als hätte er gewusst, dass Webster mich aus dem Verkehr ziehen würde, und als hätte er genau das gewollt. Aber warum?«

Im Chat blieb es still, bis sich irgendwann Cedric räusperte. »Ich weiß, ihr denkt, ich bin bloß eifersüchtig auf den Kerl, aber … was, wenn *er* der Mörder ist und das Gefühl hat, dass Sara ihm auf der Spur ist?«

»Aber das bin ich nicht«, wehrte sich Sara. »Wir sind doch die ganze Zeit davon ausgegangen, dass Andrew der Mörder ist.« Im Rückspiegel sah sie den Blick des Beamten auf sich gerichtet und sie fuhr flüsternd fort: »Außerdem … Wenn Michael der Mörder wäre, wieso sollte er mir dann den toten Andrew zeigen, der bisher der Hauptverdächtige war. Nein. Deine Theorie macht keinen Sinn, Cedric.«

»Ich pflichte Sara bei«, erklärte Bobby.

Miss Spinster meinte: »Und wenn er die ganze Show abgezogen hat, um Sara zu schützen? Er hat dich sozusagen aus der Schusslinie gezogen. Wenn du im Gefängnis bist, kann dir niemand was antun. Wäre das eine Möglichkeit?«

Wieder spürte Sara den Blick des Beamten. »Das wäre denkbar. Aber das macht nur Sinn, wenn Michael etwas weiß, was wir nicht wissen. Er müsste den Mörder kennen und wissen, was er vorhat. Nicht?« Plötzlich fiel ihr der Zettel ein, den sie gefunden hatte. »Vielleicht habe ich die Antwort, aber ich kann hier nicht reden. Ich mache Schluss, aber ich schicke euch gleich noch etwas. Nur noch eine Bitte … Cedric, kannst du mich aus dem Gefängnis holen?«

Als Dorfvorsteher hatte er in ihrem Kreis den größten Einfluss und würde es sicher schaffen, Sara aus der Gefängniszelle freizukriegen. Schließlich lag nichts gegen sie vor und Websters Vorwurf, dass sie die Staatsgewalt behindert hatte, war einfach nur haltlos.

Cedric druckste herum.

»Was?«, fragte Sara ungehalten.

Schließlich meinte er: »Ich finde, du solltest dortbleiben.«

»Was?«, schrie Sara aufgebracht.

Der Beamte vor ihr zuckte leicht zusammen und warf ihr einen strafenden Blick zu, gefolgt von einem warnenden »Miss!«

»Wenn Miss Spinster recht hat und Brickerton das inszeniert hat, um dich zu schützen, ist es vielleicht wirklich besser, wenn du ...«

Sara ließ ihn nicht ausreden. »Spinnst du? Hol mich raus, hörst du? Sofort! Ich werde schon auf mich aufpassen. Cedric! Cedric ...«

Doch Cedric war aus dem Gruppenanruf ausgetreten.

»Miss Spinster!«, rief Sara die alte Dame um Hilfe an, doch sie konnte beinahe spüren, wie sie betrübt den Kopf schüttelte. »Nein, Kindchen. Ich glaube, Cedric hat recht. Du bist ganz gut aufgehoben, dort, wo sie dich hinbringen. Tut mir leid.«

Auch sie verabschiedete sich aus dem Chat. Sara stieß einen frustrierten Schrei aus, der den Beamten dazu brachte, links ranzufahren und sich zu ihr umzudrehen. »Also, Miss, wenn Sie nicht aufhören mit diesem Affenzirkus da hinten, werde ich dafür sorgen, dass zu den Vorwürfen gegen Sie noch ein paar dazukommen. Und jetzt geben Sie mir das Telefon.«

»Nein.«

»Miss …« Er spaßte nicht, das war seinem Tonfall deutlich anzuhören.

Sara schluckte. »Lassen Sie mich nur noch eine Nachricht abschicken, ja?« Sie wartete sein Nicken ab, dann zog sie den Zettel aus ihrer Hosentasche, fotografierte ihn und stellte das Bild in den Chat. Dazu schrieb sie:

Jemand sollte dringend um Mitternacht am Friedhof sein!

Dann reichte sie dem Polizisten widerstrebend das Gerät.

»Sie kriegen es wieder, wenn Sie in der Zelle sind. Aber während des Fahrens will ich meine Ruhe.« Der Beamte legte Saras Mobiltelefon auf den Beifahrersitz und weiter ging die Fahrt.

Kapitel 26

Bei Wasser und Brot

Die Polizeistation in Sidmouth war in einem Backsteinbau untergebracht und bestand aus einem winzig kleinen Empfangsraum, von dem eine Tür abging. Der Beamte schob Sara vor sich her durch die Tür. Dahinter empfing sie der Geruch von gedünstetem Kohl. Ihr Begleiter verzog das Gesicht.

»Haftverschärfung«, erklärte er. »Ms. Phyllis kocht mal wieder Kohleintopf.« Dann öffnete er eine Gittertür, die in einen Raum führte, der in etwa die Größe von Saras Kingsizebett hatte, und wedelte einladend mit der Hand. »Bis auf Weiteres Ihr Reich, Miss Rattlebag.«

Sara versteifte sich. »Das meinen Sie doch nicht ernst.«

Er sah sie nur auffordernd an.

»Ich gehe doch nicht in diese Zelle!«

»Wenn Sie nicht freiwillig gehen, hole ich eben die Zwangsjacke«, erwiderte er ungerührt.

»Als ob …« grummelte Sara, doch sie ließ es lieber nicht drauf ankommen. Wenn die hier tatsächlich ihre Täter in so einem Verschlag aufbewahrten, verfügten sie vielleicht auch über eine Zwangsjacke.

Und als Nächstes kommt ein Henker und fesselt mich an die Streckbank, dachte sie zynisch. Doch sie trat durch die schmale Gittertür und sah fassungslos zu, wie der

Beamte sie mit einem großen Schlüssel einschloss.

»Und jetzt haltet ihr mich bei Wasser und Brot fest? Wie einen Verbrecher im Mittelalter?«

»Wir werden sehen.«

»Und wenn ich auf die Toilette muss?«

»In der Ecke.« Der Beamte hatte offensichtlich genug von ihren sarkastischen Fragen und wandte sich ab.

Sara sah sich um. Was sie anfangs für einen Raumteiler gehalten hatte, war tatsächlich einer. Denn das hüfthohe Mäuerchen trennte den Wohnbereich der Zelle – wenn man ihn mit viel gutem Willen so nennen wollte – von der Nasszelle, die aus einem WC aus Edelstahl bestand. Plötzlich nahm Sara einen Geruch wahr, der sich hinter dem Kohlgestank versteckt hatte: fauliges Wasser und Fäkalien.

Sie würgte.

»Wann komme ich hier raus?«, fragte sie in einem leichten Anflug von Panik.

»Wenn der Inspector es anordnet«, war die wenig aufschlussreiche Antwort. »Ich würde Ihnen raten, sich auf eine lange Nacht einzustellen.«

»Aber …« Sara hatte noch ungefähr eine Million Fragen und noch einmal so viele bissige Erwiderungen auf der Zunge, doch der Beamte wandte sich endgültig um und verschwand hinter einer Holztür, die vermutlich ins Polizeibüro führte. Mit einem leisen Klappern fiel sie ins Schloss.

»Mist! Mist! Mist!«, fluchte Sara. Wie sie Michael hasste! Warum hatte er das getan?

Sie verbrachte eine gute halbe Stunde damit, sich alle möglichen Verwünschungen für ihren einstigen Klienten auszudenken, dann meldete sich ein leises Stimmchen. Anfangs gelang es ihr, es auszublenden, doch es wurde lauter und lauter und drängte sich in ihre Gedanken, bis nur noch ein einziger von einer Seite ihres Schädels zur anderen geworfen wurde: Webster hätte sie auch ohne Michaels Verrat eingesperrt. Weil sie ihm schon wieder ins Handwerk gepfuscht hatte.

Michael konnte gar nichts dafür.

»Aber Michael kann etwas für den Quatsch, den er sich aus den Fingern gesogen hat«, hielt Sara ihren eigenen Gedanken lautstark entgegen. Er hatte Webster angelogen und dafür gesorgt, dass er sie mitnahm. Warum nur? Sie verstand es einfach nicht. Michael hatte gewirkt wie ein ehrlicher Kerl – na ja, zumindest nicht bösartig. Er hatte ihr das mit Freya verschwiegen, ja, und er hatte wohl auch gelogen, als er behauptet hatte, die ganze Tatnacht bei seinen Freunden im Fußballcamp verbracht zu haben. Zumindest hatte Coach Critelli gehört, wie er mit dem Motorrad weggefahren war.

Er ist also alles andere als ein ehrlicher Kerl, sagte sie sich und irgendwie gefiel ihr der Gedanke nicht. Trotzdem gab es keinen Grund für seine Lüge gegenüber Inspector Webster. Oder doch?

Sara ließ das Gespräch mit ihren Freunden Revue passieren.

Die erste Möglichkeit war, dass er der Mörder und sie ihm mit ihren Ermittlungen zu nahegekommen war.

Die zweite Möglichkeit war, dass er ein Idiot war und seine eigene Haut retten wollte, indem er Sara anschwärzte.

Die dritte Möglichkeit hatte Miss Spinster aufgebracht. Er wusste etwas und wollte Sara schützen. Und wo war sie geschützter als in den Armen der Polizei?

Was war es nun? Sara hatte das Gefühl, dass der Zettel, den sie gefunden hatte, eine wichtige Bedeutung hatte. Wen wollte Michael um Mitternacht treffen? Nein, die Frage musste sie anders formulieren: Wer wollte ihn treffen?

Es rieselte ihr kalt über den Rücken, als ihr die einzige logische Antwort einfiel: Der Serienkiller, der nicht Andrew war, hatte alle falschen Zeugen getötet und nahm jetzt an demjenigen Rache, der in seinen Augen wahrhaft die Schuld an Freyas Tod trug: Michael.

Michael hatte beschlossen, sehenden Auges in seinen Tod zu laufen, wobei Sara ihm im Wege stehen würde. Daher hatte er kurzerhand dafür gesorgt, dass ihr die Hände gebunden waren.

Saras Herz klopfte. Michael musste vorhaben, sich mit dem Unbekannten zu treffen. Um Mitternacht auf dem Friedhof.

Sie musste raus. Schnellstens. Sie musste verhindern, dass Michael sich opferte. Und wenn sie das nicht selbst tun konnte, weil Webster auf sich warten ließ, mussten ihre Freunde das Schlimmste verhindern. Sie griff in ihre Tasche und musste feststellen, dass der Beamte ihr das Mobiltelefon noch nicht zurückgegeben hatte.

»Hey!«, rief sie.

Keine Antwort.

»Hey, Herr Polizist!«

Keine Antwort.

War er eingeschlafen?

Sara rief lauter. »Herr Polizist! Ich brauche mein Handy!«

Doch im Büro nebenan rührte sich nichts.

Saras Herz begann schneller zu klopfen. Hatte er sie etwa allein gelassen? Hier in dieser kalten, nackten Zelle? Musste die Polizeistation nicht rund um die Uhr besetzt sein? Oder war dem Beamten etwas geschehen? Aber was konnte einem Beamten in den besten Jahren schon am Bürotisch passieren?

Saras Hals verengte sich und sie hatte plötzlich das Gefühl, nicht mehr atmen zu können. Was, wenn der Serienkiller den Beamten getötet hatte, um an sie heranzukommen? An sie, die wehrlos in dieser nackten Zelle saß mit einem dünnen Mäuerchen als einzigem Schutz gegen Schüsse.

Obwohl es idiotisch war, ging Sara zu der Nasszelle, setzte sich auf die Edelstahlschüssel und versuchte, hinter dem Mäuerchen in Deckung zu gehen. Das Ergebnis war ernüchternd. Entweder, ihr Rücken lugte oben über die Mauer, oder ihr Kopf schaute vorne heraus. Neben der Edelstahlschüssel hatte sie keinen Platz, um sich hinzuhocken. Sie war völlig ungeschützt.

Ein rauer Schluchzer entrang sich ihrer Brust. Es war nur noch eine Frage der Zeit, bis der Killer kam.

Er kam nicht in den nächsten fünf Minuten. Er kam nicht nach einer Viertelstunde. Nach etwa einer halben Stunde ertönte eine Sirene und Sara schöpfte Hoffnung, doch die Sirene entfernte sich in Richtung Sidbury.

Minuten vergingen. Stunden vergingen. Der Lichtstreifen unter der Holztür, die zum Büro führte, wurde matter und matter und irgendwann kam kein Licht mehr durch die Ritze.

Saras Magen grummelte zornig und ihr Mund war staubtrocken. Hatte sie vorhin noch über die mittelalterliche Gefängniskost gelacht, kamen ihr jetzt ein Stück Brot und ein Becher Wasser verlockend vor. Und Licht. Und ihre Granny-Square-Weste. In der Zelle war es richtig kalt. Sara spürte ihre Zehen schon längst nicht mehr und ihre Finger waren nur deshalb noch nicht abgefroren, weil sie sie unter ihren Achseln versteckte.

Sie dachte an Sir Arthur Doyle und war zum ersten Mal dankbar, dass er immer ein Schlupfloch fand, durch das er nach draußen verschwinden konnte. Auch wenn er bei seiner Rückkehr immer heißhungrig über das Futter aus der Dose herfiel, würde er sich in dieser Nacht notfalls auch selbst versorgen können.

Sie dachte an Silly Old Joe mit seinen kryptischen Andeutungen und an ihre Freunde, die vermutlich bei einer Tasse von Saras Five-O'Clock-Teemischung in ihrem Cottage saßen und neue Theorien spannen. Ob sie ihnen fehlte? Oder waren die anderen so sehr in ihr Krimirätsel vertieft, dass sie gar nicht bemerkten, dass sie nicht dabei war?

Sara seufzte.

Dann legte sie den Kopf auf ihre Knie und überließ sich den wirren Gedanken, die in ihrem Kopf Karussell fuhren, bis draußen Stimmen laut wurden. Aufgeregte Stimmen.

Ein Knall ließ Sara zusammenfahren, doch nach einer Schrecksekunde konnte sie das Geräusch einer Tür zuordnen, die mit Schwung gegen die Hauswand geknallt war. Polternde Schritte ertönten im Vorraum, die Tür, die sie von den Männern trennte, wurde aufgerissen und dann wurde der Raum von gleißendem Licht geflutet.

»Was tun Sie denn hier?«, fragte Webster fassungslos.

»Das fragen Sie wirklich?« Die Wut ballte sich in Saras Magen zusammen. »Sie haben mich doch verhaften lassen.«

»Was? Davies, dieser Idiot. Wo ist er?«

»Das fragen Sie mich?« Wären die Gitterstäbe nicht gewesen, hätte Sara nicht dafür garantieren können, dass sie Webster nicht vor Wut an die Kehle gesprungen wäre.

Webster öffnete die Holztür, hinter der Davies verschwunden war. Der Raum dahinter war dunkel. Was für eine Überraschung. Auch dort flammte Licht auf. Sara versteifte sich. Gleich würde Webster über den toten Beamten stolpern und sicher würde er es irgendwie schaffen, ihr die Schuld dafür in die Schuhe zu schieben.

Doch Webster kam mit gleichgültigem Gesicht wieder in den Flur und trat an die Gitterstäbe. »Hat Miss Phyllis wieder Kohl gekocht?« Er grinste süffisant. »Da hat sich die Zeit für Sie sicher doppelt so lang angefühlt.«

Sara sparte sich die Antwort.

»Taylor, ruf bei Davies an. Er soll den Schlüssel für die Zelle rüberwachsen lassen.«

Die Stimme des als Taylor angesprochenen Beamten kam von der Eingangstür. »Der müsste doch am Bord hängen.«

»Tut er aber nicht. Wahrscheinlich hat ihn der Idiot eingesteckt. Du kennst ihn ja.«

Taylor trat heran und nickte verlegen. Trotzdem wagte er einen Einwand. »Der ist sicher schon längst im Bett.«

Webster sah ihn scharf an. »Dann hol ihn aus dem Bett.«

Ein kurzes Nicken, dann verschwand Taylor.

Webster ließ seinen Blick prüfend über Sara gleiten, verschwand im Büro und kam kurz darauf mit einer Decke wieder. »Zumindest ein bisschen was gegen die Kälte«, sagte er. »Entschuldigen Sie mich. Ich muss telefonieren.«

Er verschwand in dem kleinen Büroraum. Da er die Holztür nur angelehnt ließ, konnte Sara das Gespräch mitanhören, und als sie verstand, worum es ging, wurde ihr heiß und kalt.

Webster forderte Verstärkung an. »Wir sind dem nicht mehr gewachsen. Wenn ihr nicht bald die Profis vorbeischickt, kann ich für nichts garantieren. Hier sterben sie wie die Fliegen.«

War schon wieder jemand ermordet worden?

»Wir dachten auch, dass er der Mörder ist. Aber der Tote von Lime Regis ist eindeutig nach ihm gestorben. Da treibt ein anderer sein Unwesen.«

Er hörte sich die Entgegnung seines Gesprächspartners an, dann brüllte er plötzlich los: »Es ist mir egal, dass das für London der Alltag ist. Hier ist es nicht so. Schickt verdammt noch mal ein Sondereinsatzkommando!«

Dann folgte eine Serie von Flüchen und schließlich knallte er den Hörer auf die Gabel. Ein Sessel quietschte, dann ertönte ein frustriertes Stöhnen und schließlich erschien Webster in der Tür. »Toll«, kommentierte er den Umstand, dass er sie nicht sorgfältig geschlossen hatte. »Dann wissen Sie ja jetzt Bescheid.«

»Wer ist gestorben?«

Webster zögerte und schüttelte zuerst den Kopf, dann schien er zu dem Schluss zu kommen, dass es egal war. »Sie werden es ohnehin aus der Zeitung erfahren. Diesmal ist der Tote in Lime Regis gefunden worden.«

Saras Herzschlag verdoppelte sich. Sie hatte im Zuge der Ermittlungen nur einen Menschen in Lime Regis befragt.

»Es handelt sich um den ehemaligen Fußballcoach aus diesem Camp. Omar Critelli. Auch er wurde erschossen. Mitten auf dem Fußballplatz von Lime Regis.«

Saras Kehle schnürte sich zu. Wen würde der Killer noch töten? Ihre Gedanken flogen zu Michael. War er der Nächste auf der Liste? Würde er um Mitternacht auf den Friedhof von Sidbury gehen? Und wer würde dort auf ihn warten?

Und dann blitzte eine furchtbare Idee in Saras Kopf auf. Was, wenn Michael diese Botschaft verfasst hatte, um sie seinem nächsten Opfer zukommen zu lassen?

Vielleicht war sie ihm aus Versehen aus der Tasche gefallen, als er durch die Hecke gegangen war, und Sara hatte sie gefunden. Für wen war die Botschaft wirklich bestimmt gewesen?

Was, wenn Michael diesen Zettel nicht unabsichtlich fallen gelassen hatte, sondern absichtlich. Damit sie ihn fand. Ihr wurde übel. Was, wenn er der Mörder war und diese Einladung bewusst an sie gerichtet hatte? Oder an die Menschen, die sie schicken würde – ihm war ja klar, dass sie selbst voraussichtlich in einer Zelle sitzen würde. Und da Miss Spinster und Bobby Bobby wohl kaum die Richtigen für nächtliche Aktionen auf dem Friedhof waren … Cedric!

Saras Gedanken überschlugen sich. Es machte Sinn. Michael hatte die Botschaft fallen lassen, weil er wollte, dass Sara sie fand. Er konnte davon ausgehen, dass Sara versuchen würde, sie unbemerkt an sich zu nehmen.

»Sie sagen ja gar nichts«, unterbrach Webster ihre Überlegungen. »Hat es Ihnen die Sprache verschlagen?«

»Ich muss raus. Nach Hause«, ergänzte Sara, obwohl sie absolut nicht vorhatte, nach Hause zu gehen. Sie hatte ein anderes Ziel.

»Wir arbeiten dran.« Webster hob bedauernd die Schultern.

»Ich brauche mein Telefon.«

Webster sah sie verwirrt an.

»Der Beamte – Davies – hat es mir abgenommen. Es müsste im Wagen liegen.«

»Davies …«

Sara hörte den leichten Ärger in Websters Stimme. Erleichtert sah sie, dass der Inspector Richtung Ausgang verschwand und noch erleichterter nahm sie wenig später ihr Mobiltelefon in Empfang.

Sie öffnete den Chat des Krimiclubs und stellte fest, dass fünfundneunzig Nachrichten zwischen Miss Spinster, Bobby Bobby, Zac und Cedric hin- und hergegangen waren. Die meisten davon drehten sich um das Foto, das sie abgeschickt hatte, bevor Davies ihr das Telefon abgenommen hatte.

Sara überflog die Nachrichten. Ihre Freunde hatten ähnliche Überlegungen angestellt wie sie und sie waren zu ähnlichen Schlüssen gekommen. Eine Theorie lautete, dass Michael diese Botschaft selbst bekommen und Sara der Polizei übergeben hatte, weil er befürchtete, sie würde zum Treffpunkt kommen und sich dadurch selbst in Gefahr bringen – Cedric war als Einziger nicht überzeugt von dieser heldenhaften Haltung des Mannes, den er als Konkurrenten sah.

Die andere Version war, dass Michael der Mörder war, den Zettel unabsichtlich verloren hatte und einen anderen zum Treffpunkt hatte locken wollen. In dem Fall würde in den frühen Morgenstunden vielleicht ein weiterer Mensch das Leben verlieren – vorausgesetzt, Michael hatte ihm eine andere – gleich lautende – Einladung geschickt und er war so dumm, Michaels Einladung anzunehmen.

Was dann wohl ein typischer Fall von Idiot auf dem Speicher wäre. Typisch Miss Spinster. *Mittlerweile dürfte jeder wissen, dass all die Männer zu merkwürdigen Zeiten an merkwürdigen Orten waren. Wer auch immer so eine Einladung erhält, wird wohl hoffentlich intelligent genug sein, sie nicht anzunehmen.*

Die nächste Nachricht kam von Cedric. *Was uns zur nächsten Möglichkeit bringt. Sara würde diese Einladung annehmen. Aus Neugier.*

Toll. Also war sie wohl nicht intelligent in seinen Augen. Sara knirschte mit den Zähnen. War *er* so dumm, sich von ihr schicken zu lassen? Sie las weiter, was er schrieb.

Ich sage es nicht gern, aber ich bin Swottie beinahe dankbar, dass er sie aus dem Verkehr gezogen hat.

Wieder Miss Spinster. *Wobei wir die letzte Möglichkeit nicht vergessen dürfen. Michael könnte die Nachricht gezielt dort platziert haben, wo Sara sie sehen musste.*

Wieder Cedric. *In dem Fall wäre er der Mörder und würde Sara zum Treffpunkt locken wollen. Sie beißt an, weil sie denkt, dass die Nachricht für einen anderen bestimmt ist, und …*

An dieser Stelle hatte sich Zac in die Diskussion eingeschaltet. *Alles klar. Ich besorge mir gleich mal eine kugelsichere Weste. Jemand wird sich wieder zwischen sie und einen Gewehrlauf werfen müssen …*

Die Sicht vor ihren Augen verschwamm. Zac hatte schon einmal sein Leben für sie aufs Spiel gesetzt. Er schien es als gegeben anzusehen, das ein weiteres Mal tun zu müssen.

Oder wir sorgen dafür, dass sie im Gefängnis bleibt. Bobby dachte praktischer. *Ich kenne Davies ein bisschen besser. Vielleicht kann er dafür sorgen … Unauffällig, versteht sich.*

Sara schnappte nach Luft. Das war ein abgekartetes Spiel gewesen? Davies hatte sie eingesperrt und den Schlüssel verschwinden lassen, damit sie nicht aus der Zelle kam? Was war das für eine gemeine Aktion! Das würden ihre Freunde ihr büßen!

»Webster?«, rief sie etwas lauter.

Er kam aus dem Nebenraum zu ihr. »Ja?«

»Lassen Sie mich raus.«

»Das hatte ich vor. Taylor muss gleich mit dem Schlüssel hier sein.«

Sara schüttelte den Kopf. »Nein, wird er nicht. Davies wird ihm den Schlüssel nicht geben.«

»Dann kann ich Sie nicht rauslassen.«

Sara sah ihn eindringlich an. »Doch, können Sie. Rufen Sie den Schlüsseldienst.«

»Das ist nicht nötig. Er wird den Schlüssel schon rausgeben.«

»Nein. Wird er nicht.« Sara zeigte ihm die letzten Nachrichten und beobachtete seine Reaktion genau.

Webster schnaubte belustigt. »Ihre Freunde haben ja reizende Methoden.«

Sara konnte ihm nicht widersprechen. »Lassen Sie mich raus?«

Er nickte. »Ich sehe mal, ob ich beim Schlüsseldienst jemanden erreichen kann.«

Kapitel 27

Ein nächtliches Date

Eine halbe Stunde später war Sara auf freiem Fuß. Es war ein herrliches Gefühl, ein Gefühl von unendlicher Freiheit. Als sie auf die Straße trat, drängte es sie danach, einen Freudenschrei auszustoßen, aber natürlich tat sie das nicht, sie wollte schließlich die Bewohner der Stadt nicht aus ihrer wohlverdienten Ruhe wecken.

Das nächtliche Sidmouth wirkte unwirklich. Ruhig, friedlich, als könne hier nie etwas Schlimmes geschehen. Die Fenster hinter den niedrigen Häusern der Temple Street waren dunkel, die Gasse war leer, nur eine schwarze Katze kreuzte gemächlich Saras Weg.

Sie verdrängte den abergläubischen Gedanken an ein drohendes Unglück. Trotzdem war ihr nicht ganz wohl zumute, als sie weiterging.

Doch sie konnte keinen Umweg auf sich nehmen. Sie war zu Fuß. Taxis gab es in Sidmouth keine und sie hatte Webster kaum bitten können, sie zu fahren oder fahren zu lassen, ohne mit Fragen rechnen zu müssen. Für die zweieinhalb Meilen nach Sidbury würde sie eine gute Dreiviertelstunde benötigen. Sie sah auf die Uhr. Zehn nach elf. Die Zeit würde knapp werden.

Natürlich hätte sie ihre Freunde fragen können, ob sie sie abholen würden, doch erstens schliefen die wahrscheinlich schon und zweitens wollte Sara nicht, dass sie versuchten ihr auszureden, zu dieser Zeit auf den Friedhof zu gehen.

Ja, auch sie zog die Möglichkeit in Betracht, dass der Mörder auf genau sie warten würde. Aber was auch immer dort heute Nacht vor sich ging – sie musste wissen, was es war. Und sie wusste, dass dort möglicherweise Gefahr auf sie lauerte, und würde nicht blind in ihr Verderben rennen. Sie würde sich in einen dunklen Winkel des Friedhofs schleichen und sich dort hinter einem Grabstein verstecken. Und wenn der Mörder dann käme und auf sein Opfer wartete, würde sie einen einzigen kurzen Blick riskieren …

»Kannst du mir sagen, was in drei Teufels Namen du hier tust?«

Sara fuhr zusammen und herum. Direkt vor ihr auf dem Sträßchen neben dem Friedhof stand Cedric in der Dunkelheit. Seinen Gesichtsausdruck konnte sie so weit von der nächsten Straßenlaterne entfernt nicht erkennen, doch dem wütenden Zischeln nach zu urteilen, war er zornig.

»Ich ermittle«, wisperte sie genauso wütend zurück.

»Wieso bist du nicht auf der Polizeistation?«

»Hättest du wohl gern! Aber ich lasse mich nicht einsperren, als wäre ich eine Schwerverbrecherin. Warum bist du hier, wenn du doch genau derjenige bist, den der Mörder als Nächsten im Visier haben könnte?«

»Weil ich wissen will, was es mit dieser Nachricht auf sich hat.«

»Das will ich auch.«

»Ich will aber nicht, dass du hier bist«, flüsterte Cedric.

»Nett gemeint, aber ich möchte vor allem eins: meine Entscheidungen selbst treffen.«

Cedric schwieg kurz, dann nickte er. »Und was jetzt?«

»Jetzt schleichen wir uns an.«

»Genau das war mein Plan.« Er machte einen Schritt Richtung Friedhof.

Sara hielt ihn zurück. »Lass mich vorangehen.«

»Wieso das denn?«

»Weil der Killer es viel eher auf dich als auf mich abgesehen hat. Außerdem bin ich ständig auf dem Friedhof wegen meines blöden Katers.«

»Um Mitternacht?«

»Ja. Manchmal auch um Mitternacht.«

»Das zählt trotzdem nicht als Argument.«

Sara schnaufte frustriert aus.

Da ertönte ein Räuspern hinter ihnen. »Und deswegen ist es die Polizei, die solche Jobs erledigt.«

Sie fuhren herum.

Inspector Webster stand hinter ihnen. Ein süffisantes Grinsen breitete sich auf seinem Gesicht aus, als er ihre Panik sah. »Sie dachten doch nicht wirklich, dass ich Sie alleine auf diesen Friedhof gehen lasse, nachdem Sie mir den Nachrichtenverlauf gezeigt haben?«

Sara war hin- und hergerissen zwischen Erleichterung und Ärger darüber, dass sich Inspector Sauertopf schon wieder einmischte. Doch als er sich mit gezogener Pistole an ihnen vorbeischob, dämmerte ihr, dass es vielleicht nicht schlecht war, den Polizisten an ihrer Seite zu haben.

Sie wechselte einen Blick mit Cedric und dann schlichen sie dem Inspector auf leisen Sohlen nach. Ohne ein Geräusch zu verursachen, kletterten sie über das kniehohe Mäuerchen aufs Friedhofsareal, dann huschten sie weiter. Außer dem leisen Rascheln ihrer Füße im trockenen Herbstgras war nichts zu hören, bis …

Bis ein hohler Singsang ertönte. Sara erkannte die Melodie lange, bevor sie den Text verstand.

»Five little ghosts went out one night
Haunting, spooking, what a fright.
Mother ghost said boooooooo … boo!
And back to the house all the five ghosts flew.«

Sie legte dem Inspector, der sich bei dem Singsang deutlich versteift hatte, beruhigend die Hand auf den Arm und schüttelte den Kopf. »Das ist Silly Old Joe.«

»Der Verrückte?«

Sie nickte, obwohl ihr nicht gefiel, dass er Joe so nannte.

Der Inspector verzog abschätzig das Gesicht. »Was tut er um die Zeit hier auf dem Friedhof?«

»Er spricht mit den Toten«, erklärte Cedric, als sei das die natürlichste Sache der Welt.

Webster schüttelte fassungslos den Kopf und murmelte etwas, was sich für Sara nach »Ein Dorf voller Verrückter« anhörte. Doch noch während sie sich über den snobistischen Sauertopf ärgerte, hörte sie eine weitere Stimme. Eine Männerstimme.

»Du glaubst wirklich, dass sie kommt, Alter?«

War das …? Sara spitzte die Ohren und wechselte einen Blick mit den beiden Männern neben ihr, die ebenfalls aufmerksam lauschten.

Silly Old Joe säuselte irgendetwas, dann wieder die Männerstimme. »Als ob! Sie soll einfach mit der Kohle herausrücken. Mehr will ich gar nicht.«

Das war der Moment, in dem Sara sich nicht mehr zurückhalten konnte. »Sie wird aber nicht mit der Kohle herausrücken, du Idiot.« Unwillig schüttelte sie die Hände ab, die sie zurückhalten wollten, und stapfte aufgebracht auf die beiden Männer zu, die sich da auf dem Friedhof ein Stelldichein gaben – und von denen sie einen nur zu gut kannte. »Ganz einfach deshalb, weil du kein Anrecht darauf hast. Du hast mir das Herz gebrochen. Es war mein Recht, dein Gerümpel auf die Straße zu werfen. Dass es dort in Stücke gegangen ist, interessiert mich nicht!«

»Sara!« Cedric rief ihr hinterher und gleichzeitig der Inspector. »Miss Rattlebag!«

Doch sie hörte nicht darauf. Vergessen war der Serienkiller, der es vielleicht auf sie abgesehen hatte, vergessen war die schwarze Katze, die ihren Weg gekreuzt hatte, und vergessen war die dunkle, unheimliche Nacht. Sie wollte nur noch eines: diesen aufgeblasenen Wichtigtuer Nathan, der es auf ihr Erbe abgesehen hatte, in die Schranken verweisen.

»Oh, oh, Maudies Nichte kommt«, sang Silly Old Joe. »Jetzt geht Joe ins Bett. Joe geht jetzt endlich ins Bett.

Ja, ja.« Und er wandte sich ab und zuckelte in Richtung Ausgang.

Sara beachtete ihn nicht. Sie kniff die Augen zusammen und marschierte auf Nathan zu, dessen Grinsen ihr Blut noch weiter in Wallung brachte. »Was hast du mit der Botschaft an Michael zu tun? Bist du der Serienkiller?«

Kurz entgleisten ihm die Züge. »Serienkiller? Spinnst du jetzt? Und von welcher Botschaft sprichst du?«

»Na, die Botschaft, mit der du Michael hierherlocken wolltest.«

»Michael?«

»Der Kerl, mit dem ich ausgegangen bin?«

»Woher soll ich wissen, dass der Michael heißt?« Nathan setzte wieder seine überhebliche Miene auf und Sara fragte sich langsam, wie umnachtet sie gewesen sein musste, dass sie diesen Mann irgendwann einmal toll gefunden hatte.

»Warum wolltest du ihn hierherlocken?«

»Wollte ich doch nicht. Dich! Dich wollte ich herlocken.«

»Und da schickst du ihm eine Botschaft?«

Nathan verdrehte frustriert die Augen. »Noch einmal. Ich habe ihm keine Botschaft geschickt, sondern dir. Ich habe sie an die Tür von deinem Cottage gepinnt, nachdem ich mindestens hundertmal gerufen und geklopft habe, ohne dass du mich gehört hast.«

»Brickerton muss die Botschaft gefunden und eingesteckt haben«, sagte Cedric, der inzwischen zusammen mit Inspector Webster zu Sara und Nathan aufgeschlossen hatte.

Sara erinnerte sich daran, wie schockiert Michael gewirkt hatte, als sie ihm am Morgen die Tür geöffnet hatte. »Daher war er auch so blass. Ich dachte, ich hätte ihn überrascht, weil ich die Tür so schwungvoll geöffnet habe, aber es war die Botschaft.«

»Er hat sie eingesteckt, weil er dich davor bewahren wollte, zum Treffpunkt zu kommen.«

»Und dann hat er sie versehentlich verloren, als er den Tatort verlassen hat.« Plötzlich war alles sonnenklar für Sara. »Er wollte mich tatsächlich beschützen.« Ein warmes Gefühl stieg in ihr auf.

»Vor wem?« Nathan schaute zwischen Cedric und ihr hin und her und machte ein ausgesprochen dummes Gesicht.

»Vor dem Serienkiller, du Idiot. Vor dem, der hier reihenweise Leute abschlachtet, nachdem er sie zu unmöglichen Zeiten an seltsame Orte gelockt hat. So wie du deine Ex.« Cedric betonte das letzte Wort bedrohlich und machte einen Schritt vorwärts.

Nathan wich zurück.

»Warum hast du das gemacht, Nathan?«

»Ich fand es witzig. Ich hab mit diesem Verrückten geredet und er sagte, dass du Rätsel liebst, wie deine Tante, und da hatte ich die Idee mit der Botschaft. Ich dachte …«

Was Nathan dachte, erfuhren sie nicht mehr, denn in diesem Moment krachte ein Schuss. Nathan sackte nach vorne, Sara direkt in die Arme. Sie brach unter dem plötzlichen Gewicht fast zusammen, doch der Inspector griff ihr unter die Arme und zusammen schafften sie es, Nathan fast sanft zu Boden gleiten zu lassen. Er hatte Atemnot, die Luft zischte mit einem pfeifenden Geräusch in seine Lunge. Panisch sah er zwischen dem Inspector und Sara hin und her.

»Kümmern Sie sich um ihn«, befahl Webster und stand auf. Mit vorgehaltener Pistole stürmte er in Richtung der Kirche. Doch Sara achtete nicht darauf. Sie war im Panikmodus.

»Wir brauchen einen Arzt!«, brüllte sie.

»Ich rufe Doc Diggory.« Cedric tippte auf dem Display seines Telefons herum, hielt es sich ans Ohr.

Sara hörte das Tuten. Mit jedem weiteren verkrampfte sie sich mehr. Dann endlich hörte sie die Stimme des alten Docs.

»Cedric Brewer, wenn das ein Telefonstreich ist, ziehe ich dir die Ohren lang.«

»Kein Telefonstreich, Doc, wir haben einen Notfall. Auf dem Friedhof. Ein Mann wurde angeschossen. Ich vermute, ein Lungenschuss. Er atmet sehr schwer.«

»Ich komme sofort. Wähl inzwischen den Notruf. Los!«

Das Gespräch wurde unterbrochen.

Cedric tat, was der Doc ihm befohlen hatte, doch Sara hörte nicht mehr hin.

»Du bist ein richtiger Idiot, Nathan«, flüsterte sie ihm zu. »Wieso hast du nicht auf mich gehört und bist geblieben, wo der Pfeffer wächst? Jetzt hast du den Salat.«

Nathan starrte sie weiter mit aufgerissenen Augen an und atmete angestrengt.

»Wenn ich dir nur irgendwie helfen könnte.« Saras Augen füllten sich mit Tränen. Sie liebte Nathan nicht mehr und war sauer auf ihn, aber dass er solche Schmerzen leiden musste, wollte sie auch nicht. Sanft strich sie ihm eine Haarsträhne aus der Stirn. Wieder fiel ihr die Ähnlichkeit zu Cedric auf, der inzwischen mit dem Notdienst telefonierte.

Weiter entfernt ertönten Schüsse. Hatte Inspector Webster den Killer gestellt? Oder war er ihm selbst zum Opfer gefallen? Und warum hatte der Killer gerade auf Nathan geschossen? Nathan stammte aus London. Er hatte niemals etwas mit Michael Brickerton zu tun gehabt. Er hatte nicht einmal etwas mit Sidbury zu tun.

Bevor Sara den Gedanken greifen konnte, der sich in ihrem Kopf manifestierte, ertönten schnelle Schritte und sie verkrampfte sich wieder. Doch es war der Doc, der auf sie zukam. In der Hand hielt er eine schwere Ledertasche – das Klischee einer Arzttasche –, die wohl mindestens ebenso alt war wie er selbst.

»Lasst mich zu ihm.« Er schob Sara beiseite und öffnete seine Tasche. Sara sah, wie er mit einer Schere Nathans Pulli aufschnitt, dann wandte sie sich ab. Sie konnte kein Blut sehen und allein die Vorstellung, was der Doc alles hinter ihrem Rücken anstellte, bereitete ihr Übelkeit.

Nachdem der Doc ihr zu verstehen gegeben hatte, dass sie ihm nur im Weg stand, entfernte sie sich ein Stück von ihrem verletzten Ex und ging stattdessen zu Mauds Grab. Dort ließ sie sich ins Gras sinken, das bereits über die Erde gewachsen war, und schloss die Augen. Wenn nur Maud noch da wäre! Gerade jetzt hätte Sara eine ihrer Umarmungen gebraucht.

Sie rief sich in Erinnerung, wie Maud sie immer an sich gezogen und an ihre Brust gedrückt hatte. »Mein kleines Mädchen«, hatte sie geflüstert und Sara tat es weh, dass sie erst nach Mauds Tod verstanden hatte, wie wahr dieser Satz gewesen war.

Schritte näherten sich und Cedric nahm neben ihr Platz. »Mir ist übel«, stöhnte er. »Der Doc hat dem Typ irgendwas in den Brustkorb gestochen und es hat gezischt, als würde er die Luft aus einem Ballon lassen. Ich hab schon gedacht, er hat deinen Ex vollends um die Ecke gebracht. Aber es scheint ihm besser zu gehen.«

Sara riskierte einen Blick zu Nathan, der nun aufgerichtet an einen Grabstein gelehnt saß. In seiner Brust steckte tatsächlich etwas, das auf die Entfernung aussah wie ein dünner Bleistift. Schnell schaute sie wieder weg. »Hoffentlich kommt die Rettung bald.«

»Bestimmt«, sagte Cedric. Auch er warf einen Blick zurück zu Saras Ex. »Glaubst du, er hat was mit Brickerton zu tun?«

Sara schüttelte den Kopf.

»Warum ist er dann zum Ziel dieses Irren geworden?«

Sie zögerte, ihre Vermutung mit Cedric zu teilen.

»Denkst du, er kennt Swottie von früher? Bei dem Fußballcamp war er nicht, daran würde ich mich erinnern. Auf unsere Schule ging er auch nicht. Ich wüsste nicht, wie er mit Brickerton …«

»Er hat ihn verwechselt«, platzte Sara heraus.

»Mit wem?«

Sara sah Cedric entnervt an. »Mit dir, du Idiot. Ihr seid beide gleich groß, habt dieselbe Haarfarbe, sogar dieselbe Frisur – zumindest auf die Entfernung könnte man ihn mit dir verwechseln.«

Cedric bekam große Augen. »Du meinst …«

»Nicht, dass es eine Überraschung wäre, oder?«

Er schluckte.

Sara sah ihren Moment gekommen. »Du kannst also aufhören, ständig wie eine Glucke um mich herumzutanzen, und dafür selbst ein bisschen vorsichtiger werden. Und wenn immer noch nicht in deinen Kopf will, dass du derjenige bist, der in Gefahr ist, kann ich gern den Inspector bitten, dich mal für eine Nacht in der Gefängniszelle von Sidmouth unterzubringen.«

Cedric schluckte wieder.

Sie wandte sich frustriert ab. »Nathan ist ein Idiot, aber nicht einmal er hat das verdient. Du bist …« Sie brach ab, weil ihr die Worte partout nicht über die Lippen wollten, doch dann gab sie sich einen Ruck und sagte: »Du bist mir wichtig. Wehe, du machst es diesem Killer leicht und springst ihm in deinem völlig unangebrachten Beschützerwahnsinn vor die Flinte. Wenn du sterben würdest, müsste ich dich auch noch umbringen.«

»Das ist völliger Nonsens, was du da von dir gibst.«

»Nichts als die Wahrheit.« Sara sah Cedric in die Augen und da fühlte sie es wieder. Das Kribbeln, das in ihrer Brust begann und sich über ihren ganzen Körper ausbreitete. Auch er starrte ihr unverwandt in die Augen und dann nahm er ihr Gesicht zwischen seine Hände, beugte sich vor und …

»Er ist mir entwischt!« Die verärgerte Stimme des Inspectors ließ sie abrupt auseinanderfahren. »Wie geht es London?«

»Er wird durchhalten, bis die Rettung kommt«, schallte die Stimme des Docs zu ihnen herüber. »Aber sie sollte bald kommen. Er wird schwächer.«

In diesem Moment hörten sie die Sirenen und es dauerte nicht lange, bis der Rettungswagen vor der Friedhofsmauer parkte. Zwei Sanitäter sprangen heraus, packten Nathan auf eine Bahre und er wurde in den Wagen verfrachtet, wo sich der Notarzt um ihn kümmerte.

Die Sirenen entfernten sich wieder und plötzlich kehrte auf dem Friedhof Stille ein. Eine unheimliche Stille. Sara spürte, wie sich die Härchen in ihrem Nacken aufrichteten.

Der Inspector räusperte sich unbehaglich. »Da der Mörder nicht gefasst wurde … und er es eindeutig auf einen von Ihnen abgesehen hat …«

»Auf Cedric«, rief Sara dazwischen. »Er und Nathan gleichen sich aus der Ferne.«

»Auf einen von Ihnen beiden abgesehen hat«, wiederholte Inspector Webster und warf Sara einen tadelnden Blick zu, »schlage ich vor, dass wir Sie in Sicherheit bringen.«

Cedric nickte dankbar.

Doch Sara war misstrauisch. »Wo?«

Webster grinste und sie bemerkte die Genugtuung in seinem Grinsen. »Der sicherste Ort wird wohl die

Gefängniszelle in Sidmouth sein.«

»Nein!«, riefen Cedric und Sara wie aus einem Mund.

»Tut mir leid.« Webster schüttelte gespielt traurig den Kopf. »Wir finden kein Hotel, das jetzt noch geöffnet hat. Dass Sie in Ihrer Wohnung nicht sicher sind, verstehen Sie wohl auch ohne, dass ich es Ihnen näher erklären muss. Die Gefängniszelle von Sidmouth ist der einzige sichere Ort, an den wir Sie heute Nacht bringen können.«

Kapitel 28

Erzwungene Zweisamkeit

»Willkommen im Gefängnis«, sagte Sara und drehte sich mit ausgebreiteten Armen einmal um sich selbst. »Klo, mein Bett. Führung beendet.« Damit ließ sie sich auf der Pritsche nieder und machte sich breit.

»Und wo soll ich schlafen?«

»Das fragst du am besten unseren wohltätigen Retter.« Sara drehte sich zur Mauer und schloss die Augen. Auch wenn sie in dieser Nacht kein Auge zubekam, würde sie ganz sicher nicht die Pritsche mit Cedric teilen. Sie brauchte Ruhe, um darüber nachzudenken, was mit ihr nicht stimmte. Warum sie einen Mann an sich heranließ, der wie eine Kopie des Mannes aussah, der sie derartig verletzt hatte. Und Cedric störte sie beim Denken.

»Rutsch rüber. Auf der Pritsche haben wir auch zu zweit Platz«, sagte er und schubste sie Richtung Wand.

Sara wollte nicht, aber als Cedric sich einfach wie ein Löffel hinter sie legte, konnte sie gar nicht anders, als zu rücken, wenn sie Abstand zwischen sich und ihn bringen wollte.

»Geht doch«, knurrte er. Dann rückte er nach und wieder war da das Löffelchen und das Löffelchen legte seinen Arm um Sara und drückte sie an sich, sodass sie ganz genau spürte, dass dieses Löffelchen ganz bestimmte

Szenarien für die Nacht im Kopf hatte. Oder auch nicht im Kopf. Sie versuchte, die Härte an ihrem Po zu verdrängen, doch es ging einfach nicht. Nicht, wenn gleichzeitig Cedrics Hand an der Vorderseite ihres Körpers auf die Suche nach einem Platz zum Festhalten ging.

»Das geht so nicht«, rief sie fast panisch aus und richtete sich auf, wobei sie Cedric beinahe von der Pritsche schubste. »Wir müssen nachdenken.«

»Worüber denn?«

»Über den Fall! Willst du nicht wissen, wer es auf dich abgesehen hat? Wer all die Männer getötet hat – die meisten davon alte Freunde von dir?«

»Doch«, kam es zögerlich von Cedric. Sara hörte den unwilligen Unterton und ahnte, was der Grund dafür war.

»Dann lass uns nachdenken«, sagte sie. »Im Sitzen.«

Demonstrativ schwang sie ihre Beine über den Pritschenrand und zwang ihn dadurch, sich ebenfalls aufzusetzen. Stöhnend kam er hoch, legte seinen Kopf in seine Hände und rieb sich ein paarmal übers Gesicht. »Ich bin müde, ich kann nicht denken.«

Zum Fummeln warst du gerade nicht zu müde, dachte Sara zynisch, doch sie sagte es nicht, sondern begann laut, über den Fall zu sprechen.

»Da draußen läuft also jemand herum, der Menschen erschießt, die in irgendeiner Weise mit dem Fall vor fünfundzwanzig Jahren zu tun haben. Entweder haben sie damals die Wahrheit verschwiegen oder sie sogar verdreht.«

»Und ich bin einer davon«, ergänzte Cedric mit einem ergebenen Seufzen. »So weit sind wir doch schon längst gekommen.«

»Wenn man die Dinge ganz systematisch aufzählt, kommt man manchmal zu Ergebnissen, zu denen man sonst nicht kommen würde.«

Cedric brummte etwas Unverständliches.

»Bisher haben wir gedacht, dass Andrew der Mörder ist. Der hätte allen Grund gehabt, sich zu rächen. Er hat untertauchen müssen, im Verborgenen leben. So hatte er sich sein Leben garantiert nicht vorgestellt. Er war ganz bestimmt verbittert.«

»Aber Andrew ist tot«, sagte Cedric.

Sara stimmte ihm zu. »Und er ist auf dieselbe Weise getötet worden wie all die anderen Männer. Das legt den Schluss nahe, dass auch der Mörder derselbe ist. Egal, wie wir es drehen und wenden: Andrew ist die Schlüsselfigur in diesem Drama. Und gleichzeitig wissen wir so gut wie gar nichts über ihn.«

»Er hat fünfundzwanzig Jahre auf den Hebriden verbracht, dort das Handwerk eines Webers gelernt. Er muss eine Tante dort haben. Er war der Freund von Freya, möglicherweise der Liebhaber, aber das ist nicht belegt. Und er war der beste Freund von Michael.«

»Dass er bei Michael in der Tweedmanufaktur aufgetaucht ist, muss etwas bedeuten«, dachte Sara laut. »Er muss etwas damit bezweckt haben.«

»Wir sind immer davon ausgegangen, dass das sein erster Schritt war, um Michael zu verunsichern. Aber was, wenn …«, Cedrics Gesicht leuchtete auf, »… was, wenn er mit Brickerton zusammengearbeitet hat?«

Sara musste das Schmunzeln, das sich auf ihrem Gesicht ausbreiten wollte, mit aller Kraft unterdrücken. Natürlich käme es Cedric gelegen, wenn sein Konkurrent – oder jemand, den er für seinen Konkurrenten hielt – mit dem Mörder zusammenarbeitete. Trotzdem brachte seine Idee sie auf etwas.

»Was, wenn derjenige, der Andrew nach Sidbury gelockt hat, in Brickertons Tweedmanufaktur zu finden ist?«

In dem Moment, in dem sie den Gedanken ausgesprochen hatte, wusste Sara, dass sie ins Schwarze getroffen hatte. Sie sahen einander an und nickten.

Saras Herz schlug aufgeregt und ihr ganzer Körper war erfüllt von einem Singen. Sie brauchte etwas, ein Ventil, um nicht zu explodieren – und da tat sie das Einzige, was sie in ihrer Lage tun konnte. Sie zog Cedrics Kopf zu sich heran, legte ihre Lippen auf seine – und nach einem kleinen Schockmoment erwiderte er den Kuss.

Kapitel 29

Auf Verrätersuche

Inspector Webster, der in aller Frühe die kleine Polizeistation von Sidmouth betrat, fand Sara und Cedric eng umschlungen, mit ineinander verhakten Gliedmaßen und sehr spärlich bekleidet auf der Pritsche der Gefängniszelle vor und weckte sie mit einem peinlich berührten Räuspern.

Die beiden fuhren auf, sahen sich blinzelnd um. Als ihnen langsam bewusst wurde, dass sie beinahe nackt und Anlass zur Belustigung des sonst sauertöpfischen Beamten waren, schlüpften sie hektisch in die Kleider. Sara fuhr sich mit gespreizten Fingern durchs Haar und versuchte erfolglos, die schlimmsten Nester zu entwirren. Dem Blick des Inspectors wich sie aus.

Cedric hingegen zeigte seine Souveränität, indem er sich umsah. »Ich hätte gern ein Full English Breakfast, bitte mit Tee.«

»Um die Ecke ist ein Frühstückscafé.« Die Miene des Inspectors blieb unbewegt. »Sie können gehen, aber ich rate ihnen dringend, sich für die kommende Nacht eine Bleibe zu suchen und niemandem zu verraten, wo Sie sich befinden. Und noch dringender rate ich Ihnen, sich ab jetzt aus diesem Fall herauszuhalten. Haben Sie mich verstanden?«

Sara und Cedric nickten.

»Und werden Sie sich an meine Weisung halten?«

Wieder nickten die beiden, aber Sara kreuzte hinter ihrem Rücken Zeige- und Mittelfinger. Natürlich würden Sie sich nicht daran halten. Sie würden auf direktem Weg zu Michael in die Tweedmanufaktur fahren und ihm ihre Theorie unterbreiten. Natürlich, nachdem sie ein Hühnchen mit ihm gerupft hatte. Und nachdem sie gefrühstückt hatten, setzte Sara in Gedanken hinzu, als ihr Magen wild protestierte. Sie hatte seit gestern in der Früh nichts mehr gegessen.

»Dann ist es gut.« Webster nickte zufrieden und deutete zur Tür. »Betty hat das beste Frühstück, das Sie sich vorstellen können. Lassen Sie bloß die Baked Beans weg. Die sind gemeingefährlich, wenn Sie verstehen, was ich meine.«

Sara nickte unverbindlich, dann verließ sie an Cedrics Seite die Polizeistation.

Kaum waren sie draußen, blieb sie stehen. »Cedric, was heute Nacht passiert ist …«

»… war wunderschön und du wirst jetzt nicht weiterreden«, unterbrach er sie. Er nahm ihr Gesicht zwischen die Hände und sah ihr eindringlich in die Augen. »Ich bin nicht dieser Nathan und nur, weil ich ihm äußerlich gleiche – was ich übrigens nicht so sehe –, bin ich innen drin ein völlig anderer. Ich würde dir nie antun, was er dir angetan hat, aber ich bin bereit, es langsam anzugehen, bis du auch erkennst, dass ich recht habe.«

»Cedric …«

»Nein, ich will nichts hören.« Er hielt sich die Ohren zu und begann das Lied »Do Virgins Taste Better?« zu singen und das so falsch und schräg, dass Sara irgendwann nicht anders konnte, als laut herauszulachen.

»Na gut«, sagte sie. »Reden wir nicht darüber. Zumindest nicht jetzt.«

Dann ließen sie sich das Frühstück bei Betty schmecken, samt der Baked Beans, die bei Weitem nicht so übel waren, wie Inspector Webster angedeutet hatte, und schließlich brachen sie in Richtung Lime Regis auf, um Michael Brickerton auf den Zahn zu fühlen.

»Du?« Michael riss erstaunt die Augen auf, als Sara sein Büro betrat, und als er direkt hinter ihr Cedric entdeckte, fügte er hinzu: »Und du? Was wollt ihr hier?«

»Mich bedanken«, sagte Sara und ließ sich ungefragt auf dem Besuchersessel an Michaels Schreibtisch nieder.

»Wofür?«

»Dass du mich mit deiner idiotischen Aktion aus der Schusslinie bringen wolltest. Aber«, sie beugte sich vor, »der Schuss ist leider nach hinten losgegangen. Das hat einerseits mit deiner Schusseligkeit zu tun und andererseits damit, dass ich rechtzeitig aus dem Gefängnis entkommen bin.«

»Du warst auf dem Friedhof?« Michael riss entsetzt die Augen auf. »Aber wie …?«

»Du hast den Zettel verloren. Ich habe ihn gefunden und … Webster hat mich wieder entlassen, sodass ich pünktlich um Mitternacht auf dem Friedhof war.«

»Wo ihr Ex, der diese verdammte Nachricht verfasst hat, auf sie gewartet hat«, fuhr Cedric fort.

Sara nahm den Ball auf. »Was sicherlich eine unangenehme Begegnung für mich geworden wäre, zumal auch der Killer irgendwie Wind von dem Treffen bekommen hat.«

Michael riss die Augen auf. »Er war da?«

»Ja. Und hat meinen Ex angeschossen. Ich habe bis jetzt keine Ahnung, wie es ihm geht. Viel schlimmer ist aber, dass du mich angelogen hast. Schon wieder. Und ich weiß ehrlich nicht, ob du verdienst, dass wir unsere Erkenntnisse mit dir teilen.« Sara betrachtete Michael abschätzig.

»Was habt ihr herausgebracht?«, flüsterte er.

»Du weißt, dass nach Andrew noch Coach Critelli ermordet wurde?«

Er nickte.

»Wir vermuten, dass der Schütze gestern nicht auf Nathan, sondern auf Cedric geschossen hat oder es zumindest wollte – und der ist ja auch einer der Jungs, die dich möglicherweise mit ihrer Falschaussage geschützt haben.«

»Keine Ahnung, warum ich das getan habe«, brummte Cedric.

Sara schoss ihm einen tadelnden Blick zu. »Klar ist jedenfalls, dass der Killer noch auf freiem Fuß ist.«

»Ich verstehe nur eines nicht. Wenn Andrew nicht der Mörder war«, Michael sah verständnislos von Sara zu Cedric, »warum ist er dann in meiner Firma aufgetaucht?

Er wollte mich doch verunsichern.«

»Nein.« Sara schüttelte den Kopf. »Er wollte mit demjenigen Kontakt aufnehmen, der ihn mit Informationen versorgt hatte. Mit demjenigen, der etwas für ihn hatte, was seine Unschuld bewies.«

»Mit wem?«

»Das müssen wir jetzt herausbekommen«, sagte Sara fest. »Michael, hast du Feinde? Hier in der Firma?«

Michael schüttelte den Kopf. »Nein.«

»Denk nach«, forderte Sara nachdrücklich. »Es muss einfach so sein. Jemand hier hasst dich. Jemand hat Andrew auf dich gehetzt, wollte, dass du Schwierigkeiten bekommst, dass der Fall wieder aufgerollt wird.«

»Nein!«, Michael schrie beinahe.

»Jemand wollte, dass alle dich plötzlich für einen Mörder halten. Jemand wollte, dass dir der Mord an Freya in die Schuhe geschoben wird. Wer?«

»Niemand! Ich habe keine Feinde. Ich bin ein guter Chef. Jeder liebt mich. Jeder. Ich weiß nicht, was eure kranken Hirne sich ausgedacht haben, aber ihr befindet euch auf dem Holzweg!« Michael brüllte den letzten Satz fast hysterisch heraus.

Die Tür zum Nebenzimmer öffnete sich und seine Ex-Frau betrat das Büro. »Darling, was ist los? Belästigen dich die Herrschaften? Soll ich den Sicherheitsdienst holen?«

»Nein.« Michael schüttelte den Kopf. »Nein, sie meinen es nur gut, Heather. Kein Sicherheitsdienst.«

Sie sah zweifelnd von ihm zu Sara, dann wieder zurück. Doch dann verließ sie Michaels Büro und zog die

Tür hinter sich zu. Nur Sara bemerkte, dass sie die Tür zwar schloss, aber dann wieder aufspringen ließ, sodass sie einen Spaltbreit offen blieb. Michaels Ex schien zu den Neugierigen zu gehören.

Flüsternd wandte sie sich an Michael. »Du musst gar nichts sagen. Denk nur nach. Wir gehen jetzt, aber melde dich, wenn dir etwas einfällt, ja?«

»Geht einfach.«

Und das taten Sara und Cedric.

Draußen auf dem Parkplatz stiegen sie nicht gleich ins Auto, sondern Sara stellte sich an den Zaun zur Schafweide, die zur Tweedmanufaktur zu gehören schien, und betrachtete die Schafe.

»Kommt das nur mir so vor oder war seine Reaktion unangemessen heftig?«, fragte sie Cedric.

Er nickte. »Höchst seltsam.«

»Denkst du, er ist zum selben Schluss gekommen?«

Cedric legte den Kopf schief. »Möglicherweise.«

»Er weiß also vielleicht, wer Andrews Informant sein könnte. Aber warum sagt er es uns nicht?« Sara runzelte die Stirn. Irgendwas war faul an der Sache. Sie rief sich die Szene noch einmal in Erinnerung, versuchte, sich jedes Detail genau vor Augen zu holen, und dann, als Michaels Ex-Ehefrau ins Spiel kam, klickte es plötzlich. Sie schlug sich gegen die Stirn. »Darling! Da hätte ich gleich draufkommen können!«

»Darling? Haben wir jetzt schon Kosenamen füreinander? Ich dachte, wir wollten den anderen noch nicht …«

»Nicht du, Darling! Sie – Darling!«

Cedric schien immer noch nicht zu begreifen.

»Sie nennt ihn immer noch Darling! Dabei sind sie getrennt! Verstehst du nicht?«

»Nein.« Cedric schüttelte den Kopf. »Nein, wirklich nicht. Wieso ist das ein Problem? Dein Ex nennt dich ja auch noch Darling. Die Macht der Gewohnheit, nehme ich …«

»Nein! Das hat nichts mit der Macht der Gewohnheit zu tun! Das ist Besessenheit! Sie ist besessen von ihm. Völlig besessen. Sie will ihn nicht loslassen. Aber er hat sich von ihr getrennt. Pru hat es gesagt. *Er* hat die Scheidung eingereicht. Sie wollte sich nicht trennen.«

»Du denkst, sie ist die Mörderin?«

Sara schüttelte wild den Kopf. »Nein, nicht die Mörderin. Als er sich von ihr getrennt hat, wollte sie, dass er Ärger bekommt, und da hat sie Andrew gesteckt, dass es da etwas gibt, womit er seine Unschuld beweisen kann.«

»Aber das hätte ihn nicht zu ihr zurückgebracht«, wandte Cedric ein. »Warum also?«

Darauf wusste Sara keine Antwort.

»Und wer hat dann Andrew getötet? Und Coach Critelli? War das diese Heather?«

Sara sank in sich zusammen. »Das weiß ich nicht. Aber ich weiß mit Sicherheit, dass mit Heather etwas nicht stimmt. Wir müssen Michael warnen.«

Nur wie, das war die Frage.

Kapitel 30

Schlachtpläne

»Ihr denkt also, diese Heather hat was mit dem Auftauchen von Andrew zu tun?« Miss Spinster rührte nachdenklich in der Teetasse.

Sara und Cedric hatten ihr und Bobby Bobby erzählt, was sich in der Nacht alles zugetragen hatte. Ihr anfängliches Entsetzen darüber, dass Sara und Cedric beinahe dem Killer zum Opfer gefallen waren, war ganz schnell in Wohlwollen umgeschlagen, als die beiden ihren Bericht damit schlossen, dass sie die Nacht gemeinsam in der Gefängniszelle von Sidmouth verbracht hatten. Nur mit Mühe hatte Sara es geschafft, die Aufmerksamkeit aller vier Mitglieder des Krimiclubs wieder auf den aktuellen Fall zu lenken.

»Ja, das glaube ich.« Sara nickte. »Auf jeden Fall muss es in dieser Tweedmanufaktur jemanden geben, den Andrew gesucht hat.«

»Was ich noch nicht ganz verstehe: Was hätte Heather davon, wenn Brickerton getötet würde? Du sagst, sie wollte die Trennung nicht und sie sei besessen von ihm. Aber was bringt es ihr, wenn er umgebracht wird?« Miss Spinster schüttelte den Kopf. »Das passt nicht zusammen.«

Sara hob die Schultern. »Keine Ahnung. Vielleicht verletzter Stolz? Vielleicht ist ihre Liebe in Rache umgeschlagen?«

Miss Spinster entfuhr ein frustrierter Laut. »Wir gehen immer noch davon aus, dass Michael Brickerton mit dem Mord an Freya nichts zu tun hat, oder?«

»Natürlich tun wir das«, erwiderte Sara zuerst aufgebracht, doch dann ruderte sie zurück. »Auch wenn er mich so oft angelogen hat, dass ich bei ihm wirklich nicht mehr weiß, was ich glauben kann und was nicht.«

»Hm.« Miss Spinster rührte weiter in ihrer Tasse. Cedric und Bobby Bobby taten es ihr gleich.

Sara wickelte eines ihrer Fudges aus und steckte es sich in den Mund. Irgendwie blickte sie in diesem ganzen Fall immer noch nicht durch. »Findet ihr nicht alles furchtbar unlogisch?«, fragte sie in die Runde. »Gehen wir mal davon aus, dass es Heather war, die Andrew nach Sidbury gelockt hat. Gehen wir davon aus, dass er Henning, Callaghan, vielleicht auch Parker und Montague getötet hat.«

»Vergiss Spittle nicht«, warf Cedric ein.

»Zu dem wollte ich gerade kommen. Sein Tod ist so anders als all die anderen. Irgendwie kann ich nicht glauben, dass er zu dieser Mordserie gehört.«

Die anderen nickten.

»Es wäre also möglich, dass an Spittle etwas anders ist«, fuhr Sara fort. »Dass er wegen irgendwas aus dem Rahmen gefallen ist.«

»Er war Andrews Freund«, schlug Cedric vor.

Sara nickte. »Lassen wir das mal so stehen. Tun wir so, als hätte er ihn mit einer sanfteren Methode getötet als die anderen, weil sie in ihrer Jugend befreundet gewesen sind. Aber warum wurde dann Andrew getötet? Von wem? Und auf dieselbe Weise wie die anderen alle, das wollen wir mal nicht vergessen. Und warum gehen die Morde danach weiter?«

Sie sah sich erwartungsvoll in der Runde um.

Miss Spinster war die Erste, die verstand, worauf Sara hinauswollte. »Du denkst, dass Andrew von Anfang an nicht der Mörder war, sondern dass jemand in seinem Namen gemordet hat?«

Sara nickte.

»Heather?«

Sara hob die Schultern. »Ich weiß nicht. Geht Besessenheit so weit, dass man sechs Menschen tötet, nur um den einen, an dem man sich rächen will, in den Wahnsinn zu treiben?«

»Das müsste man einen Psychologen fragen«, meinte Bobby. »Ich denke, dass es kein schlechter Plan wäre, wenn wir uns noch ein bisschen um Spittle kümmern würden. Um Spittle und um Heather. Aber ich glaube, wir müssen uns noch eine Frage stellen.«

Alle sahen ihn an.

»Ihr habt erzählt, dass die Botschaft mit dem Treffpunkt von deinem Ex kam. Was wir uns fragen müssen, ist: Woher wusste der Killer davon?«

Sara riss die Augen auf. Daran hatte sie noch gar nicht gedacht. Aber Bobby hatte recht. Wie hatte der Killer erfahren, dass sie dort sein würden? Sie und Cedric?

»Nathan hat gesagt, dass er die Botschaft an die Tür meines Cottages gepinnt hat«, sagte sie. »Vielleicht hat der Killer sie zufällig gelesen.«

»Als Nächstes versuchst du uns aufzutischen, dass er zufällig auf dem Friedhof vorbeigekommen ist«, wandte Miss Spinster ein. »Nein, der Killer muss von der Botschaft gewusst haben.«

Saras Hirn arbeitete fieberhaft. Wer hatte von dieser blöden Botschaft gewusst? Doch nur die Mitglieder des Krimiclubs und ... Eisiges Grauen ergriff Sara. Die Einzigen, die außer ihnen vieren davon Kenntnis gehabt hatten, waren Inspector Webster und dieser Polizist. Hatte er Davies geheißen? Er hatte mitgehört, als sie auf der Fahrt von dem Bunker mit den Mitgliedern des Krimiclubs telefoniert hatte und – Sara lief es eiskalt den Rücken hinunter – er hatte danach ihr Telefon eingezogen.

»Davies«, sagte sie. »Der Polizist, der mich verhaftet hat. Er hat mir mein Telefon abgenommen. Glaubt ihr ...«

Bobby schüttelte den Kopf. »Davies hat dich ja nur festgehalten, weil wir ihn darum gebeten haben. Er hat ganz sicher nichts damit zu tun.«

Trotzdem zog Sara ihr Telefon heraus. Wo musste man nachsehen, ob jemand einen Tracker installiert hatte? Hektisch wühlte sie sich durch die installierten Applikationen.

»Was suchst du genau?«, wollte Miss Spinster wissen und Sara erklärte es.

»Lass mal sehen.« Cedric nahm ihr das Gerät aus der Hand und tippte darauf herum. Schließlich keuchte er. »Hier ist tatsächlich ein Tracker installiert.«

»Kriegt man heraus, ob es Davies ist, der mich trackt?«

Cedric schüttelte den Kopf. »So weit gehen meine Hackerkenntnisse nicht. Soll ich die App löschen?«

»Ja.« Doch dann überlegte es sich Sara anders. »Nein. Lass mal. Vielleicht erweist es sich noch als nützlich, wenn wir den Killer über mein Handy irgendwohin locken können.«

»Du denkst, dass Davies den Tracker installiert hat?« Miss Spinster kniff die Augen zusammen. »Aber warum?«

Bobby Bobby schüttelte den Kopf. »Davies ist sauber, glaubt mir.«

Sara hob mutlos die Schultern. »Keine Ahnung. Egal, ob er sauber ist oder nicht – er hatte auf jeden Fall die Möglichkeit dazu. Aber er ist nicht der Einzige. So wie Nathan gestrickt ist, könnte auch er auf die Idee gekommen sein, mich zu tracken, und sogar meinem Vater traue ich das zu.« Plötzlich fiel ihr etwas ein. »Als ich mit Michael zu diesem Date gegangen bin, war ich kurz mal auf der Toilette. Und als ich zurückgekommen bin, konnte er mir nicht mehr in die Augen schauen.« Dass Michaels Verhalten auch mit ihrer Zurückweisung zu tun gehabt haben konnte, sagte sie nicht laut.

Miss Spinster schnaubte frustriert. »Wieso kann es nicht einmal einfach sein? Bei Agatha Christie fügt sich immer eins in das andere. Solche Verwicklungen gibt es dort nie.«

Sara sparte sich den Kommentar, dass sie eben nicht in einem der Krimiklassiker waren, sondern im echten Leben. Es ging ihr auch sonst zu viel durch den Kopf. Der Killer hatte sie auf dem Radar. Sie alle. Er beobachtete sie.

Und er wollte mindestens einen von ihnen töten. Dass der Tracker auf ihrem Handy installiert war, bedeutete, dass er es auch auf sie abgesehen hatte.

Sie überspielte ihre Angst mit Coolness. »Also Davies, Michael, Heather … Nathan können wir mal vernachlässigen. Der liegt im Krankenhaus. Sonst noch wer, den wir im Auge behalten müssen?«

Doch als sie Miss Spinster ansah, erkannte sie, dass diese sie durchschaut hatte. »Ich denke nicht, dass du dich darum kümmern solltest, Sara. Du bist in Gefahr. Genau wie Cedric. Darum wäre es mir lieb, wenn ihr untertauchen würdet. Irgendwo, wo euch niemand kennt. Den Rest könnt ihr uns überlassen.«

»Das hättet ihr wohl gern«, wehrte sich Sara.

Und auch Cedric schüttelte den Kopf. »Genau das will der Killer doch. Er will, dass wir uns vor lauter Angst verkriechen. Aber den Gefallen werden wir ihm nicht tun. Ich bin einverstanden, dass Sara und ich die Nacht woanders als in unseren Häusern verbringen, aber bis dahin werden wir euch unterstützen.«

»Genau«, sagte Sara. »Lasst uns einen Pakt schließen. Egal, was wir tun und herausfinden: Niemand anders erfährt etwas davon. Wir können niemandem trauen. Nicht einmal der Polizei.«

Die anderen nickten.

»Ich übernehme Davies, wenn ihr nichts dagegen habt«, sagte Bobby. »Wenn es wirklich er ist, der diesen Tracker installiert hat, kriege ich es raus.«

»Wir übernehmen Heather«, bot Sara an. »Ich denke

mal, dass wir ihren Computer durchforsten müssen, und dazu braucht es ein Ablenkungsmanöver. Ich habe da schon so eine Idee.«

»Dann sehe ich mich mal auf der Spittle-Farm um«, sagte Miss Spinster. »Mittwoch ist Putztag.«

»Putztag?«, wiederholte Sara erstaunt.

»Wusstet ihr nicht, das Spittle eine Reinigungsfrau hatte? Nämlich mich?« Miss Spinster zwinkerte ihnen vergnügt zu. »Kann ich mir dein Putzzeug ausleihen, Sara? Dann muss ich nicht zuerst zu Hause vorbei.«

»Klar.« Sara grinste. »Und nicht vergessen: zu keinem anderen ein Wort.«

Und so gingen sie auseinander.

Kapitel 31

Hackerauftritt

»Tweedmanufaktur Brickerton Inc., was kann ich für Sie tun?« Heathers Stimme kam zuckersüß durch die Leitung und Sara mimte einen Kotzanfall, bevor sie ebenso zuckersüß antwortete.

»Sara Rattlebag hier. Ich muss mit Ihnen sprechen.« Sie und Cedric hatten beschlossen, sich an Heather heranzumachen. Sara sollte den Lockvogel spielen und Michaels Ex aus dem Büro locken, während Cedric sich ins Büro schleichen und nach einem Beweis für ihre Theorie suchen sollte. Blieb nur zu hoffen, dass Heather anbiss.

»Mit mir?«

»Ja. Sie wissen, worum es geht. Oder sollte ich sagen: um wen?«

Saras Sorge, dass Heather nicht anbeißen würde, war unbegründet gewesen, denn sie verstand auf Anhieb, was Sara andeutete – nämlich, dass sie um Michael kämpfen wollte.

»Wo sind Sie?«

»Im Unterstand auf der Schafweide neben der Tweedmanufaktur.« Sara hatte dort ein Plätzchen ausgemacht, das von Michaels Büro aus nicht gesehen werden konnte. Ein baufälliger Unterstand, unter dem sich bei dem Nieselwetter, das heute herrschte, die Schafe zusammendrängten. Aber die hatten keine neugierigen Ohren und konnten nicht weitererzählen, was sie gleich zu hören bekommen würden. Der Platz war auch deshalb ideal, weil Cedric unterdessen ungesehen die Außentreppe hochschleichen und sich in Heathers Büro umschauen konnte.

Sara musste nicht lange warten, bis sie das leichte Schmatzen von Heathers Sohlen im durchnässten Untergrund der Weide hörte. Die Schwarzhaarige hatte sicher wenig Freude mit der Wahl des Stelldicheins.

»Was wollen Sie?«

»Michael.« Sara kreuzte Zeige- und Mittelfinger hinter dem Rücken. Als ob sie sich um diesen verlogenen Kerl streiten würde.

»Wie kommen Sie darauf, dass Michael etwas mit Ihnen anfangen würde?«

»Nun, vielleicht weil er gesagt hat, dass er mich liebt?« Zumindest, was das anging, musste Sara nicht lügen.

Heathers Augen weiteten sich kurz, dann nahm ihr Gesicht wieder den beherrschten Ausdruck an, den Sara bereits an ihr kannte. »Nun, Michael sagt das öfters. Aber er meint das nicht so.«

»Aber von Ihnen hat er sich getrennt?«

»Das ist eine vorübergehende Phase. Männer in dem Alter, Sie wissen schon. Ich trage ihm das nicht nach. Michael war immer schon … na ja, etwas wankelmütig.«

»Eine Scheidung wirkt auf mich alles andere als vorübergehend.« Sara wusste nicht, wie lange Heather sich auf das Geplänkel einlassen würde, aber sie musste irgendwie Zeit für Cedric gewinnen. »Und er hat ehrlich gewirkt, als er mir gesagt hat, dass er mich liebt.«

Noch schien Heather den Braten nicht zu riechen. »Das ist das Problem. Michael wirkt immer ehrlich. Glauben Sie nicht, dass Sie sich von all den anderen Flittchen unterscheiden, die er mir vor die Füße legt, wie eine Katze ihrem Frauchen Mäuse. Auch wenn er ehrlich wirkt, im Grunde seines Herzens weiß Michael, was er an mir hat, und wird immer zu mir zurückkommen. Es gibt zu viel, was uns verbindet.«

»Und was sollte das sein?« Jetzt war Sara wirklich gespannt, was diese eifersüchtige Ex-Ehefrau ihr an Gemeinsamkeiten auftischen würde.

»Wir kennen und lieben uns seit der Kindheit. Wir waren schon Vertraute, da sind Sie noch nicht einmal auf der Welt gewesen. Ich habe Michael in seiner schwierigsten Phase zur Seite gestanden. Egal, was passiert, die Verbundenheit, die zwischen uns beiden herrscht, werden Sie niemals erreichen.«

Irgendwie wirkte alles, was Heather von sich gab, wie eine Bestätigung der Theorie, die sie hatten, und Sara hatte nicht übel Lust, hier einzuhaken. Wieso war Heather bei ihren Nachforschungen zu Michaels Kindheit und Jugend nie irgendwo aufgetaucht? Wieso hatte selbst Michael sie nie erwähnt?

Doch wenn sie zu detaillierte Fragen in diese Richtung stellte, würde Heather wahrscheinlich hellhörig werden. Nein, sie musste die Freundin geben, die sich einen Kampf mit der Ex lieferte, musste Heather bei der Stange halten und in ein möglichst langwieriges Gespräch verwickeln. »Egal, was Sie beide in der Vergangenheit verbindet – Michael und mich verbindet *jetzt* eine Menge. Wir lieben uns und wir gehören zusammen. Aber Sie müssen ihn endlich loslassen.«

»Ha!« Heather lachte auf. Was Sara gerade gesagt hatte, war wohl Wasser auf ihre Mühlen. »Es ist umgekehrt. Michael kann *mich* nicht loslassen. Sonst wären Sie nicht hier. Und wissen Sie was: Ich werde ihn auch nicht loslassen. Ich werde um ihn kämpfen. Und das kann ich Ihnen gleich sagen: Sie haben keine Chance!«

»Ich werde kämpfen.«

»Dann viel Glück!« Heather wandte sich zum Gehen.

In ihrer Verzweiflung griff Sara nach ihr und riss sie zurück. Heather fasste das offenbar als Kampfhandlung auf, holte mit der Faust aus und stieß sie Sara ins Gesicht. Sara ging zwischen protestierend blökenden Schafen zu Boden.

»Das hast du jetzt nicht getan, du Miststück!«, knurrte sie.

»Tja, sieht wohl ganz so aus.«

»Na warte.« Sara rappelte sich aus dem Dreck auf und stürzte sich auf Heather. Was diese Schnepfe konnte, konnte sie schon lange. Sie schubste das eingebildete Frauenzimmer kräftig, worauf auch Heather das Gleichgewicht verlor und mit rudernden Armen zwischen die Schafe fiel. Die Tiere stoben jammernd weg. Heather griff nach Saras Beinen, um auch sie wieder zu Fall zu bringen, was ihr viel zu schnell gelang. Als sie beide im Schlamm lagen, gab es kein Halten mehr. Sie zogen einander an den Haaren, drückten sich gegenseitig in den stinkenden Dreck und knurrten dabei wie zwei wild gewordene Hyänen. Ihre Kampfgeräusche wurden von dem aufgeregten Blöken der Schafe begleitet und so wunderte sich Sara kein bisschen, dass irgendwann zwei Männerbeine in Sicht kamen und eine laute Stimme brüllte: »Wollt ihr wohl aufhören, ihr zwei?«

Sie sah hoch. Natürlich.

»Michael«, flötete Heather.

»Was soll das hier werden?«

»Sie wollte ein Gespräch.«

Saras Wangen wurden heiß und sie war froh, dass Michael nicht durch die Schlammschicht auf ihrer Haut sehen konnte. Auch, wenn er das offensichtlich versuchte, denn er starrte sie mit durchdringendem Blick an.

»Sie ist offenbar der Meinung, einen Anspruch auf dich zu haben, Darling. Ich wäre dir dankbar, wenn du das Missverständnis aus dem Weg räumen könntest.«

Sara knurrte: »Hör endlich auf, ihn ›Darling‹ zu nennen, Miststück!«

»Meine Rede«, kam es von Michael. »Heather, wir sind geschieden. Ich gehe meiner Wege und wenn die sich mit denen von Sara kreuzen, dann ist das nicht deine Angelegenheit.« Er streckte Sara die Hand hin und auch wenn sie ein leichtes Siegesgefühl verspürte, fühlte es sich doch falsch an, diese Hand zu ergreifen. Sie zögerte. Doch er nickte ihr zu und beugte sich vor.

Da legte sie ihre Hand, die voller Schafsmist war, in seine und ließ sich von ihm aufhelfen.

»Michael!«, jammerte Heather.

Doch Michael hatte nur Augen für Sara. Sein Blick war weich. »Lass uns in mein Büro gehen, da kannst du duschen, ich habe letztes Jahr eine Dusche einbauen lassen. Wenn du erlaubst, werde ich in der Zwischenzeit in unserem Shop nach geeigneter Kleidung für dich suchen.«

»Michael«, rief Heather noch einmal, doch wieder schenkte er ihr keine Beachtung.

Als sie genügend Abstand zwischen sich und den Unterstand gebracht hatten und Heather sie nicht mehr hören konnte, raunte Michael Sara zu: »Du kannst jetzt aufhören mit deinem Schauspiel. Ich weiß, warum du das abgezogen hast.«

»Ja?« Sara bezweifelte, dass er alles wusste, doch Michael überraschte sie.

»Während du Heather abgelenkt hast, ist dein Streberfreund ins Büro eingebrochen und sucht dort nach einem Beweis dafür, dass Heather mit in der Sache steckt. Aber das könnt ihr euch sparen.«

»Wieso?«

»Weil ich das schon getan habe und …«, Michael schluckte, »weil ich fündig geworden bin.«

»Was?«

Er lachte freudlos. »Das erzähle ich dir – euch –, wenn du nicht mehr so stinkst. Zuerst die Dusche.«

Etwas später saß Sara – nach einem männlichen Aftershave duftend und in kostbare Tweedstoffe gekleidet – auf dem Besuchersessel vor dem Schreibtisch in Michaels Büro. Cedric saß an ihrer Seite und beide sahen sie erwartungsvoll Michael an, der in einer Schublade seines Schreibtischs kramte.

»Das hier habe ich gefunden«, sagte er. Er legte zwei Ausdrucke auf den Schreibtisch und drehte sie so, dass Sara und Cedric sie betrachten konnten.

Sara erstarrte. Auf dem einen Bild war ein Mädchen abgebildet, dessen schwarze Locken wie ein Fächer um ihr Gesicht ausgebreitet waren. Ihre Augen waren angstvoll aufgerissen und starrten eine Gestalt an, die über sie gebeugt war – einen Arm erhoben, in der Hand einen großen Stein.

Das Bild darunter war noch schrecklicher. Der Schädel des Mädchens war zertrümmert. Die Gestalt hatte sich abgewandt, war wohl im Gehen begriffen. Als Sara das Gesicht betrachtete, schnappte sie nach Luft. Es war eindeutig das des jungen Michael, wie sie es von dem Klassenfoto kannte – das Haar ordentlich gescheitelt und gegelt, als habe er nicht gerade einen Mord verübt, sondern einen Schulaufsatz geschrieben. Selbst das schiefe Grinsen war identisch.

»Du bist der Mörder von Freya Wakely?«, kam es ihr tonlos über die Lippen.

Michael Brickertons Miene wurde hart. »Wenn man das Bild betrachtet, spricht alles dafür, nicht wahr?«

»Ist es denn nicht so?«, fragte Cedric. Auch seine Stimme klang brüchig.

Michael antwortete nicht. Stattdessen drehte er den Bildschirm seines Computers so, dass sie ihn sehen konnten.

Im ersten Moment erkannte Sara nicht, was er ihnen zeigen wollte. Auf den ersten Blick war dasselbe Foto zu sehen. Dann erst bemerkte sie, dass es in einem Bildbearbeitungsprogramm geöffnet war.

Michael klickte am unteren rechten Rand in ein Kästchen und plötzlich verschwand der junge Michael. Darunter kam eine andere Gestalt zum Vorschein. Eine viel schmalere, die von einer schwarzen Kapuze verhüllt war. Das Gesicht war leider nicht deutlich zu erkennen.

»Was bedeutet das?«, fragte Sara verwirrt. »Hat sie das Bild bearbeitet, sodass es aussieht, als wärst du der Mörder von Freya?«

Er nickte.

»Und dann hat sie die Bilder an Andrew geschickt?«

Er hob die Schultern. »Wahrscheinlich, aber das hattet ihr ja schon vermutet, nicht wahr?«

»Aber … warum?« Auch wenn es ihre eigene Theorie war, konnte sie nicht glauben, dass jemand wegen einer Trennung so weit ging. Was hätte Heather davon? Wenn der Killer Michael umbrachte, käme er doch auch nicht zu ihr zurück, oder? Und dann drehten sich ihre Gedanken weiter und endlich erkannte sie, dass sie über die falsche Frage nachdachte.

»Wer ist das auf dem Bild, das Heather bearbeitet hat? Und warum hat sie es überhaupt?«

Michael hob die Schultern. »Ich habe mir überlegt, dass sie das Bild selbst geschossen haben könnte. Sie war damals wie besessen von ihrem Fotoapparat. Ich hatte zu dieser Zeit die verrückte Idee, mit Andrew um die Welt zu reisen, und Freya wollte uns als Fotografin begleiten. Es war, als wolle Heather mir beweisen, dass sie sich ebenso gut als Fotografin eignen würde wie ihre Schwester, wenn nicht besser. Hattie wollte nicht verstehen, dass sie trotzdem nie zu uns dazugehören würde.«

Sara erstarrte. »Hattie?«

»So wollte sie früher genannt werden.«

Sara stöhnte und schlug sich gegen die Stirn.

»Was ist los?«, fragte Cedric irritiert.

»Hattie! Kannst du dich nicht erinnern, dass deine alte Lehrerin von ihr gesprochen hat?«

Cedric nickte. »Doch, aber ich verstehe nicht, warum das von Bedeutung sein sollte.«

»Wenn wir herausgefunden hätten, dass Freyas Schwester jetzt Michaels Ehefrau ist, hätte es doch sicher bei uns geklickt, oder?«

»Die ehemalige Ehefrau«, verbesserte Michael sie automatisch, dann fuhr er fort: »Hattie … Heather war immer verliebt in mich, aber ich habe so getan, als würde ich es nicht sehen. Abgesehen davon, dass ich nicht verliebt in sie war, wäre es irgendwie … unpassend gewesen. Mit Freyas Schwester was anzufangen, hätte sich damals genauso falsch angefühlt wie mit Andrews Schwester – wenn er denn eine gehabt hätte. Die Schwester deines besten Freundes ist tabu. Versteht ihr, was ich meine?«

Sara und Cedric nickten.

»Nach Freyas Tod und Andrews Verschwinden bin ich nach Oxford gegangen, wie meine Eltern das gewünscht haben. Da bin ich Heather wieder begegnet und ... na ja, Freya war nicht mehr und Heather und ich haben uns irgendwie gegenseitig über den Verlust hinweggetröstet.«

Noch immer war Sara nicht ganz klar, was hinter dem Ganzen steckte. »Aber wenn sie den Mord beobachtet und mit ihrer Kamera dokumentiert hat – wieso hat sie das nie der Polizei gemeldet?«

Michael hob verzweifelt die Schultern. »Glaubt mir: Ich habe keine Ahnung!«

»Wir müssen mit den anderen sprechen«, sagte Sara. »Und du, Michael, solltest diese Bilder der Polizei zeigen!«

Kaum saßen Sara und Cedric im Wagen, vibrierte sein Telefon mit einer Nachricht. Sie stammte von Miss Spinster.

Kommt schnell zur Hill's Barn Field Farm. Habe dort etwas, was euch interessieren könnte.

Die beiden starrten einander an. Sara vermutete, dass er das Gleiche dachte wie sie.

»Da ist was faul. Das klingt ganz und gar nicht nach ihr.«

Cedric nickte und trat aufs Gaspedal.

In der knappen halben Stunde, die sie brauchten, um die Farm von Robert Spittle zu erreichen, versuchte Sara gefühlt tausendmal, Miss Spinster zu erreichen, aber deren Telefon war ausgeschaltet. Ihre Sorgen wuchsen. Auch Bobby Bobby war nicht erreichbar.

Verzweifelt fuhr Cedric viel schneller, als das auf den schmalen Straßen erlaubt war, aber sie hatten Glück und wurden nirgends von der Polizei aufgehalten.

Als sie auf der Farm ankamen, war alles ruhig. Nichts deutete darauf hin, dass Miss Spinster hier gewesen war oder sich sogar noch hier befand. War sie inzwischen wieder ins Dorf zurückgekehrt?

Sara und Cedric parkten den Wagen neben der Scheune, stiegen aus und gingen auf das Wohnhaus zu. Die Polizei hatte die Tür mit gelbem Absperrband gesichert.

Sara hob ihre Hand, um sie auf die Klinke zu legen. Im letzten Augenblick erinnerte sie sich daran, dass sie damit ihre Fingerabdrücke hinterlassen würde, und zog sich den Ärmel ihres Longshirts über die Hand.

Vorsichtig drückte sie das Ding hinunter.

»Miss Spinster?«, rief sie in den dunklen, schmalen Flur, der hinter der Eingangstür lag.

Keine Antwort. Auch wenn Miss Spinster auf die siebzig zuging, hörte sie noch ausgezeichnet. Dass sie nicht auf ihre Rufe antwortete, war seltsam und passte zu der ganzen Situation.

»Machen wir uns Sorgen?«, fragte sie flüsternd Cedric. Der nickte und legte den Finger auf den Mund. Sie schlüpften unter dem Absperrband durch, betraten leise das Haus und zogen vorsichtig die Tür hinter sich zu. Dann sahen sie sich um. Auf dem Dielenboden standen ein paar Gummistiefel und ein Paar feste Schuhe, daneben ein Futternapf, in dem sich bereits Schimmel auf den Resten des Nassfutters breitmachte.

Es roch nach … Männerhaushalt. Nach einer Mischung aus Schweiß, Bier, Pfeifenrauch und nassem Hund.

Sie tasteten sich weiter, vorsichtig, damit sie keine Geräusche verursachten. Vorbei an der Tür zu ihrer Linken, die offenstand und in eine Art Wohnzimmer führte, vorbei an einer weiteren Tür – auch die geöffnet –, hinter der die Küche lag. Alles war sauber und aufgeräumt. Hatte Miss Spinster tatsächlich geputzt oder war Robert Spittle ein so ordentlicher Mann gewesen?

Auf der Spüle standen eine Pfanne und etwas Geschirr. Zwei Gläser, zwei Teller. Robert Spittle hatte wohl Besuch gehabt, bevor er gestorben war. Ob er mit seinem Mörder gegessen hatte?

Über Sara ertönte ein Knarzen und sie fuhr zusammen. Ihr Blick fuhr in Richtung Decke. War da jemand? Sie konzentrierte sich ganz auf die Geräusche im Haus und da war es: Im Raum, der genau über der Küche lag, hörte sie Schritte, die sich hin- und herbewegten. Darauf bedacht, leise zu sein.

Sie verständigten sich mit einem Blick und gingen auf die Treppe zu, die ins Obergeschoss führte. Das Blut rauschte in Saras Ohren und sie bekam kaum Luft, so aufgeregt war sie. Oben ertönte wieder ein Geräusch – es klang, als habe jemand eine Schublade zugeschoben. Sie umrundete den Treppenabsatz und stieg Stufe um Stufe höher. Cedric hielt sich dicht hinter ihr.

Vor ihr lag ein dunkler Flur. Noch schmaler als der

im Erdgeschoss. Im Zimmer zu ihrer Linken musste der Eindringling sein.

Sie machte einen Schritt. Noch einen.

Da öffnete sich die Tür und … Richard Clayton trat heraus. Ihre Blicke trafen sich. Saras Knie gaben zum zweiten Mal an diesem Tag nach.

»Sara!«, hörte sie noch, dann schlug sie mit dem Kopf auf und es wurde schwarz um sie.

Kapitel 32

Noch mehr Entdeckungen

Sara erwachte von dem Gefühl, keine Luft zu bekommen. Panisch riss sie die Augen auf und erkannte, dass sie sich in der Küche befand. An einen Stuhl gefesselt. Genau wie Miss Spinster, die mit großen, erschrockenen Augen zu ihr herüberblickte. Zu ihr und Cedric, der ebenfalls an einen Stuhl gefesselt war und vor allem wütend wirkte.

»Wo …?« Sie wollte fragen, wo sich Richard Clayton befand, doch das Klebeband über ihrem Mund schluckte ihre Worte. Heraus kam nur ein Stöhnen.

»Wach?«

Schritte ertönten und der Geistliche schob sich in ihr Gesichtsfeld.

Sara legte all die Wut, die sie empfand, in ihren Blick und starrte ihn böse an.

Clayton lachte. »Tut mir leid, dass ich das tun musste, aber es war nur noch eine Frage der Zeit, bis ihr mir auf die Schliche gekommen wärt. Ich hätte mich gestern Nacht nicht hinreißen lassen sollen, aber mein vorletztes Opfer so auf dem Präsentierteller dargeboten zu bekommen, war einfach zu verführerisch.« Er zwinkerte Cedric zu.

Natürlich! Der Geistliche war der Mörder! Und indem er sich in ihren Krimiclub eingeschlichen hatte, war er über beinahe jeden ihrer Schritte informiert gewesen. Wie hatten sie das übersehen können? Wahrscheinlich hatte er lachend über ihre Dummheit den Chat gelesen, hatte das Foto mit der Botschaft gesehen und die Diskussionen zwischen Cedric, Miss Spinster und Bobby Bobby gelesen, als wären es humoristische Anekdoten.

Sie hatten ihn einfach vergessen, als er nicht mehr zu den Meetings aufgetaucht war. Er war ohnehin ein Fremdkörper im Krimiclub gewesen. An Cedric hatte er sich herangemacht, weil er vorgehabt hatte, ihn irgendwann zu einem konspirativen Treffen am Bach zu bestellen, und der hatte ihm dann auch noch eine Gruppe von Hobbydetektiven vorgestellt, die ihn bei dem Versuch, seinen Fall zu lösen, unwissentlich mit Informationen versorgt hatten.

Sara ruckelte wütend an ihren Fesseln und stieß unverständliche Verwünschungen aus. In Kinofilmen schafften es die in die Enge getriebenen Helden immer, sich aus solchen misslichen Lagen zu befreien. Aber wie so oft musste sie sich eingestehen, dass sie eben nicht in einem dieser Filme waren. Wo war der Heizkörper, an dem sie ihre Fesseln aufschneiden konnte, wenn man ihn brauchte? Waren das überhaupt Fesseln oder …? Sara kniff die Augen zusammen und erkannte, dass es sich zumindest bei Cedrics Fesseln nicht um Seile, sondern um Kabelbinder handelte. Da würde auch ein Heizkörper nicht weiterhelfen.

Sie stöhnte.

»Wollten Sie was sagen, Miss Rattlebag?«

Sara knurrte.

Als ihr Richard Clayton den Knebel abnahm, atmete sie erst einmal befreit durch, dann verlangte sie: »Nehmen Sie Cedric und Miss Spinster auch die Knebel heraus, sonst ersticken sie.«

»Ihr Wunsch ist mir Befehl, Miss Rattlebag.« Zwinkernd nahm er ihnen die Dinger aus dem Mund. »War ohnehin mehr wegen des Showeffekts. Die Farm ist so abgeschieden, dass niemand eure Schreie …«

Sara unterbrach sein Geplänkel rüde. »Mörder!«

Clayton beäugte sie interessiert. »Ich würde die Bezeichnung Rächer bevorzugen.«

»Warum?« Und wie hatten sie übersehen können, dass unter dem recht sympathischen Geistlichen ein Irrer steckte?

»Weil Brickerton«, er stieß den Namen mit so viel Hass aus, dass es Sara schauderte, »das Leben meines Ehemanns zerstört hat.«

»Ihres Ehemanns? Aber … Ehemann?«, wiederholte sie dann in plötzlicher Erkenntnis. »Andrew war Ihr Ehemann?« Ein schneller Blick zu Cedric sagte ihr, dass auch er nichts von Andrews Homosexualität geahnt hatte. Doch ihre Gedanken galoppierten schon wieder weiter. »Aber warum … Was ist passiert?«

Richards Schultern sackten herab. »Er wusste, was ich vorhabe, und ist mir nachgereist, um mich aufzuhalten. Aber statt sich ein Hotel zu nehmen, ist der Idiot bei seiner alten Jugendliebe Spittle untergeschlüpft und die beiden haben entdeckt, dass sie einander immer noch lieben. Robert Spittle ist Andrew all die Jahre hindurch treu geblieben. Ist das nicht rührend?«

»Ich finde es schön«, meldete sich Miss Spinster zu Wort.

»Dann haben Sie Andrew getötet? Weil er Ihre Gefühle verletzt hat?« Sara blickte immer noch nicht durch.

Clayton ließ sich erschöpft auf den letzten freien Stuhl fallen. In seinem Gesicht spiegelte sich eine Serie von Emotionen wider. Wut, Verzweiflung, Trauer – in schnellem Wechsel huschten die verschiedensten Ausdrücke darüber, bis er sich endlich fasste und leise sagte: »Ich habe Andrew nicht getötet. Ich habe ihn geliebt.«

»Aber …«

Unvermittelt sprang er auf und brüllte los: »Ich war es nicht! Das war Spittle.«

»Ich verstehe gar nichts mehr.« Miss Spinster schnalzte ungeduldig. »Wieso sollte Spittle Andrew umbringen, wenn die beiden doch plötzlich wieder in Liebe zueinander entbrannt waren?«

Clayton stierte sie an, schluckte hart, dann begann er, im Zimmer auf und ab zu gehen wie ein gefangener Tiger. »Ich habe Spittle einen kleinen Besuch abgestattet. Ich dachte mir schon, dass Andrew bei ihm unterschlüpfen würde. Dabei habe ich fallen gelassen, dass wir verheiratet sind. Dass Spittle seine große Liebe töten würde, konnte ich ja nicht ahnen.«

»Und Spittle?« Miss Spinster ließ nicht locker und Sara bewunderte sie dafür, dass sie in dieser ausweglosen Situation noch die Hintergründe des Falls zu erforschen versuchte.

Clayton hob die Schultern und ließ sich wieder auf den Stuhl fallen. »Hat sich selbst das Leben genommen und ist mir dabei zuvorgekommen.« Ein irres Lächeln huschte über sein Gesicht. »Schade eigentlich. Für seinen Tod hätte ich mir gern viel Zeit genommen.«

Sara wurde langsam aber sicher schwindelig davon, wie Clayton erst losbrüllte, dann kurz vor dem Weinen stand, um schließlich ganz normal weiterzuerzählen oder in alltäglichem Ton darüber zu plaudern, was für einen Tod er für seinen Konkurrenten geplant hatte. »Und all die anderen?«

»Ich sollte von Anfang an erzählen. Schließlich haben wir noch«, er blickte auf die Uhr, »zehn Stunden, bis es dunkel ist und ich euch an einem versteckten Plätzchen entsorgen kann. Und ihr sollt ja nicht unwissend in euer Grab gehen.«

»Danke auch«, schnaubte Cedric grantig und ruckelte weiter unauffällig an seinen Fesseln.

Sara machte es ihm nicht nach. Sie wusste, dass sie gegen das unnachgiebige Plastik keine Chance hatte. Außerdem war sie gespannt auf Claytons Geschichte. Auch wenn es die letzte sein sollte, die sie hören würde.

Der Blick des falschen Geistlichen verlor sich in der Zimmerecke, als würde vor seinem inneren Auge ein Film ablaufen, und es dauerte eine ganze Weile, bevor er mit brüchiger Stimme zu sprechen begann. »Andrew und ich waren ein Paar. Natürlich nicht öffentlich – das versuche mal einer auf den Hebriden –, aber wir hatten den Leuten erzählt, dass wir entfernte Vettern wären, und sie akzeptierten, dass wir zusammen in einem Haus lebten. Jedenfalls war unser Leben beschaulich und wir hätten glücklich sein können, wenn Andrew nicht geglaubt hätte, dass er diese Freya getötet hat. Immerzu hat er daran gedacht. Er hat unter extremen Schuldgefühlen gelitten, konnte sich das nie verzeihen. Egal, was ich unternommen habe, um ihn glücklich zu machen, er kam nicht heraus aus seiner persönlichen Hölle. Ein ständiger Schmerz. Es war grausam mit anzusehen.«

Sara konnte nicht anders, als Verständnis für Andrew zu entwickeln und, obwohl sie das nicht wollte, auch für seinen Ehemann, der wohl beinahe ebenso unter Andrews Verfassung gelitten hatte.

»Dann kamen diese Fotos. Dabei eine Karte, unterschrieben von Heather.« Claytons Blick verlor sich in der Landschaft vor dem Fenster. Erst als Cedric sich räusperte, kam er wieder zurück. »Nach all den Jahren kam heraus, dass er es gar nicht war! Es war unfassbar. Andrew wusste sofort, um wen es sich bei Heather handelte, dass sie ausgerechnet Brickerton geheiratet hatte, war allerdings eine Überraschung. Andrew wollte nichts unternehmen, aber er sah sich das Bild an. Wieder und immer wieder. ›Michael‹, flüsterte er dabei, ›warum hast du das getan?‹ Ich habe befürchtet, dass er verrückt wird. Und da habe ich einen Plan gefasst.«

»Sie sind nach Sidbury gefahren und haben Heather darauf angesprochen, woher sie die Bilder hatte«, schlug Sara vor, denn genau das hätte sie selbst getan.

Doch Clayton schüttelte den Kopf. »Ich habe mich

an denen gerächt, die mit ihrer Falschaussage die Weste dieses Arschlochs reingewaschen hatten, während mein Mann die ganze Schuld bekam. Ohne sie wäre gleich herausgekommen, wer Freya ermordet hat, und Andrew hätte ein unbeschwertes Leben führen können! So musste ich tagtäglich zusehen, wie er sich gequält hat.« Clayton wirkte für einen Moment verzweifelt und Sara ahnte, wie sehr es ihn mitgenommen haben musste, Andrew nicht helfen zu können.

Dann kehrte die Kälte in sein Gesicht zurück. »Ich habe es geschafft, die alten Protokolle aufzutreiben, habe herausgefunden, wer was ausgesagt hat und was die Leute heute tun.«

»Und dann sind Sie nach Sidbury gekommen und haben Rache genommen.«

»Schon an meinem ersten Tag lief mir eines meiner zukünftigen Opfer über den Weg. Cedric Brewer. Ahnungslos. Ich habe ihm die Geschichte von diesem Beichtbrief aufgetischt und er war sofort bereit, mich einem Krimiclub vorzustellen – begnadeten Hobbydetektiven, wie er sagte. Ich dachte mir: Kann nicht schaden, wenn ich weiß, was der Feind denkt, und schon bin ich bei euch dazugestoßen.«

»Hätte ich es nur nie getan«, stieß Cedric hervor.

Clayton grinste. »Wie bereitwillig ihr auf meine Lüge von dem Beichtbrief hereingefallen seid. Wie bereitwillig ihr mich in euren Club aufgenommen und alle Informationen mit mir geteilt habt. Wie ahnungslos ihr wart und wie blind ihr herumgetappt seid. *Andrew kann nicht der*

Mörder sein. Nur Andrew hatte ein Motiv, all die Menschen zu ermorden. Ich kann nicht glauben, dass er das getan hat.« Clayton äffte ihre Stimmen nach. »Ich habe so an mich halten müssen, um euch nicht auszulachen. Und dann passiert die Sache mit diesem Zettel von diesem dämlichen Londoner. Eine Botschaft, die genauso aussieht, wie all die Botschaften, die ich meinen Opfern geschickt habe. Und dieser Idiot von Brickerton reißt sie von der Tür. Als sie dir dann trotzdem in die Finger gelangt ist, Miss Rattlebag, dachte ich, das sei ein Wink des Schicksals. Ich habe mir gesagt: Wenn Cedric Brewer tatsächlich zu dieser Zeit auf dem Friedhof auftaucht, hat seine Todesstunde geschlagen. Dass ich nicht Brewer erwischt habe, sondern diesen Idioten, tut mir leid. Man hört aber, er wird durchkommen?«

Das hoffte Sara. Bis jetzt hatte sie noch nichts von Nathan gehört und sie schämte sich dafür, dass sie nicht nachgefragt hatte.

»Es war ein Fehler, auf ihn zu schießen. Über kurz oder lang wärt ihr draufgekommen, dass der einzige Weg, wie der Killer von diesem Stelldichein erfahren konnte, war, dass er euren Chat gelesen hatte. Und wer außer euch vieren konnte das?«

»Sie!« Sara knirschte mit den Zähnen. »Wir sind solche Idioten.«

Clayton gluckste amüsiert.

Eine Weile sagte niemand etwas.

Schließlich räusperte sich Miss Spinster. »Was haben Sie nun mit uns vor?«

Clayton atmete tief durch. »Ich werde euch an verschiedene Orte verfrachten, dort ausladen, erschießen und sehen, was passiert. Und dann werde ich Michael Brickerton von seiner Angst befreien und seinem mickrigen Leben ein Ende bereiten, bevor ich zurück nach Harris fahre.«

»Man wird Ihnen auf die Schliche kommen«, drohte Miss Spinster.

»Wie denn? Kein Mensch ahnt auch nur das Geringste. Alle denken, ich bin ein Geistlicher, der im Auftrag des Bischofs nach Sidbury gekommen ist, um seine zukünftige Herde kennenzulernen. Die offizielle Version wird sein, dass es mir zu ländlich ist und dass ich mich lieber in eines der Brennpunktviertel in London versetzen lasse. Ich will schließlich etwas bewirken.« Wieder gluckste er.

»Klingt nach einem ausgereiften Plan«, sagte Sara.

»Nicht wahr?«

»Nur, dass Sie eine Variable falsch gedeutet haben.«

Clayton stutzte. »Und welche soll das sein?«

»Michael ist nicht der Mörder.«

Der falsche Geistliche lachte laut auf. »Ihr seid auf dem Holzweg, wenn ihr seinen Lügen glaubt. Er ist der Mörder. Ich habe die Bilder gesehen.«

»Die Bilder sind gefälscht.« Sara wartete ab, was diese Neuigkeit bei Clayton bewirkte, und tatsächlich war ihr, als bröckle etwas von seinem bisherigen Selbstbewusstsein.

»Gefälscht?«

»Wir waren in Heathers Büro und haben die Dateien gefunden. Sie hat Michael hineinkopiert.«

»Das glaube ich nicht.«

»Sie können es glauben oder nicht. Es ist die Wahrheit. Unter Michael kam jemand anders zum Vorschein.«

»Wer?«

»Wir wissen es nicht«, sagte Sara. »Aber es war nicht Michael.«

»Ihr lügt mich an.«

»Es ist schon genug gelogen worden in diesem Fall«, sagte Sara nur und beobachtete ihn neugierig.

»Wenn das die Wahrheit wäre …«

»Es ist die Wahrheit«, warf Sara ein.

»Wenn das die Wahrheit wäre, wären alle die Toten umsonst«, sagte Clayton mehr zu sich selbst als zu ihnen, doch dann schüttelte er den Kopf. »Nein, sie wären nicht umsonst. Sie haben trotzdem falsch ausgesagt. Sie haben gelogen, um Brickerton zu schützen. Auch wenn Brickerton unschuldig war, haben sie so einen anderen geschützt und Andrew belastet. Nein, sie waren nicht umsonst. Ich muss die Bilder sehen. Und dann muss auch diese Heather sterben.«

Sara und Cedric wechselten einen Blick.

»Aber uns könnten Sie freilassen, nicht wahr?«, machte Sara einen Versuch.

Clayton schüttelte den Kopf. »Das kann ich nicht. Ihr wisst zu viel. Es tut mir leid. Ihr seid … ein Kollateralschaden, sozusagen. Nein, ich muss euch töten. Es … wird nicht wehtun, das verspreche ich euch. Ein Schuss in die Stirn. Im einen Augenblick lebt ihr, im nächsten seid ihr tot. Es ist beinahe wie Einschlafen. Einschlafen mit einem Knall.«

Plötzlich stellte Sara fest, dass sie dem Schlaf bisher eigentlich nie viel hatte abgewinnen können. Man schlief eben und dann wachte man wieder auf, aber eigentlich war diese ganze Zeit, die man mit geschlossenen Augen verbrachte, doch verloren.

»Einen Knall hast du selbst, mein Freundchen«, ertönte da plötzlich eine bekannte Stimme aus dem Gang. Bobby Bobby! Miss Spinster erblasste, dann sackte sie auf dem Stuhl zusammen. Gleichzeitig sprang Clayton auf und riss das Gewehr, das bisher auf dem Küchentisch gelegen hatte, hoch.

»Nicht, Bobby! Er ist bewaffnet!«, brüllte Sara.

»Nun, das sind wir auch«, sagte Bobby ruhig. »Das Haus ist umstellt, Clayton. Dein Spiel ist aus.«

Als hätte man die Luft aus Clayton herausgelassen, sackte er in sich zusammen. »Es hat sowieso keinen Sinn mehr.«

Bobby Bobby betrat die Küche, achtsam, den Blick auf Clayton gerichtet und bereit, sofort zu reagieren, sollte sich sein Verhalten plötzlich wieder ändern. Er sicherte das Gewehr und reichte es an Webster weiter, der hinter ihm den Raum betrat. Dann befreite er Miss Spinster, danach Sara und schließlich Cedric von ihren Fesseln, während weitere Beamte die Küche fluteten und Inspector Webster Clayton in Gewahrsam nahm.

Sara sah dem Geistlichen ohne Bedauern nach.

»Ich werde Ihre Aussagen aufnehmen müssen«, sagte Webster, bevor er mit ihm den Raum verließ. »Aber das machen wir morgen. Ich würde Sie ja gern alle in die Gefängniszelle von Sidmouth überführen, aber erstens ist die heute bereits belegt und zweitens vermute ich, dass das für Sie noch nicht einmal eine Strafe wäre.« Wissend zwinkerte er ihnen zu. »Außerdem gibt es da jemanden, der Ihnen etwas gestehen möchte.«

Er schob Michael Brickerton in die Küche. »Dass wir hier sind, ist nicht nur Bobbys Verdienst, sondern auch seiner. Brickerton, spannen Sie unsere Hobbydetektive nicht länger auf die Folter, sondern erzählen Sie ihnen, was Sie herausgefunden haben.«

Michael machte noch einen Schritt nach vorn. »Ich … habe Inspector Webster die Bilder gezeigt. Während er sie betrachtet hat, habe ich sie aus einem anderen Blickwinkel gesehen und … na ja …«

»Du hast die Gestalt auf dem einen Bild erkannt«, vermutete Sara.

Er nickte. »Es war Heather.«

»Heather?« Sara keuchte überrascht.

Wieder nickte er. »Sie … ist die Mörderin von Freya. Webster hat sie schon befragt und … sie hat gestanden. Ich bin gleich zu dir gefahren, um dir alles zu erzählen, aber da war nur dein alter Freund.«

»Bobby?«

Er nickte. »Der erzählte mir, dass ihr alle nicht nur fort wärt, sondern dass er euch auch nicht erreichen kann. Wir waren ziemlich verzweifelt, bis Bobby sich erinnert hat, dass auf deinem Handy ein Tracker installiert war und …

»Ihr habt ihn geknackt?«

»Er wusste, wen du verdächtigt hattest – deinen Ex, deinen Vater, diesen Polizisten und … mich.« Er sah verletzt aus, als er das sagte, doch dann fuhr er fort: »Nachdem ich wusste, dass ich ihn nicht installiert hatte, hat Webster Himmel und Hölle in Bewegung gesetzt bei allen anderen Verdächtigen und …«

»Lass mich raten. Es war Nathan?«

Michael nickte. »Als Nathan es zugegeben hatte, war es leicht, dein Telefon zu verfolgen. Mir hat das trotzdem alles viel zu lang gedauert. Bobby auch. Am liebsten wären wir einfach so auf die Suche gegangen, aber Webster konnte uns davon überzeugen, dass es sinnvoller ist zu warten. Und das war es dann ja auch.«

Sara nickte. Auch wenn sie Webster und Bobby unendlich dankbar für ihre Rettung war, war es ihr letztendlich egal, wie alles vonstattengegangen war. Viel interessanter war das Geständnis von Michaels Ex und so lenkte sie das Gespräch wieder dorthin. »Und Heather ist Freyas Mörderin?«

»Ich hatte damals tatsächlich die Vermutung, dass Andrew und Freya, nun ja …«

»Etwas miteinander hatten?«, fragte Sara.

»Ja. Ich habe befürchtet, dass sie die lange Zeit, in der ich auf diesem Camp war, nutzen würden, um … ihr wisst schon. Irgendwie muss ich diese Befürchtung wohl mit Spittle geteilt haben.«

»Der sich dein Motorrad ausgeliehen und Andrew gesucht hat.«

Michael nickte. »Damals wusste ich nicht, dass die beiden … nun ja. Ich denke, Andrew hat mir wohl nicht so vertraut wie ich ihm. Gefunden hat Robert ihn jedenfalls in Rosemarys Gartenhäuschen. Und Andrew war tatsächlich mit Freya zusammen dort, wenn auch nicht so … Trotzdem hat Spittle die Situation wohl falsch verstanden und muss völlig ausgerastet sein. Er hat herumgebrüllt, dass Andrew ihm das nicht antun könne, nicht ausgerechnet an dem Ort, an dem sie beide ihr erstes Mal gehabt hätten …«

»Aha, daher also das Kondom«, murmelte Sara.

Michael nickte. »Jedenfalls haben Robert und Andrew heftig gestritten, Freya hat sich dazwischen gestellt und Andrew hat sie wohl aus dem Weg geschubst. Dabei ist sie unglücklich gefallen.«

»Woher weißt du das?«

»Heather hat alles beobachtet«, erklärte Michael. »Und sie hat Webster die ganze Geschichte erzählt. Den Rest habe ich mir zusammengereimt. Jedenfalls sind Robert und Andrew fortgelaufen, als Freya sich nicht mehr gerührt hat. Robert, weil er feige war, Andrew wollte jemanden zur Hilfe rufen. Aber Rosemary war wohl nicht da. Handy gab es damals keines, also wusste er nicht, an wen er sich so schnell wenden sollte. Er rannte wieder zurück zum Gartenhäuschen, doch als er dort ankam, atmete Freya nicht mehr. Andrew dachte, er sei schuld und ist in seiner Panik abgehauen – bis auf die

Hebriden. Was er nicht wusste, war, dass Heather ihre Schwester in der Zwischenzeit mit einem Stein erschlagen hatte.«

»Aber warum hat Heather das getan?«, fragte Sara schockiert.

»Ich hab dir ja schon erzählt, dass sie in mich verliebt war. Nun ... verliebt trifft es wohl nicht ganz. Eher besessen. Als sie Freya da liegen gesehen hat, ohne Bewusstsein, hatte sie wohl so etwas wie eine Eingebung. Wenn ihre Schwester von der Bildfläche verschwinden würde, wäre der Weg zu mir frei. Und sie ... hatte recht.«

»Das ist krank«, sagte Cedric. Niemand widersprach ihm.

Eine Weile sagte niemand etwas, doch dann blitzte in Sara eine weitere Frage auf. »Aber wie ... Ich meine, sie ist doch selbst auf dem Bild zu sehen. Wie ...? Hat sie womöglich mit jemandem zusammengearbeitet?«

Michael hob die Schultern. »Selbstauslöser? Sie muss ihre Tat selbst fotografiert haben. Zumindest hat sie Webster gegenüber nicht erwähnt, dass sie Hilfe hatte oder jemand anders von der Sache wusste.«

»Und Heather hat Andrew diese Bilder zugespielt, weil du dich von ihr getrennt hast?«

»Sie wollte, dass ich Schwierigkeiten bekomme, wie ihr vermutet habt. Und sie hat wohl darauf gebaut, dass wir uns wieder annähern, wenn sie mir in schwierigen Zeiten zur Seite steht. Dass sich jemand aufmachen und einen Mann nach dem anderen töten würde, hatte sie wohl nicht geplant, aber es scheint sie auch nicht sonderlich zu belasten.«

Cedrics Gesichtsausdruck zeigte Fassungslosigkeit. »Sie ist verrückt.«

Michael nickte. »Webster hatte einen anderen Ausdruck dafür, aber ja. Es ist krankhaft. Man wird ihr hoffentlich helfen können.«

Sie blieben noch eine ganze Weile in Spittles Küche und rekonstruierten alles, was sich seit Freyas Tod zugetragen hatte. Andrew musste auf der Suche nach seinem Ehemann dort angesetzt haben, wo er Heather vermutet hatte – nämlich in der Tweedmanufaktur. Als die Mordserie begann, hatte er untertauchen müssen. Wenn ihn jemand erkannt hätte, wäre er sofort Hauptverdächtiger Nummer eins gewesen. Sein Freund aus Kindheitstagen Spittle war nur zu bereit gewesen, ihm Unterschlupf zu gewähren – und sie waren sich wieder nähergekommen. Zuerst in seinem Haus, aber als Sara und die Polizei aufgetaucht waren, wurde es ihnen wohl zu brenzlig und Andrew zog in ihr altes Geheimversteck um. Spittle musste ihn auch dort mit Lebensmitteln versorgt haben. Bis zu dem Zeitpunkt, an dem Richard Clayton aufgetaucht war und ihn damit konfrontiert hatte, dass Andrew zu ihm gehörte. Im Bunker hatte Andrew in der Falle gesessen, als Spittle mit seinem Gewehr hochmarschiert war und ihn erschossen hatte. Dann hatte der Farmer auch seinem Leben ein Ende gesetzt. Wo die Fesselspuren herkamen, würde wohl niemand ergründen.

»Vielleicht hatten Andrew und Spittle eine gemeinsame Nacht und haben sie mit Fesselspielen gewürzt«, vermutete Cedric süffisant, woraufhin Miss Spinster sich die Ohren zuhielt und laut einen Themenwechsel verlangte.

Clayton hatte den Rachefeldzug fortgesetzt – auch nach Andrews Tod. Er hatte es für seinen Mann getan, der sein Leben nie so hatte leben dürfen, wie er es sich als Junge erträumt hatte.

»Alles in allem eine furchtbare Sache«, schloss Sara.

»Vielleicht wäre es nicht passiert, wenn mein Vater nicht ein paar Leute bestochen hätte, eine Falschaussage zu machen«, meinte Michael.

»Das kannst du nicht wissen«, widersprach Cedric. »Zumindest wir Jungs hätten dasselbe ausgesagt.«

»Warum?«

»Na ja, erstens mal, weil es stimmte, und zweitens: Unter Freunden hält man zusammen.« Cedric grinste Michael an. »Nicht wahr, Swottie?«

»Aber hallo, Streber.«

Epilog

»Raus aus meinem Garten!«, schimpfte Sara. Sie stemmte beide Hände an das Hinterteil des Schafs, das mitten in ihrem Rosengarten stand und sich an den Blumen gütlich tat, und schob mit aller Kraft.

Das Schaf glotzte blöde, dann machte es plötzlich ein paar Schritte und Sara fiel der Länge nach in den Dreck.

»Na warte! Dich werde ich …!«

»Schon wieder dieses Schaf?« Zac lachte.

»Fuchsgesicht!«

»Derselbige. Mit neuem Zahnzement für die erfolgreiche Detektivin aus Sidbury.«

»Weißt du eigentlich, dass ich dich liebe?« Sara rappelte sich hoch und ging auf ihren Bruder zu, um ihn zu umarmen.

»Stopp!«, sagte der. »Du stinkst nach Schaf. Den Geruch will ich nicht auf meinem Jackett haben.«

»Das ist mir gleich, du Spinner.« Sara legte ihre Arme um ihn und drückte ihn an sich. Natürlich erwiderte er die Geste. »Hast du auch neuen Tee?«

»Heiße ich Zachary Walker?«

»Sehr gut. Darf ich dir gleich einen anbieten?«

Er grinste. »Wenn du nichts dagegen hast, komplimentiere ich erst mal Pimpy raus und auf die Weide.

Danach bin ich für Tee und einen vollständigen Bericht über euren letzten Fall zu haben.«

»Gut, dass heute Sonntag ist.«

»Warum?«

»Weil gleich Miss Spinster mit Scones kommt und weil der Bericht dann gleich viel ausführlicher wird.«

»O mein Gott. Ich sollte wohl besser wieder verschwinden.«

Doch es war zu spät. Vom Hausinneren her ertönte Miss Spinsters hohes Flöten. »Sara, Kindchen? Wo steckst du?«

»Im Rosengarten!«, rief Sara. »Zac ist auch da. Wir kommen gleich!«

»Ich habe Scones und ein Schnuckelchen mitgebracht.«

Sara verdrehte die Augen. Also ging es wieder los.

»Auf zum Kuppelclub«, raunte Zac ihr grinsend zu.

»Auf zum Kuppelclub«, erwiderte sie um einiges weniger begeistert. Dann stahl sich doch ein honigsüßes Lächeln in ihr Gesicht. »Ich kenne da eine wirklich reizende Frau, Zac«, meinte sie im Hineingehen. »Margaret Evans. Du solltest sie wirklich kennenlernen!«

Er floh protestierend ins Hausinnere und Sara folgte ihm lachend. Wenn schon gekuppelt wurde, dann wollte sie wenigstens nicht die Einzige sein, die in den Genuss dieser besonderen Art von Aufmerksamkeit kam.

Weitere Veröffentlichungen

Die Sara-Rattlebag-Reihe:

Wer tot ist lügt nicht – Ein Fall für Sara Rattlebag 1
Empire-Verlag, April 2023

Sara, ich will dich nicht bitten, dass du meinen Tod rächst. Ich will dich warnen. Er ist gefährlich. Ein schwarzes Herz unter einem blütenweißen Hemd. Achte auf dich Sara. Überlege gut, wem du traust. Pass auf dich auf, Kleines!

Sara Rattlebags Leben steht auf dem Kopf. Sie wurde von ihrem Freund verlassen und der Abschluss des Geschichtsstudiums ist zum wiederholten Mal in weite Ferne gerückt. Da stirbt auch noch ihre Tante Maud. Sara fährt nach Sidbury, um den Nachlass zu regeln. Dort erfährt sie, dass ihre Tante über eine der Klippen an der Jurassic Coast gestürzt ist – allerdings nicht ohne Hilfe. Der einzige Zeuge: Silly Old Joe, der behauptet, mit Geistern sprechen zu können. Dann verschafft sich jemand Zugang zu Tante Mauds Cottage und ein rätselhafter Zeitungsartikel sowie die Memoiren von Saras Tante verschwinden. Es deutet alles darauf hin, dass jemand versucht, seine Spuren zu verwischen.

Sara Rattlebag ermittelt – unterstützt von Tante Mauds alten Freunden und zwei Männern, die um ihre Liebe konkurrieren.

Ebenfalls im Empire-Verlag erschienen

www.empire-verlag.at/autoren/heidi-troi/

Marterlmord –
Ein Geheimnis. Eine Mordserie. Ein schweigendes Dorf.
Empire-Verlag, Juli 2022

Ein letztes Opfer
Empire-Verlag, März 2023

Weitere Romane der Autorin: https://heiditroi.me/

Der Newsletter für alle, die mehr über Sara Rattlebag, die Hintergründe der Geschichte und die Figuren erfahren oder über Specials informiert bleiben möchten.